KB092321

17세기 조선조 한문학에 수용된 조-청전쟁의 체험

한국문화총서 19

17세기 조선조 한문학에 수용된 조-청전쟁의 체험

김미란

The Experience of the Choson-Qing War in the Choson Sino-Korean Literature in the 17th Century

책머리에

조선왕조는 아시아 대륙의 동쪽 끝에 위치하여 남쪽으로는 해양 세력과 마주하고 북쪽으로는 유목 세력이나 심림 세력, 서쪽으로는 농경 세력과 접경해 있었다. 이처럼 땅이 천하의 요충지에 위치해 대륙이나 바다에서 큰 세력을 이루고 활동하던 민족이나 국가들은 먼저 한반도를 손에 넣고자 하였기에 그럴 때마다 한반도는 강자들로부터 짓밟힘을 당할 운명에 처해 있었다.

이 책은 한반도에서 벌어진 수많은 전쟁 중에서 17세기 초 조선과 후금(청) 사이에 벌어진 사르후전쟁(薩爾滸之戰, 1619), 정묘전쟁(丁卯之戰, 1627), 병자전쟁(丙子之戰, 1637)을 제재로 한 문학작품을 대상으로 연구를 진행하였다. 이 세 전쟁은 한반도의 역사를 크게 바꾸어놓았을 뿐 아니라 명과 청 두 나라의 운명을 포함한 동북아시아 전반의 정치 구조를 뒤바꾸어놓은 중대한 사건이라는 점에서 역사적 의미를 갖는다.

필자는 이 시기 역사와 각각의 전쟁을 다룬 문학작품에 관심을 가진 지 상당한 시간이 흘렀고, 이 분야를 주제로 하여 박사논문을 집필한 바 있다. 이를 바탕으로 이 시기 문학에 관한 소개서에 해당하는 작은 저서를 기획한 바였다. 그러나 조-청전쟁을 제재로 한 작품으로 한국에 남아 있는 텍스트가 너무나 방대하여 이 책의 연구 대상을 어디까지로 할 것인가를 결정하기 어려웠다.

이 책에서는 17세기 조선조에서 직접 전쟁을 체험한 문인들이 쓴 한문학 자료에 한정하여 그들이 쓴 실기문학과 전기문학 그리고 한시문학에 전쟁의 체험과 실상 그리고 의식에 남은 상흔 등이 어떻게 수용되어 있는가를 고구하였다. 그러나 이 책은 17세기 이후 발표된 조선조 문인의 작품을 자료의 방대함을 이유로 다루지 못한 한계를 지닌다.

필자가 이 테마로 글을 쓰게 된 계기는 한중 역사와 고전기 문학, 특히는 군담소설을 좋아하는 제자에게 꾸준히 연구 방향을 제시해주신 은사 김관웅 교수님 덕분이다. 지금도 의혹이 있으면 곧장 타향에 계시는 은사님께 가르침을 받곤 하는 바, 지면을 빌려 스승님의 은혜에 감사 인사를 올리는 바이다. 더불어 항상 귀한 가르침과 음으로 양으로 도움을 주시는 김호웅 교수님과 김병민 교수님께 심심한 감사의 인사를 드린다. 또 일일이 거명하지 못할 만큼 많은 선생님의 보살핌도 잊지 못한다. 그 분들의 사랑과 배려로 나는 오늘도 즐거운 마음으로 연구를 해나가고 있다.

끝으로 변함없는 지지와 성원을 주시고 이 책의 출판에도 큰 도움을 주신 최병우 교수님과 최일 교수님 그리고 흔쾌히 출판을 맡아주신 푸른사상사 한봉숙 대표님께 심심한 사의를 표한다.

2023년 11월

김미란

차례

서론

서론

고대 그리스 문학의 걸작이 트로이전쟁을 제재로 한 장편 서사시 『일리아스』와 『오디세이아』이고 중국 고전기 문학 4대 명작에 『삼국연의』와 『수호전』이 포함된다. 이처럼 전쟁을 제재로 한 문학은 인류 문학의 중요한 자산이 되고 있다. 비록 한국문학사에서 조선조 전기 이전에는 이와 비견할 수 있는 전쟁문학이 없기는 하지만 조선조 중기에 접어들면서 전쟁문학이 괄목할 만한 성과를 쌓아 올리기 시작하였다.

일본의 침공으로 비롯된 임진전쟁의 상처가 채 아물기도 전에 또다시 멸국지화를 불러온 두 차례의 치명적인 조-청전쟁은 조선의 정치 · 사회 · 경제에 심각한 위기를 가져다주었다. 임진전쟁 7년 동안 명의 군사적 지원으로 비롯된 명을 '재조의 은인(再造恩人)'으로 숭앙하는 사상이 심화됨에 따라 조선은 급변하는 동아시아 전쟁의 소용돌이 속에서 스스로 침몰하는 배에 올라타게 되었다. 그것은 곧 새로운 세력으로 부상하는 누르하치에 의해 굴기한 후금과 대결하는 정책인데, 그 시작은 명과 후금이 생사존망을 걸었던 사르후전쟁에 조선이 명의 지원병으로 참전하면서부터였다. 그렇게 조선과 후금은 앙금을 맺게 되었으며 그 결과 후금(청)이 조선을 침략한 정묘전쟁과 병자전쟁이 일어났다. 명과 후금 사이에서 등거리 외교를 펼치던 광해군이 인조반정에 의해 쫓겨난 뒤, 조선은 청과 대척점에 서서 스스로 패망의 길을 걷게 된다.

조선조 중기 가장 큰 재난을 가져온 전쟁은 바로 임진전쟁과 병자전쟁이다. 한반도의 남과 북에서는 흔히 이를 '왜란'이나 '호란'으로 명명하지만 이는 이민족에 대한 비하의 의미가 내포되어 있다는 점을 고려하여 이 책에서는 객관적인 용어로 임진전쟁 · 정묘전쟁 · 병자전쟁으로 표기한다.

임병 양전은 조선조의 명맥을 끊어버릴 수 있을 만큼의 거대한 재앙을 가져다준 전쟁이었다. 따라서 이 두 전쟁과 관련한 문학작품은 그 형태가 특이하고 각양각색이다. 그러나 임진전쟁 관련 문학 연구가 전면적이고 풍부한 성과를 이룩한 데 반하여 병자전쟁 관련 문학 연구는 아직도 연구의 공간이 꽤나 남아 있는 상황이다.

조선조와 후금(청) 사이의 전쟁은 대체로 세 개의 단계로 살펴볼 수 있다. 바로 17세기 초에 발생했던 '사르후전쟁(薩爾滸之戰, 1619. 비록 명과 후금 사이의 전쟁이나 조선군이 명의 지원군으로 참전했기에 조-청전쟁의 범주에 귀속시켰다.)'과 '정묘전쟁(丁卯之戰, 1627)' 그리고 '병자전쟁(丙子之戰, 1637)'이다. 조선과 후금(청) 사이에 발생했던 세 전쟁은 조선조 역사의 흐름을 바꿔놓은 일련의 중대한 역사적 사건들이었다. 특히 병자전쟁은 오래 지속되지는 않았지만 임진전쟁과는 다른 측면에서 역사의 흐름을 바꿔놓았고 커다란 사상적 혼란을 야기했으며 깊은 상처를 남겨놓았다. 이러한 거대한 역사적 사변은 그 당시나 그 후의 조선조 문학에 다양하게 재현되었다. 17세기 조-청전쟁 제재 한문학은 시대적 제한성과 창작 주체의 역사 인식의 한계성으로 말미암아 적잖은 역사 사건과 인물에 대한 평가에 있어 많은 문제를 노정하고 있으므로 오늘의 시각과 인식에 바탕한 재해석과 평가가 요구되는 바이다.

이 책의 연구 대상은 17세기 초 조선과 후금(청) 사이에 벌어졌던 사르후전쟁, 정묘전쟁, 병자전쟁 등을 소재로 한 17세기 조선조 한문학이다. 작품 선정에 있어서 조-청전쟁을 직접 경험했던 자가 한문으로 창작한 작품과 객관적이고 중립적인 입장에서 서술한 작품에 한정하였다. 그중에서 한 작가가 같은 제재와 내용을 서로 다른 제목으로 전해지는 예도 적지 않고 한 작품의 제목이 여러 가지로 표기된 경우도 있음을 감안하여 작품명은 흔히 알려진 것을 기준으로 하였으며, 한 작가당 한 작품씩 선정함을 원칙으로 하였다. 그리고 실기문학 중에서도 창의록 제재의 작품, 예를 들면 정묘전쟁을 제재로 한 창의록인 「정묘창의록」과 「광산거의록」, 그리고 병자전쟁 제재 창의록인 「병자창의록」과 「우산선생 병자창의록」, 그리고 「호남병자창의록」 등은 의병들의 신상에 관련된 소개한 르포의 성격이 강하다는 특수성을 감안하여 이들 작품을 별도로 다루지 않고 제외하였다.

이 책은 원전 분석과 사회역사적 연구 방법을 유기적으로 결합시키고자 한다. 이를테면 '한반도의 지정학적 위치 – 동아시아의 발칸반도'에서는 지정학적 시각으로 그 시기 조선과 주변 국가의 사회 · 역사 · 문화적 맥락을 서술하였다.

한반도는 천하의 요충지에 위치하고 있어 그 어떤 세력인지를 막론하고 무릇 중원을 제패하기 위해서는 반드시 한반도를 통제해야 하기에 늘 강자의 짓밟힘을 당할 운명에 처해 있었다. 이 책은 한반도의 이러한 지정학적 배경을 분석하면서 비교문화적 시각으로 유럽 발칸반도의 핍

절한 지정학적 특징에 비교하여 서술하였다. 특히 '사르후전쟁과 전후 삼국의 역학 관계'에서는 조선의 지정학적 특수성으로 인한 명조, 조선조, 후금 사이의 삼각관계에 대해 논술하였다.

우선, 17세기 조-청전쟁 제재 실기문학을 살펴보면, 전쟁에서 상처를 받은 사람들은 자신들이 겪었던 아픔과 전쟁의 시말을 기록의 형식으로 표현하였다. 이를 통해 직접 전쟁을 경험했던 당사자들이 서술한 전쟁을 알게 될 수 있었으며 정사(正史)에서 볼 수 없는 다방면의 시각에서 전쟁을 들여다볼 수 있었다.

다음, 17세기 조-청전쟁 체험 전기문학을 살펴보면, 그 당시 조정의 정치 상황을 알 수 있다. 작품의 성격을 살펴보면, 입전한 작가의 의식과 신분 및 입전 동기와 면밀히 연관된다. 위항 문인이었던 홍세태는 일생을 불우하게 살다가 결국은 뜻을 이루지 못한 인물이다. 작자는 자기와 비슷한 처지의 인물들을 선택하여 입전하였는데 그들을 통해 자신의 의식을 표출하고 있다. 이와 반하여 노론의 영수요, 북벌의 선두 주자인 송시열의 전기문학은 전란의 참상에 대해서는 거의 서술하지 않았으며 주인공들의 죽음에만 초점을 맞추었다. 이런 의도적인 서술은 이념에 대한 강조를 극도로 과하게 하였으므로 오늘날의 독자에게 아무런 감동도 주지 못한다. 이런 작품은 송시열의 정치적 수단으로 이용되기도 하였다.

마지막으로, 17세기 조-청전쟁 제재 한시를 살펴보면, 시인 자신이 생각하는 바를 직접적으로 토로하며 중국의 전고를 빌려 서술하는 경우가 많다. 이 시기 한시들에서도 시인의 정치적 이념에 따라 그 사상이 그대로 표출되는데 이 역시 전쟁 실상의 또 다른 표현이다.

그러나 '친명배금'을 지향하는 자, 즉 척화파들이 절대다수를 차지하고, 이와 반대인 주화파는 완전히 나라를 배반하는, 사람의 반열에도 속하지 못하는 천인공노할 만고의 대역죄인으로 서술되어 있다. 즉 17세기 조-청전쟁 제재 한문학은 시대적 제한성과 창작 주체의 역사 인식의 한계성으로 말미암아 적잖은 역사 사건과 역사 인물에 대한 평가에 있어서 많은 문제를 노정하고 있으므로 오늘의 시각과 인식에 토대하여 재해석 · 재평가하여야 한다.

그 예로 강홍립과 최명길을 들 수 있는데 강홍립과 함께 후금에 투항했던 이민환의 「책중일록」을 제외하고는 거의 하나같이 욕설을 퍼붓고 있다. 실제로 강홍립과 최명길에 대해 수백 년 동안 비난이 이어졌으며 오늘날에 이르러서야 비로소 재조명되고 있다. 더불어 김응하와 임경업 그리고 삼학사도 예를 들 수 있는데 명에 충성하여 '재조지은'의 예를 다했다고 하여 충정을 승인받아 조선조 멸망 무렵까지의 수백 년 동안 충신으로 칭송받아왔는데 이 역시 오늘날의 재해석이 필요하다.

17세기 조-청전쟁 제재 한문학은 크게 실기 · 전 · 한문소설 · 한시 등 네 종류로 이루어진다. 본 연구에서는 네 가지 문학 갈래 중 한문소설을 제외하고 여타 세 갈래의 작품들을 대상으로 연구하였다. 17세기 조-청전쟁 제재 한문소설과 동 시기에 쓰여진 조-청전쟁을 제재로 한 국문(한글)소설을 연구하여 따로 단행본을 펴낼 예정이다.

제1장

17세기 초 조선과 주변 정세의 사회 · 역사 · 문화적 맥락

17세기 초 조선과 주변 정세의 사회 · 역사 · 문화적 맥락

1368년, 주원장(朱元璋, 1328~1398)에 의해 개국된 명나라는 16세기 후반까지 줄곧 금(金)나라의 후손인 여진족을 견제해왔다. 여진족의 걸출한 수령 완안 아구다(完顔阿骨打, 1068~1123)에 의해 세워진 금나라는 1127년에 이르러 송(宋)나라에 망국의 계기가 된 정강의 치욕(靖康之耻)[1]을 남겨 주었다. 부득이 남천(南遷)해야만 했던 송나라의 전철을 밟지 않기 위해 명나라는 또 다른 완안 아구다의 출현을 막으려고 여진족에 대한 고삐를 늦추지 않았다. 16세기 후반, 일본이 조선을 침략하는 임진전쟁에 명나라가 참전하면서 북방에 대한 견제를 늦추게 되자, 누르하치에 의해 굴기한 후금은 신속하게 강대국으로 성장하면서 동아시아의 판도를 완전히 뒤바꿔놓았다. 본격적으로 후금을 멸망시키기 위한

1) 정강 2년(1127) 4월에 금군이 동경(오늘의 중국 하남성 개봉)을 함락, 송휘종과 송흠종 부자, 다수의 조씨 황족들과 후궁 비빈, 그리고 귀족 관료 등 3,000여 명을 포획하여 금으로 압송했으며 동경성은 모두 약탈당하여 빈털터리가 되었고 이를 계기로 북송이 멸망했다.

고육지책으로 명나라는 사르후(薩爾滸)에서 자국의 모든 병력과 그 주변 국가의 병력을 총동원하여 나라의 운명을 건 한 차례의 대전쟁을 펼쳤다. 명, 후금이 생사존망을 걸었던 이 전쟁은 후금의 완승으로 막을 내렸으며 명나라의 '재조지은'을 입었던 조선 역시 명나라의 지원병으로 참전하여 후금과 앙금을 맺게 되었다. 당시 명나라와 후금 사이에서 실리 외교를 취하고 있던 광해군은 명나라 일변도(一邊倒) 외교를 주장하던 인조 정권에 의해 쫓겨났으며 이로부터 조선은 후금과 완전히 대립되는 적대 관계의 상황에 놓이게 되었는데 이는 후일 조선과 후금 사이의 전쟁에 복선을 깔아두었다.

조선은 개국 이래 명나라를 부모지국으로 섬기면서 사대의 예를 극진히 다해 왔다. 그러나 여진족에 대해서는 항시 '오랑캐'라고 업신여기면서 그들을 야만인으로만 보아왔다. 그러던 여진족들은 16세기 후반부터 건주여진의 걸출한 수령 누르하치에 의해 통일되면서 점차 강대해지게 된다. 이때의 조선은 7년 동안의 임진전쟁으로 피폐해질 대로 피폐해진 상황이었다. 누르하치의 세력 팽창은 명나라에 도전장을 던질 정도로 그 기세가 하늘을 찔렀고 그 여파는 고스란히 명나라를 상국으로 모시던 조선에 몰려오게 되었다. 누르하치의 후금 정권을 놓고 조선의 임금이었던 광해군과 인조는 서로 다른 외교정책을 펼치는데 이로부터 조선은 풍전등화의 운명을 맞이하게 된다. 광해군이 명나라와 후금 사이에서 등거리 외교의 실리를 취했다면 이를 배은망덕으로 규명하고 반정을 일으켰던 인조는 그와 철저히 상반된 '친명배금(親明排金)' 정책을 강행했다. 이는 복잡다단한 명 · 후금 · 조선의 국제 역학 관계 속에서 조선에 멸국지화(滅國之禍)를 불러올 정도로 엄청난 피해를 가져왔다. 결국 조선의 임금 인조는 삼전도(三田渡)에서 청태종 홍타이지(皇太極,

1592~1643)에게 삼배구고두(三拜九叩頭)의 예를 올리면서 철저히 항복했다. 그리고 그토록 업신여겨 오던 '오랑캐'의 말발굽에 짓밟힌 조선 사회에는 조-청전쟁 제재에 관한 문학작품들이 속출하게 되었다.

1. 조-청전쟁 이전의 사회 · 역사 · 문화적 맥락

1) 한반도의 지정학적 위치—동아시아의 발칸반도

약소국의 지리적 위치 중 최악은 경쟁하는 강대국들 사이에 위치하는 것이다. 타니샤 파잘(Tanisha M. Fazal)은 지리적 위치가 국가에 얼마나 큰 영향을 미치는지 알아보기 위해 1816년부터 2000년 사이의 66개 국가의 멸망 사례를 통계적 방법을 적용하여 분석하였다. 그 결과 파잘은 국가의 생존과 멸망에 관한 가장 중요한 결정 요인은 '지리적 위치'이며 특히 두 경쟁국 사이에 위치한 국가가 가장 멸망하기 쉽다고 주장하였다.[2]

고대부터 아시아와 유럽을 연결하는 중요한 역할을 수행했던 발칸반도는 아드리아해 · 이오니아해 · 에게해 · 마르마라해 · 흑해에 둘러싸였으며 다양한 세력이 뒤섞이며 오늘날까지도 정치적으로 복잡한 구성을 가지게 되었다. 발칸반도의 지정학적 특징을 살펴보면 이곳은 유럽과 아시아의 접합점(接合點)에 위치해 있어 자고로 여러 민족들이 이동하고 정착했지만, 역사적으로는 고대 그리스 로마 시대에 이르러 본격

---

2) 김연지, 「한반도를 둘러싼 국제전에 대한 지정학적 연구」, 고려대학교 박사학위 논문, 2014, 26쪽.

적으로 각 국가들이 성립되었다. 마케도니아의 왕이었던 알렉산드로스 대왕이 발칸반도의 영역 대부분을 점령하였으나, 그의 사후 발칸반도는 로마 · 비잔틴제국 · 투르크 등 주변 여러 제국들의 지배를 받아왔다. 근대까지도 오스트리아 · 영국 등이 영향력을 행사했으나, 19세기에 터키가 러시아에 패퇴당하면서 그리스 · 세르비아 · 불가리아 등이 형성되었다. 민족국가의 성립에도 불구하고 민족들 간에 분쟁이 그치지 않았으며, 주변 열강들은 여전히 영향력을 행사하고 있었다. 이에 따라 정치적 불안정이 격화되어 '유럽의 화약고'라는 별칭도 얻게 되었다. 제2차 세계대전 이후에는 소비에트연방의 주도로 불가리아 · 루마니아 · 알바니아 · 유고슬라비아 등 사회주의를 기조로 하는 국가들이 탄생하였다. 그러나 1980년대 이후 동구권이 붕괴하면서 유고슬라비아연방이 축소되는 등 분열이 시작되었고, 1990년대 초반에는 신유고슬라비아 · 슬로베니아 · 크로아티아 · 마케도니아(1991년 독립) · 보스니아-헤르체고비나(1992년 독립) 등으로 분리 독립하였다.

2006년 6월 신유고슬라비아는 다시 세르비아 · 몬테네그로의 2개 공화국으로 분리 독립하였다. 그리고 1999년 본격적인 내전으로 이어진 코소보사태 이후 2008년 2월 알바니아계의 코소보는 세르비아로부터의 분리 독립을 선언하였다. 2008년 10월 코소보 독립에 대한 세르비아의 요청에 대해 국제사법재판소(ICJ)는 2010년 코소보의 분리 독립이 국제법에 위반되지 않는다는 결정을 내린 바 있다.

한반도는 이런 발칸반도와 지정학적 면에서 유사성을 가지고 있다. 한반도는 아시아 대륙의 농업문화와 유목문화 그리고 바다 건너 해양세력의 중심에 위치해 있다.

첫째, 한반도 세력과 아시아 대륙의 농업문화의 갈등은 당의 고구려

정벌, 나당연합군에 의한 고구려의 정복에서 잘 드러난다.

둘째, 한반도 세력과 아시아 대륙의 유목문화 집단과의 갈등은 고구려에 대한 선비족의 진공, 고려에 대한 거란족의 진공, 수렵민족 여진족과 고려의 쟁투, 몽골족에 의한 고려의 점령 등을 들 수 있다.

셋째, 한반도와 해양세력 간의 투쟁은 7세기 중반 백제와 일본의 연합에 의한 나당연합군에 대한 항전, 13세기 원나라와 고려 연합군의 일본에 대한 진공, 고려 후기로부터 수십 년 동안 이어진 일본의 침탈, 16세기 말 일본의 조선 침공과 조명 연합군의 항일전쟁 등이다.

하나의 강대국과 인접한 약소국은 한쪽 방향에서만 위협을 받지만 둘 이상의 강대국과 인접한 경우에는 위협의 출처 역시 다방면이 된다. 거기다 이를 둘러싼 강대국이 경쟁 관계에 있다면 그 사이에 위치한 약소국은 더욱 어려운 처지에 놓이게 된다. 이처럼 '경쟁하는 강대국 사이'라는 불리한 위치에 존재하는 상대적 약소국을 완충국이라고 한다. 이때 위협은 양방향 또는 다방향에서 오기 때문에 어느 쪽에 편승해도 모든 위협을 해소할 수 없어 외교정책에서 고도의 신중성과 집중력을 발휘해야 생존의 가능성이 커진다.[3] 17세기의 조선 역시 완충국으로서 경쟁 관계에 있었던 명과 후금, 두 강대국 사이에서 어려운 처지에 놓이게 되었다. 그러나 중립 외교를 취했던 광해군과 달리, 극단적으로 명에 편승했던 인조의 상반된 외교정책으로 조선 역시 멸국지화에 가까운 큰 타격을 받았다.

---

3) 김연지, 「한반도를 둘러싼 국제전에 대한 지정학적 연구」, 고려대학교 박사학위 논문, 2014. 26~27쪽.

2) 임진전쟁의 명군 참전과 조선의 '재조지은' 관념 형성

임진전쟁을 명에서는 만력조선전쟁(萬曆朝鮮戰爭), 또는 조선임진위국전쟁(朝鮮壬辰卫國戰爭)이라 하고 한반도에서는 임진왜란(壬辰倭亂), 정유년 재침을 정유재란(丁酉再亂)이라고 하며, 일본에서는 문록의 역(文祿之役), 두 번째 조선 출병을 경장의 역(慶長之役)이라고 한다. 중국에서는 조선의 역(朝鮮之役)과 영하의 역(寧夏之役), 파주의 역(播州之役)을 합쳐 만력 3대 정벌(萬曆三大征)이라 한다. 세 나라에서 이 전쟁에 대한 명칭이 부동하기 때문에 하문에서는 이와 같은 여러 가지 전쟁 명칭을 임진전쟁으로 통일한다.

임진전쟁은 1592~1596년, 1597~1598년 두 차례에 걸친 일본이 조선을 침략한 전쟁으로, 조명연합군과 일본 사이의 7년 동안의 전쟁을 말한다. 임진전쟁은 조선 관군과 의병, 수군, 그리고 명군의 연합으로 7년간의 전쟁에 종지부를 찍었다. 이는 동아시아의 세 나라가 참전한 대규모의 전쟁이었으며 참전국 모두가 큰 피해를 입었다. 미천한 신분에서 한 나라의 일인자 자리에 오른 도요토미 히데요시(豊臣秀吉, 1537~1598)는 일본을 손에 넣은 뒤, 동아시아를 제패하겠다는 망상에 가까운 야망을 품는다. 이렇게 비롯된 임진전쟁은 조선의 국토를 초토화시켜버렸다. 사실 임진전쟁이 일어나기 전까지 조선 조정은 일본의 침략에 대해 면밀히 살피지 않고 일본인을 야만인으로 업신여기기만 하였다. 조선 조정에서 두 명의 사신을 일본에 보내 동정을 살피게 하였으나 그 두 사람의 상반된 견해를 듣고, 결국은 일본이 침공하지 않을 것이란 오판을 하게 되어 방비를 하지 않았던 것이다.

그 당시 조선의 군대 체제는 해이한 상태였다. 조선은 건국 후 200여

년 동안 큰 전란 없이 태평한 세월을 보내면서 군사 제도와 전비 태세가 허술해진 반면에 일본은 한 세기 동안 계속된 전국시대를 끝내고 통일을 이루어냈다.[4] 1592년 4월 13일, 드디어 일본의 대군이 침공하게 되었으며, 일본군은 상륙 20일 만에 서울을 점령하였고 다시 북진을 계속하여 5월 27일에 개성을 점령하였다. 그리고 6월 13일에 평양을 함락하였으며 강원도와 황해도에 병사를 모집하러 갔던 두 왕자마저 일본군의 포로가 되었다.

이처럼 나라 안팎으로 혼란한 상황에서 일본의 무력 침공이 시작되었고 전쟁에 미처 대비하지 못한 조선은 전쟁 초기에 왜군을 효과적으로 막아낼 수 없게 되자, 선조(宣祖, 1552~1608)는 의주로 피난하여 명나라에 원군을 요청하고 명군이 내원함으로써 조명 연합군과 일본군 사이의 전쟁으로 확대되었던 것이다.[5]

선조가 이덕형(李德馨)을 보내 청한 명의 원병은 명나라의 석성의 호응을 받아 1592년 7월에 오게 되었다. 전쟁 발발 20일 만에 잃어버렸던 평양성을 명군이 1593년 정월에 이르러 승리로 이끌었으므로 평양전투의 승전은 조선 군신들에게는 국가를 멸망에서 구해준 의거로 인식되고, 명에 대한 존모와 보은 의식이 고조되면서 '재조지은' 의식으로 구체화되었다. '재조지은'이란 말은 평양전투 승리 이후 예조에서 선조에게 그 사실을 고묘할 것을 청하면서 '방국재조'라는 표현을 사용한 데서 비롯되었으며[6] 이 전쟁을 계기로 '재조지은'은 '명이 조선을 구원하여 다시

---

4) 국방부 정훈공보관실, 「임진왜란의 경과와 교훈」, 『국방일보』, 2002.04.05(4).
5) 국방부 정훈공보관실, 「임진왜란의 경과와 교훈」, 『국방일보』, 2002.04.05(4).
6) 이성형, 「임란 수습기 사행문학 연구 : 대명 사행록을 중심으로」, 공주대학교 박사학위 논문, 2010, 87쪽.

일으켜 세워준 은혜'라는 의미로 사용되었다.

임진전쟁은 조선의 정치 · 사회 · 경제에 심각한 위기를 가져다주었다. 더욱이 임진전쟁 7년 동안 명의 군사적 지원은 조선에 또 다른 크나큰 영향을 끼쳤다. 명군의 참전으로 전쟁 이후 조선 정치와 외교에 대한 명의 간섭은 증대되었고, 조선이 명을 '재조의 은인'으로 숭앙하는 사상은 더욱 심화되었다.[7)]

특히 선조는 명이 베푼 '재조지은'을 높이 평가하고 숭앙하는 데 누구보다 열성이었다. 그 배경에는 최고 책임자로서 전쟁이 일어나는 것을 막아내지 못하고, 전쟁 기간에는 국왕으로서의 권위가 심하게 실추되었던 선조 자신의 '책임 문제'가 자리 잡고 있었다. 파천 이후 국왕으로서의 선조의 권위를 실추시키는 일들이 잇따라 발생했거니와 그와는 대조적으로 이순신(李舜臣) 등 무장이나 곽재우(郭再祐) 등 의병장들이 일본군에 대한 항전을 통해 '구국의 영웅'으로 부각되고 있는 상황에서 왜란을 거치면서 선조의 왕권은 심각한 위기상황을 맞이하고 있었다.[8)]

> 지금 왜적을 평정한 것은 오로지 명군 덕분이다. 우리 장사들은 간혹 명군의 뒤를 쫓아다니다가 요행히 적 잔병의 머리를 얻었을 뿐 일찍이 적 우두머리의 머리 하나를 베거나 적진 하나를 함락시킨 적이 없다. 그 가운데 이순신과 원균 두 장수의 해상에서의 승리와 권율의 전공이 다소 빛날 뿐이다. 만약 명군이 들어오게 된 이유를 논한다면 그것은 모두 호종했던 여러 신료들이 험한 길에 엎어지면서도 의주

---

7) 명군 참전에 따른 영향에 대해서는 '한명기, 「宣祖代 후반~仁祖代 초반 對明關係 연구」, 서울대학교 박사학위 논문, 1997'에 구체적으로 논의되어 있다.

8) 한명기, 「16, 17세기 明淸交替와 한반도 – '再造之恩', 銀, 그리고 쿠데타의 변주곡」, 『명청사연구』, 명청사학회, 2004, 22~41쪽.

까지 나를 따라와 천조에 호소했기에 적을 토벌하여 강토를 회복할 수 있었던 것이다.[9]

위의 인용문에서 볼 수 있다시피, 선조는 임진전쟁을 종전시킨 유일한 공을 명군에게 돌리고 있다. 임진전쟁에서 혁혁한 공을 세웠던 이순신과 권율(權慄)에 대해서는 과소평가하고 칠천량해전에서 조선 수군을 거의 통째로 잃어 조선을 위기에 빠뜨린 원균(元均)을 오히려 이순신·권율과 같은 반열에 놓았으며 의병에 대해서는 일언반구도 언급하지 않았다. 그러면서 명군의 원병의 공을 자신을 따라 의주까지 온 신료들의 것이라 말하고 있다.

이처럼 선조는 '일본군을 물리치고 나라를 회복'한 원동력으로 명 황제와 명군의 은혜를 강조했다. 거기에는 전쟁을 불러온 책임을 모면하고 전쟁 기간 실추된 자신의 정치적 권위를 만회하려는 정치적 의도가 자리 잡고 있었다. 명도 시간이 흐름에 따라 자신들이 조선에 '은혜를 베풀었음'을 강조하고 그에 대한 보답을 요구하기도 하였다.[10]

광해군 2년(1610) 요동 지휘사차관 장천택(蔣天澤)이 자문을 가지고 들어와 관시를 없애는 것을 청했는데 이 또한 명을 재조의 은인으로 여겼음을 알 수 있다.

중국과 오랑캐의 구분은 원래 경계로 한정되어 있으나, 무역의 설치는 실로 소통을 위해서입니다. 그리고 우리 조정이 19년 전에 동방의 큰 싸움을 구원하기 위하여 천하의 백성을 몰아다가 탕화 속으로

---

9) 「感聖宣武淸難功臣都監儀軌」(영인본), 辛丑 5월 15일, 奎章閣, 1999, 71쪽.
10) 『明神宗實錄』, 卷三一七.

달려가게 하였는데, 죽어 없어진 손실이 어찌 수만 명뿐이겠습니까. 이는 나라 안의 백성을 버려서 외국의 재앙을 막은 것이니, 사랑으로 감싸 준 천지와 같은 은혜는 지극하고도 무겁습니다.[11]

이처럼 명에 대한 재조지은[12]은 광해군 정권의 외교 관계에 있어 중요한 부분이었다. 또한 전쟁이 끝난 후인 선조 말년에 광해군은 명의 왕세자 책봉 문제로 시급한 상황이었다. 광해군은 유영경(柳永慶, 1550~1608) 등 소북파로부터 견제를 받게 되어 왕세자의 자리에 오르지 못할 수도 있었으나 선조가 급절하여 어렵게 즉위하게 되었다. 그러나 명은 광해군의 정통성을 쉽게 인정하지 않았다.[13] 이에 광해군은 이호민(李好閔)을 파견하는 등 인정을 받고자 노력하였으나 명나라에서는 왕의 차서가 합당하지 않다는 것을 이유로 허락하지 않았다.

3) 만명의 쇠락과 후금의 굴기에 대한 조선의 인식

하늘 아래 왕의 땅이 아님이 없고, 온 땅 끝까지 왕의 신하가 아닌 이가 없(普天之下莫非王土, 率土之濱莫非王臣)듯이 시대가 천자 한 사람의 천

11) 『광해군일기』, 광해군 2년 2월 4일 경술.
12) 재조지은에 대한 연구는 한명기의 다음과 같은 논문의 관점을 인용했다. 한명기, 「임진왜란 시기 '再造之恩'의 형성과 그 의미」, 『동양학』, 단국대학교 동양학연구원, 1999, 29쪽; 한명기, 「16, 17세기 明淸交替와 한반도 – '再造之恩', 銀, 그리고 쿠데타의 변주곡」, 『명청사연구』, 명청사학회, 2004, 22쪽; 한명기, 「'再造之恩'과 조선후기 정치사 – 임진왜란~정조대 시기를 중심으로」, 『대동문화연구』, 성균관대학교 대동문화연구원, 2007, 59쪽.
13) 한명기, 「光海君代의 對中國 관계 – 後金문제를 둘러싼 對明關係를 중심으로」, 『震檀學報』, 震檀學會, 1995, 79~96쪽.

하였던 만큼, 한 나라에 있어서 천자의 자질은 그 나라의 흥망성쇠와 직접적으로 관계된다. 때문에 만명의 쇠락과 후금의 굴기에는 두 나라 일인자의 자질이 결정적인 역할을 하였다고 볼 수 있다. 이는 앞으로 발생하게 될 명과 후금 간 전쟁 성패의 근원을 밝히고자 함이며 이러한 과정에서 조선의 선택이 자신의 운명을 어떻게 이끌었는지에 대해서도 잘 보여주는 대목이라 하겠다.

우선, 명의 권력자 만력황제를 살펴보면 아래와 같다. "명이 망한 까닭은, 숭정황제의 실덕 때문이 아닌 만력황제의 나태함 때문이다."[14] '태정(怠政)'[15], 즉 나태한 정치를 펼친 것은 만력황제의 중요한 특징이다. 주익균(朱翊鈞)이란 이름을 가진 만력황제는 10세에 황위에 올라 58세에 병으로 붕어하기까지 48년 동안 황제 노릇을 하였다. 그의 아버지인 융경(隆慶)황제 주재후(朱載垕)는 주색에 빠져 불과 6년간 재위, 36세의 젊은 나이로 붕어하였다. 융경황제의 셋째 아들로 태어난 주익균은 손위의 두 형님이 요절하자 순리롭게 황제에 등극하였다. 10세의 어린 나이에 황위에 등극한 까닭에 권력은 실제로 세 사람에 의해 나누어졌다. 바로 그의 어머니인 자성황태후(慈聖皇太后) 이 씨[16]와 사례감병필태감

14) "明之亡, 不亡於崇禎之失德, 而亡於萬曆之怠惰."『淸仁宗實錄』, 嘉慶九年.

15) 명나라 황제들은 태조 주원장(太祖 朱元章), 성조 주체(成祖 朱棣)를 제외하고는 거의 모두 정사에 태만하였다. 명영종(明英宗)은 하루에 여덟 가지 일만 처리했는데 이는 주원장이 하루에 처리하는 사무의 1/50에 불과했다. 그중에서도 명나라 16명의 황제 중 만력황제는 단연 가장 게으른 황제였다.

16) 만력황제의 모친 이 씨는 원래 궁녀였지만 당시 유왕이었던 융경황제를 시중하면서 후에 융경황제의 셋째 아들인 익균과 넷째 아들인 익류(翊鏐)를 낳았다. 융경이 즉위한 후 그는 귀비로 책봉되었으며 그의 아들 만력이 황위에 오른 후에는 자성황태후로 추존되었다.

(司禮監秉筆太監) 풍보(馮保)[17], 대학사이며 수보(首輔, 재상)였던 장거정(張居正)[18]이었다. 만력 10년(1582)에 장거정이 죽자 만력황제는 스스로 집권하기 시작하였다. 그는 먼저 비상수단으로 장거정 · 풍보 · 이태후의 통제와 그늘에서 벗어나 과감하게 '3대 정벌'을 실시함으로써 황제로서의 박력과 능력을 과시하였다. 하지만 이런 기세를 앞으로 몰아가지

---

17) 풍보는 교양이 있고 사리가 밝았으며 남달리 총명하였을 뿐만 아니라 다양한 재능을 가지고 있었으며 일을 아주 능란하게 처리했다. 그는 만력황제의 할아버지인 가정(嘉靖)황제 재위 기간에 사례병필태감(司禮秉筆太監)과 사례감장인태감(司禮監掌印太監)을 지냈으며 융경 원년에는 제독동창(提督東廠)을 지냈다. 명나라 시기에는 환관을 직무에 따라 12감(十二監), 4사(四司), 8국(八局)으로 구분하여 이를 24아문(二十四衙門)이라고 하였다. 이는 마치도 하나의 '내부(內府)'와 같은데 황궁의 작은 정부이기도 하다. 그중에서 사례감의 권력이 제일 큰데 그들의 주요 직무는 바로 황제의 문서를 대필해주고 황제의 어명을 전달하는 것이다. 사례감 중에는 일명 '내상(內相)'이라 불리는 장인태감(掌印太監) 한 명과 '보신(輔臣)'이라 불리는 병필태감(秉筆太監) 한 명이 있었다. 만력황제가 황태자일 때부터 풍보는 그의 학습과 생활을 돌보아주었다. 만력황제가 왕위에 오른 후 풍보는 사례감 중의 장인태감 직을 맡아 밤낮으로 건청궁(乾清宮)에서 어린 황제를 돌보는 등 만력황제와의 친분이 각별하였기 때문에 그 세력이 아주 방대하였다. 풍보는 또 여러 인간관계를 아주 잘 처리하였는바 장거정과의 관계도 아주 친밀하였다.

18) 장거정은 호북 강릉현 출신으로서 어려서부터 남달리 총명하였는데 가정 26년에 진사에 급제하였다. 장거정과 만력황제는 군주와 재상의 관계였을 뿐만 아니라 스승과 제자의 관계이기도 하였다. 만력황제는 장거정을 '원보장소사선생(元輔張少師先生)'이라 부르면서 제자의 도리를 다하였으며 장거정도 자신의 몸과 마음을 다 바쳐 어린 황제를 보좌해 주었다. 이태후, 환관 풍보와 제일 재상 장거정의 보좌 아래 만력 원년으로부터 만력 12년 사이에는 조정의 기강이 흐트러지지 않고 사회가 비교적 안정적이었으며 경제도 일정하게 발전하였다. 장거정이 만력황제를 보좌하여 조정을 다스린 기간에 북경은 한때 태평성세를 맞이하기도 했다. 명나라 사람 사현(史玄)은『구경유사(舊京遺事)』라는 책에서 당시의 북경을 "길에는 경수가 없고 밤에는 개가 짖지 않으며 추석날 밤하늘에는 보름달이 두둥실 뜨고 장안의 거리에는 노랫소리 울려 퍼지네.(道路無警守 狗不夜吠 中秋月明之夜 長安街上歌聲婉轉曼妙)"라고 묘사하였다.

못하고 정무에 태만하면서 정치적 혼란을 가져오게 되었다.

이는 후금의 일인자 누르하치 칸과 극명한 대조를 이룬다. 우선, 가정 배경을 살펴보면 누르하치(努爾哈赤, 1559~1626)는 어려서 어머니를 여의고 계모의 슬하에서 온갖 멸시와 천대를 받으면서 자랐고 일찍 집에서 독립하여 어렵게 생계를 유지하였다. 그리고 1583년(만력 11년) 명에 의해 비통하게 할아버지와 아버지를 잃게 되는데 이 또한 후금이 명을 무너뜨리려 한 '일곱 가지 큰 원한(七大恨)'[19] 가운데의 하나였다. 그는 차례로 건주여진의 부락을 통일하고 1587년에 스스로 왕을 칭한다. 이는 주익균이 아버지의 손에서 고이 물려받은 황위와 스스로 강산을 닦은 누르하치와는 완전히 상반된다.

명 황제는 직접 제사를 지내지 않았다. 『명사(明史)』 「예지(禮志)」 교사(郊祀)에는 "남교의 원구에서 하늘에 제사를 지내고 북교의 방택에 서 땅에 제사를 지낸다.(祭天于南郊之圜, 祭地于北郊之方澤)"[20]라고 기재되어

---

19) 我之祖父, 未嘗損明邊一草寸土, 明無端起釁邊陲, 害我祖父, 此恨一也;明雖起釁, 我尚修好, 設碑立誓, 凡滿漢人等, 無越疆土, 敢有越者, 見即誅之, 見而顧縱, 殃及縱者, 詎明復渝誓言, 逞兵越界, 衛助葉赫, 此恨二也; 明人於清河以南, 江岸以北, 每歲竊逾疆場, 肆其攘奪, 我遵誓行誅, 明負前盟, 責我擅殺, 拘我廣寧使臣綱古里方吉納, 脅取十人, 殺之邊境, 此恨三也; 明越境以兵助葉赫, 俾我已聘之女, 改適蒙古, 此恨四也; 柴河三岔撫安三路, 我累世分守, 疆土之眾, 耕田藝穀, 明不容留獲, 遣兵驅逐, 此恨五也; 邊外葉赫, 獲罪於天, 明乃偏信其言, 特遣使遺書詬言, 肆行淩辱, 此恨六也; 昔哈達助葉赫二次來侵, 我自報之, 天既授我哈達之人矣, 明又擋之, 脅我還其國, 已以哈達之人, 數被葉赫侵掠, 夫列國之相征伐也, 順天心者勝而存, 逆天意者敗而亡, 豈能使死于兵者更生, 得其人者更還乎? 天建大國之君, 即為天下共主, 何獨構怨於我國也? 今助天譴之葉赫, 抗天意, 倒置是非, 妄為剖斷, 此恨七也! 欺淩實甚, 情所難堪, 因此七恨之故, 是以征之。

20) 원구(圜邱)는 북경 남교에 있는 천단을 가리키고 방택(方澤)은 북교에 위치한 지단을 말한다. 『주례(周禮)』에 의하면 제왕은 해마다 동지에 천단에 가서 하늘에

있다. 이로부터 알 수 있는바 하늘과 땅에 제사를 지내는 것은 한 나라의 제왕에게 있어서 으뜸가는 대사였다. 그런데 그는 왕실의 종묘[21)]에 가서 직접 제사를 지내지 않았다. 그리고 또 조정에도 나가지 않았다. 만력황제는 20여 년간 조정의 정무를 보지 않았으며 조회도 소집하지 않았다. 일부 대신들이 궁문 밖에 꿇어앉아 조정에 나올 것을 간절히 청하였지만 만력황제는 그들을 거들떠보지도 않았다. 대학사 방종철(方從哲, ?~1628)이 객신을 늘려줄 것을 요구하여 "문서 수십 장을 들고 문화문 밖에서 6일 동안 기다렸(章凡數十上, 候旨文華門凡六日)"지만 결국에는 황제를 만나지 못하고 돌아갔다.[22)] 명나라 군대가 사르후전쟁에서 크게 패한 후, 방종철은 또 만력황제에게 글을 올려 문무백관들을 소집하여 대책을 토론할 것을 청하였지만 이 또한 묵묵부답이었다.[23)]

이처럼 주익균의 불효, 태정과 반대로, 누르하치는 할아버지와 아버지의 원수를 갚겠다는 효(孝)로부터 출발하여 부족을 통합하고 명에 도전장을 낼 준비를 하고 있었으며 많은 전쟁을 거쳐 여진을 통일하고 후금을 건립했다.

대학사이며 수보인 주갱도 수년 동안 황제를 한 번도 만나지 못하였다. 만력 40년, 남경 각 지방 어사들은 "대성이 비어 있고 관위가 폐지되

제사를 지내고 하지에는 지단에 가서 땅에 제사를 지내야 한다고 하였다. 『좌전(左傳)』에서도 "나라의 대사는 제사와 군사에 있다.(國之大事在祭與戎)"라고 하였다.

21) 종묘는 선조들의 신위(牌位)를 봉안하고 국가적인 제사를 지내는 곳이다. '경천법조(敬天法祖)'는 황제로서 반드시 준수해야 하는 예법이다. 일반 백성들도 제사를 지내는데 하물며 한 나라를 다스리는 군주라면 더 말할 나위 없었다. 하지만 만력황제는 하늘에 제사를 지내지 않았을 뿐만 아니라 선조들의 제사도 지내지 않았으니 백성들의 소리에는 더더욱 귀를 기울이지 않았다.

22) 『明神宗實錄』, 卷五八一.

23) 『明神宗實錄』, 卷五八O.

었다. 황제는 20년 동안 용안을 보여주지 않고 대신들도 만나지 않으니 나라가 망하지 않을까 심히 걱정된다.(台省空虛, 諸務廢墮上身居二十余年, 未嘗一接見大臣, 天下將有陸沈之憂)"[24]라는 글을 올렸다. 하지만 대학사이자 수보인 엽향고는 "나는 임금의 용안을 본 지가 오라지만 복왕은 하루에 임금을 두 번씩 만난다.(不奉天顔久, 而福王一日兩見)"[25]라고 말하였다.

이로부터 알 수 있는바 만력황제는 누구도 만나지 않은 것이 아니라, 자신이 총애하는 복왕(福王)은 하루에 두 번씩이나 만났지만 대신들이 올린 문서를 심열하지 않았다. 명나라에는 아주 긴박하고 중대한 사건이 아닌 외에는 대신들이 함부로 황제에게 문서를 올리지 않는다는 규정이 있었다. 때문에 대신들이 문서를 올리면 황제는 대신들의 의견에 동의하든 안 하든 일단 결론적인 지시를 내려야 했지만 만력황제는 대신들이 올린 문서를 읽은 후 아무런 결론도 지시도 내리지 않고 한쪽에 내버려두기 일쑤였다. 황제의 지시가 없으면 아무런 일도 처리할 수 없기 때문에 전체 중앙 기구는 아예 작동을 멈춘 것과 다름이 없었다. 위로는 상서, 아래로는 지현에 이르기까지 결원이 생겨도 새로 보충이 되지 않고, 사직도 비준이 되지 않으니 아문에서는 아무 일도 할 수 없게 되었다. 엽향고가 수백 면에 달하는 문서를 작성하여 이러한 상황을 황제에게 아뢰었지만 그 결과는 역시 묵무부답이었다. 정치에 한없이 게을리하는 만력황제의 이러한 태도는 많은 대신들의 불만을 자아냈다. 만력 40년(1612), 이부상서(吏部尙書) 손비양(孫丕揚)이 '배소자거(拜疏自去)'하였고 만력 41년(1613)에는 이부상서 조환(趙煥)도 '배소자거'하였

24) 『明史 · 神宗本紀』.
25) 『明史 · 葉向高傳』.

다.[26] 그들은 이러한 국면을 개변할 수 없는 이상 떠나는 것이 가장 좋은 선택이라고 생각했다.

다시 누르하치를 살펴보면 그는 자신의 동생과 아들, 그리고 장수들과 함께 천하를 제패하기 위해 동분서주하였다. 만력 19년(1591) 정월부터 시작하여 압록강 지역을 공략하고 만력 21년(1593)에 이르러 백두산 부락을 자신의 세력범위에 집어넣었다. 같은 해, 해서여진 연맹 부락의 도전을 성공적으로 무너뜨렸고 만력 27년(1599)에 이르러 몽골 문자를 받아들여 만족어의 자모로 쓰게 하는 등 대외로는 전쟁에 힘쓰고 대내로는 근정에 힘썼다.

만력황제는 오랫동안 경연(經筵)[27]에 참가하지 않았다. 하여 공과우급시중 왕원한(工科右給事中 王元翰)은 "황제가 강의에 참석하지 않으니 아무 것도 보고할 수 없다."고 말하였으며 또 "황제는 환관과 후궁의 첩들과는 가깝게 지내면서 정인군자들은 소원하고, 종사를 위하는 마음이 조금도 없다."[28]라고 비판하였다.

그는 또 주색에만 빠져 있었다.[29] 중앙 및 지방의 크고 작은 관원들

---

26) 『明史 · 神宗本紀』.

27) 경연은 전문적으로 황제를 위하여 설치한 수업으로서 대학사(大學士), 한림원시강학사(翰林院侍講學士)들이 책임지고 강의하며 황제와 함께 경사(經史)를 토론하는 자리이기도 하다. 또한 황제와 대신들이 함께 국가 대사와 치국 이념을 담론하는 자리이다.

28) 『明史 · 王元翰傳』.

29) 만력황제는 술을 아주 좋아했는데 늘 술에 흠뻑 취해 있었다. 그 결과 윗사람이 하는 짓을 아랫사람이 본받아 조정은 날마다 밤낮으로 춤과 노랫소리가 끊이지 않았다. 만력황제는 또 정귀비를 남달리 총애하여 날마다 사치하고 부화방탕한 생활을 누리였으며 금전에 유달리 탐욕스러웠다. 만력황제는 환관들을 광감세리에 임명한 후 사방으로 파견하여 백성들의 재물을 착취하였다. 이렇게 착취한 재물들은 국고에 들어간 것이 아니라 내탕(內帑), 즉 황제의 개인 금

이 문서를 올려 항의를 제기했지만 황제는 이를 하나도 채납하지 않았다. 그는 또 제멋대로 칭호를 봉하고 땅을 하사하였다. 만력황제에게는 자신에게 속하는 210만 무의 땅이 있었을 뿐만 아니라 그는 자신의 동생인 익류에게 400만 무의 땅을 하사하였으며 자신의 아들 복왕에게도 200만 무의 땅을 하사하였다. 땅이 없으면 그는 주위의 군과 현의 땅을 획분하여 나눠주었다. 만력 6년에 전국의 토지는 5억 1천만 무에 달하였는데 만력 부자와 그의 형제가 그중의 6.3%를 차지하였다.[30)]

주익균이 주색에 빠져 있을 때, 누르하치는 해서여진의 세력을 약화시키고 만력 26년(1598) 정월부터 만력 43년(1615) 11월까지 지속적으로 동해로 진군하여 동해의 여러 갈래 부락을 모두 통합했다. 그리고 만력 29년(1601)에 이르러 기만술로 북경에 입성하여 명에 조공을 바쳤으며 만력 31년(1603)에 허투아라로 도읍을 옮겼다. 그리고 군대가 장대함에 따라 대오를 정렬했으며 300명을 일우록(一牛录)으로 하여 이를 효과적으로 관리하였고 황 · 백 · 홍 · 남 4기를 만들었다. 만력 43년(1615) 11월에 더욱 장대해졌으며 다시금 4기를 8기로 조정하여 아들과 조카들, 그리고 각 기(旗)의 기주와 함께 국정을 의논하였다.[31)]

주익균은 또 돈을 물 쓰듯 하였다.[32)] 일부 관원들이 글월을 올려 이의

고에 들어갔다.

30) 阎崇年, 『明亡清兴六十年』, 北京: 中华书局, 2006, 27쪽.

31) 阎崇年, 『努尔哈赤传 · 正说清朝第一帝』, 北京: 北京出版社, 2006, 134쪽.

32) 『명사 · 식화지(明史 · 食貨志)』에는 정귀비가 아들을 낳았다고 은 15만 냥을 하사하고 정귀비의 생일에 은 20만 냥을 하사하였으며 노왕(魯王) 책봉에 은 30만 냥을 하사하고 복왕의 결혼 비용으로 은 30만 냥을 소비하였으며 낙양에 자택을 짓는 데 은 28만 냥을 사용하고 정령(定陵)을 건축하는 데 은 800만 냥을 사용하였으며 황태자 책봉에 은 1,200만 냥을 소비하고 진주와 보석을 구매하는 데 은 2,400만 냥을 소비하였다고 기재되어 있다. 만력 초년에 국고의 한 해 수

를 제기하면 만력황제는 언제나 60곤장을 때리고 평민으로 강등시키는 것으로 화답하였다. 만력황제의 이러한 행위에 대해 명말 청초의 사상가 황종희(黃宗羲)는 "만력황제는 자신의 음탕한 생활을 만족시키기 위하여 천하의 골수를 모조리 빨아먹고 천하의 자녀를 모두 갈라놓은 사람"이라 했으며 또 "천하의 가장 큰 화근이 바로 당신이 아니겠는가!"라고 질책하였다.[33] 이에 대하여 엽향고도 "나라의 근심이 적국의 외환에 있는 것이 아니라 바로 저 묘당 위에 있다."[34]라고 말하였다. 정치를 게을리하는 만력황제의 이러한 태도 때문에 명은 점차 쇠락하기 시작했으며 역사의 뒤안길로 접어들고 있었다.

극심한 낭비와 금전에 인색함을 보이는 주익균과 달리 누르하치는 공신을 후대하는 중요한 국책을 제정하고 후금에 투항하는 사람들에게 대량의 노비와 재물을 하사하고 관작을 제수하였다.

작호를 내려주었고 혼인을 통하고 영욕을 함께하였다. 이러한 공신들이 잘못을 범하였을 때는 그 공을 높게 치하하며 가볍게 벌을 내렸다. 그리하여 많은 재능 있는 사람들이 몰려와 계책을 올렸으며, 수차 명을 약탈하여 재물이 넘치게 하였는데 이는 후금을 장대시키는 데 기반을 마련하였다.

입은 400만 냥에 지나지 않았는데 이로부터 만력황제가 돈을 얼마나 물 쓰듯이 했는지를 알 수 있다. 그는 또 제멋대로 못된 짓을 일삼았다. 일부 책에는 만력황제가 "아편을 피웠"다고 기재되어 있고 또 일부 서적들을 보면 그가 "아름답게 생긴 남자"를 좋아했다는 말도 있다. 듣는 소문에 의하면 당시 황궁에는 '십준', 즉 총명하고 아름답게 생긴 젊은 환관 10명이 황제의 시중을 들거나 심지어 황제의 은총을 입으면서 황제와 잠자리를 함께했다는 말이 있다. 阎崇年,『努尔哈赤传 · 正说清朝第一帝』, 北京: 北京出版社, 2006, 135~138쪽.

33) 黃宗羲,『明夷待訪錄』 참조.

34) 『明史 · 葉向高傳』.

스스로 멀리서 귀부하러 온 사람들에게는 후한 상을 내리기도 하였는데 흑룡강 · 길림 · 요녕 여진의 추장들이 부족을 이끌고 귀순한 일만 하여도 이삼백 회나 된다.[35] 이는 여진의 통일을 가속화시켰으며 전쟁에 의한 불필요한 사상자를 줄인 효과적인 사례였다.

이처럼 만명과 후금, 두 세력의 일인자의 대결은 누르하치의 완승으로 끝을 본 셈이다. 만명은 그야말로 '서산의 지는 해'이고 후금은 '욱일승천'하였던 것이다. 이에 명의 멸망은 필연적이었지만 조선에서는 시종 '재조지은'을 언급하며 주익균을 '고려천자'로, 누르하치를 야만인이나 오랑캐로 업신여기며 '노적', 또는 '노추'라고 불렀다. 발 빠른 국제 관계의 변화 속에서 변화를 잘 읽어내지 못하고 했던 선택은 훗날 조선이 두 차례 걸친 후금(청)의 침략을 받게 된 필연적인 결과이기도 하다.

2. 조-청전쟁 발발 과정의 사회 · 역사 · 문화 콘텍스트

1) 사르후전쟁 전후 명 · 조선 · 후금(청) 삼국의 역학 관계

1618년, '일곱 가지 큰 원한'을 내세워 명에 선전포고를 한 누르하치는 무순을 공략하여 함락시켰다. 이에 명 조정은 후금을 토벌할 결정을 내리고 전쟁 상태에 돌입하였다. 명은 양호(楊鎬)를 요동 경략으로 임명하여 누르하치 토벌의 책임자로 삼았다. 같은 해 6월, 명은 조선에 원병을 요구했고 12월에 이르러 강홍립(姜弘立)과 김경서(金景瑞)가 이끄는

---

35) 弘昼 等,『八旗满洲氏族通谱』, 影印本, 沈阳: 辽海出版社, 2002, 14쪽.

조선군 1만 3천 명이 도착했으며 전국 각지에서 징발한 병력들도 모두 도착하였다. 1619년 2월 21일에 명군 10만 명은 네 갈래로 나누어 동시에 진공하는 전술을 내세워 성세호대하게 진군했다. 한편, 이 소식을 접한 누르하치는 "네가 몇 갈래로 온들 나는 한 갈래로 간다."[36]라는 전략으로 명군을 각개 격파하였다.[37] 3월 1일, 팔기군은 사르후에 제일 먼저 도착한 두송(杜松)의 군대를 격파하여 완승을 거두었다. 더욱이 이곳에서의 전투가 다른 갈래에서 오는 명군과의 교전에서 승리할 수 있었던 요인으로 간주되어 이 세 곳에서의 전투를 통틀어 사르후전쟁이라 불렀다. 3월 2일, 마림(馬林)의 군대를 격파하고 같은 날 유정(劉綎)의 군대에 대해 진격을 방해하다가 후금의 주력부대를 이동시켜 이틀이 지난 3월 4일에 격파하였다. 이때, 유정군의 배후에서 진을 치고 있던 조선의 원병은 항복을 하게 되고, 이여백(李如柏)은 양호의 후퇴 명령을 받고 회군하게 되었다. 사르후전쟁은 후금의 완벽한 승리로 막을 내리기까지 불과 나흘에 지나지 않았다.

이번의 전쟁으로 명은 막대한 손실을 입게 되었다. 전쟁에 동원된 지휘관 반열의 장수 310명과 병졸 4만 6천 명이 전사했으며 말과 기타 장비 등 손실이 이루 다 헤아릴 수 없었다. 이에 비해 후금군은 불과 200여 명의 전사자를 낸 경미한 손실이었다. 이 전투는 명과 후금 관계의 중요한 전환점으로서 명은 공격에서 방어로 뒤바뀌고 후금은 적극적인 공세를 펼치게 되었다. 이렇게 이 전쟁은 후금의 세력 확장에 발판을 마련해주었으며 명을 향해 적극적인 도전을 할 수 있는 중요한 조건을 제

36) 『明史紀事本末補遺』, 卷一.

37) 아래의 사르후전쟁은 『淸太祖實錄』 卷三을 참고하여 서술함을 밝힌다.

공해주었다.

이처럼 사르후전쟁으로 명과 후금에는 크나큰 변화가 생겼다. 후금이 명과의 본격적인 대결을 준비하느라 한창 바쁜 시기에 패전한 명은 정신을 차려야 마땅하나 오히려 실정[38]을 거듭했다. 위 문장에서 말한 바와 같이 명의 최고 집권자 만력황제의 정치에 게으른 태도는 엄중한 재정 위기를 초래하였는바, 조정의 중추가 거의 무너질 위기에 이르렀다. 그 구체적인 표현은 상하 조직이 서로 어긋나고, 환관들이 제멋대로 행패를 부리며 당쟁이 치열하였다.

명나라 중앙 정부는 주요하게 내각 · 육부 · 도찰원 등 기구로 구성되었는데 만력황제가 장기적으로 조정에 나가지 않고 대신들을 만나지 않았으며 문서를 심열하지 않았기 때문에 조정의 이러한 중추 기구들이 거의 해체될 위기에 놓이게 되었다.

더욱이 사르후전쟁에서 크게 패하여 요동 지역이 위급한 상황에 처하고 서울에까지 영향을 미치자 이부상서 조환은 조정의 대신들을 이끌고 문화문 밖에 꿇어앉아 황제가 대신들을 만나 함께 적을 대항할 대책을 토론할 것을 간청하였다. 그들은 해질 무렵까지 무릎을 꿇고 기다렸지만 그들에게 돌아온 것은 고작 황제가 옥체가 불편하여 그들을 접견하기 어렵다는 어명이었다. 조급한 나머지 조환은 적군이 성 아래까지 쳐들어 온 후에도 몸이 불편하다는 핑계로 우리를 돌려보낼 수 있는가라고 황제에게 따지고 들었다. 하지만 이러한 위급한 상황에서도 만력황제는 끝까지 조정에 나가지 않았으며 오히려 이 일로 하여 조환에게 원

---

38) 만력황제의 실정과 명조의 상황에 대해서는『明神宗實錄』과 '阎崇年,『明亡清兴六十年』, 北京: 中华书局, 2006.'을 참고함을 밝힌다.

한을 품고 얼마 뒤 조환이 서거한 후 조정에서는 그에게 아무런 휼전도 베풀어주지 않았다. 일부 정직한 관원들은 만력황제에게 많은 간언들을 써서 보냈는데 그중 일부는 아주 어투가 격렬하였다. 낙우인(雒于仁)이라는 한 관원은 「주색재기사감소(酒色財氣四箴疏)」라는 글을 써서 황제에게 올렸는데 주, 색, 재, 기를 모두 갖춘 만력황제를 비평한 내용이었다. 이에 만력황제는 크게 노하여 그를 엄하게 처벌하려 하였는데 많은 관원들의 노력하에 재난을 요행 모면하게 되었다. 결국 황제는 낙우인의 관직을 박탈하고 그를 평민으로 강등시켰다. 요컨대 정치를 게을리한 만력황제의 태도를 비평한 관원들은 거의 모두 엄한 징벌을 받았다.

명 초기에 주원장은 철패에 "내신은 국가 정사에 간섭할 수 없으며 이를 어길 경우 목을 자른다."라는 글을 새겨 궁문에 붙여 놓았다. 영락제 때 '정난의 변'에서 환관이 아주 큰 공을 세웠는바, 이때로부터 조정에서는 환관을 중용하기 시작하였으며 이는 훗날 환관의 횡포에 조건을 마련해 주었다. 만력황제가 장기간 조정에 참석하지 않고 대신들을 만나지 않았을 뿐만 아니라 문서를 하나도 심열하지 않았기 때문에 그의 모든 의사는 환관을 통하여 대신들에게 전달되었다. 그리하여 환관의 권력도 날이 갈수록 더욱더 강대해졌다. 만력황제는 또 환관들을 광감세리에 임명한 후 사방으로 파견하여 백성들의 재물들을 착취하였다. 환관의 권력은 점점 더 팽창되었고 환관들의 행패도 따라서 점점 더 심해졌다. 그리하여 대학사이자 수보인 주갱은 "오늘날 정권은 내각에 의하여 돌아가는 것이 아니라 사례에 의하여 돌아가고 있다."[39]라고 말하였다. 이는 훗날 사례태감 위충현(魏忠賢)이 명나라 국정을 농단할 수 있

39) 『明史 · 朱賡傳』.

었던 화근을 심어놓았다.

조정의 대신들이 직접 황제와 대면할 수 없었기 때문에 관리들의 승진제도가 아주 혼란스러웠는바 동림당(東林黨) 등 정의를 주장하는 당파가 생기고 그에 맞서 다른 당파가 생겨 비로소 당쟁이 형성되었다. 이 중에서 가장 먼저 출현한 것이 바로 동림당이다. "이부낭중 고헌성(顧憲成)이 동림학원에서 강의를 하여 국내의 많은 사대부들이 모였으며 동림당의 명성은 이때로부터 알려지기 시작했다."[40] 이후 초당(楚黨) · 절당(浙黨) 등 여러 당파들이 잇따라 출현하였다. 뒤에서 제기될 요동 지휘자였던 웅정필(熊廷弼) · 손승종(孫承宗) · 원숭환(袁崇煥) 등 사람들의 임면 · 승진 · 영욕 · 생사는 모두 이 당파 투쟁과 직접적인 연관이 있다.

명 조정은 당시 엄중한 재정 위기를 겪고 있었다. 발배(哱拜)의 반란을 평정하는 데 은 200만 냥을 지출하였고, 임진전쟁 원병에 은 700만 냥을 지출하였으며 파주의 난을 평정하는 데 은 300만 냥을 지출하였다. 비록 군사적인 승리를 거두었지만 국고의 부담이 가중되었다. 그뿐만 아니라 종실에 주는 봉록 부담이 매우 컸다. 명나라의 종실들은 국가의 봉록을 받아서 썼는데 주원장 시기만 해도 그 자손들이 적은 축이었지만 200여 년의 역사를 지나오면서 그 자손이 갈수록 많아져 종실에 나눠주는 봉록은 국가 재정에 큰 부담이 되었다. 국고에 돈이 없자 백성들에게서 더 거두어들였는데 만력황제 때 세금이 백은 520만 냥까지 증가되었다. 후에 곳곳에서 일어난 정변들은 모두 이 세금 징수와 직접적인 연관이 있었다.

재정이 이러하여 나라가 일대 혼란에 빠진 데다 나라의 존망과 관련된 변경 업무도 지극히 문란했다. 변강의 대신들은 많은 간섭을 받았다.

---

40) 『明史 · 宦官二 · 魏忠賢傳』.

조정에 파벌이 많고 서로 배척하다 보니 변강의 업무에도 일정한 영향을 미치게 되었다. 요동 관병들의 임면과 승패는 조정의 당파 싸움과 밀접한 연관이 있었다. 그중에서도 웅정필이 가장 전형적인 예인데 그는 많은 전쟁에서 공로를 세웠음에도 불구하고 당파 싸움 때문에 사람들에게 배척을 받았으며 나중에는 투옥되었다가 피살당하여 목이 구변(九邊)에 전시되는 꼴을 당하였다. 또한 환관을 전선에 파견하여 군대를 순시하는 일은 명나라 때부터 시작된 것은 아니지만 이 시기에 와서 가장 심해졌다고 말할 수 있다. 환관들은 어릴 때부터 거세하고 입궁하여 생활하였기 때문에 그들은 군사와 병법에 대하여 아는 것이 하나도 없다. 그런데 이런 환관들이 전선에서 모든 것을 지휘했다. 도사(督師) · 경락(經略) · 순무(巡撫) · 총병(總兵)들이 모두 환관의 명령에 따라야 했고 전쟁에서 승리를 거두면 모든 공로는 환관에게 돌아갔고 전쟁에서 패하면 경락 · 순무 · 총병이 책임을 져야 했다. 명나라가 후기에 요동 정벌에서 패한 가장 주요한 원인도 바로 여기에 있다. 더욱 극심한 것은 군사들에게 급여와 보급품을 제때에 지급하지 않았다. 요동 지방에서는 연속 석 달 동안 병사들에게 급여와 보급품을 지급하지 않아 일부 병사들은 옷을 팔아 요기를 해결하고 일부 병사들은 아예 백성들의 식량을 약탈하였으며 심지어 말에게 먹이는 사료를 먹는 병사들도 있었다. 화약 창고를 관리하는 병사들은 창고에 있는 화약을 비밀리에 누르하치에게 팔아 그 돈으로 식량을 사서 먹었다. 이런 상황은 아주 엄중한 후과를 초래하였는데 많은 병사들이 죽고 투항하였으며 그나마 남은 병사들마저 통솔자가 없었다. 병사들은 손에 아무런 무기가 없었기에 전쟁에 나가기를 거절했다. 새로 모집된 병사들은 어느 것 하나 제대로 된 것이 없었는데 여기저기 돌아다니면서 식량을 타 가지고는 도망쳐버렸다. 조정에서 파견한 지원군도 그냥 머릿수만 채우는 격에 지나지 않았으며 전투력이 아주 볼품없었다. 5만~6만 명에 달하던 요동 대군은 남아 있어도 죽음을 면하지 못함을 깨닫고 여기저기 도망쳐버렸으며 남은 병사들도 급여와 보급품 지급 문제로 소란을 피우고 심지어 반란을 일으키기까지 하였다. 제일 한심한 것은 썩어 문드러진 무기였다. 한 번은 요동의 행정 중심인 요양에서 군대를 검열하였는데 3만 명의 병사 중 2만 명의 병사가 머리에 솜털로 만든 모자를 쓰고 너덜너덜해진 옷을 입고 손에는 무기 대신 나무 막대기를 쥐고 있었다. 병사들이 사용하는 창은 한 번만 흔들어도 머리가 떨어져 나갔고 칼도 녹이 쓸어 소를 잡아 제사를 지내는데 세 번 찔러서야 피를 볼 수 있을 지경이었다. 그리고 기병들이 수척하고 야위었으며 심지어 말을 잡아먹기도 하였다. 요동에는 원래 전마가 수만 마리나 되었는데 전쟁에서 패한 후 순식간에 사라져버렸다. 요행 살아남은 말들도 바짝 말라 살이 하나도 없었는데 조정에서 사료를 제때에 공급하지 못한 원인도 있겠지만 주로는 많은 병사들이 전쟁에 나가지 않기 위한 핑계를 대려고 일부러 말에게 사료를 먹이지 않거나 심지어 말을 죽이기까지 한 탓이었다. 요동 대군이 전쟁에서 패한 후 요 · 심 지구의 백성들은 하나같이 도망칠 궁리만 하였다. 피난에 나선 굶주린 백성들은 풀뿌리와 나무껍질로 허기를 달랬으며 먹을 것이 없자 사람 고기를 먹는 끔찍한 일도 발생하였다.

상술한 바와 같이 문드러진 명과 욱일승천하는 청의 대결은 불 보듯 뻔한 일이었다. 이런 정세를 간파한 광해군은 명과 후금 사이에서 등거리 외교정책을 펼쳤는데 이는 조정과 재야 선비들의 많은 비난을 받게 되었다.

선조는 의주로 피난을 가면서 여진의 정세를 면밀히 주시하였는데,

1595년에 신충일(申忠一)을 간첩으로 보내 후금의 상황을 자세히 기록하게 한다. 이 자료가 훗날 광해군의 중립 외교의 중요한 자료로 작용한다. 광해군은 조총수와 포병을 양성하고 지속적으로 후금에 간첩을 보내 정보를 수집했다. 그뿐만 아니라 선조 말엽부터 이어지던 국방 대책을 강구하여 진법 훈련 및 성곽 수축에도 힘썼다. 또한 신무기의 도입도 적극 추진했는데 화포와 조총이 그 예이다. 그리고 사르후전쟁에서 투항한 강홍립과 연락을 하여 후금의 정세를 지속적으로 파악했다.

사르후전쟁에서 참패를 당한 명은 조선을 다시금 후금과의 전쟁에 끌어들이고자 했으나 광해군은 번번이 회피하였다. 광해군 11년 4월 3일, 명나라 경략의 차관 상명신(常明臣)[41]이 왔는데, 광해군은 "차관이 서울에 들어온 후에 오랑캐한테서 서신이 왔다는 말을 누설하지 말라. 그리고 만포에 나온 호인은 각별히 잘 접대하여 전일과 다름없이 하고 비록 서둘러 돌아가려 하여도 잘 타일러 만류하라."[42]고 명했다.

이처럼 광해군은 유연하게 후금과 명 사이에서 줄타기하며 충돌을 피하는 등거리 외교를 취했다.

> 이 적들이 요동성에 들어가 버티고 있으므로 중국의 장관들이 차례로 적에게 항복하고 있다. 심지어 요동 지방의 인재들 2백여 명이 원경략(袁經略)을 결박하여 넘겨주었다고 한다. 비록 30만 명이나 되는 군사가 나온다 하더라도 이는 모두 일찍이 오랑캐를 경험하지 못한 군사들이다. 영솔하는 대장들이 과연 이목(李牧)이나 이정(李靖)과 같은지는 자세히 알 수 없으나 그들의 갑옷과 무기가 파손되어 형

41) 『광해군일기』, 광해군 11년 4월 3일 병진.
42) 『광해군일기』, 광해군 11년 4월 3일 병진.

편이 없다고 한다. 멀리에서 온 군사들이 어떻게 정예롭고 건장하겠는가. 중국의 일의 형세가 참으로 급급하기만 하다. 이런 때에 안으로 스스로를 강화하면서 밖으로 견제하는 계책을 써서 한결같이 고려(高麗)에서 했던 것과 같이 한다면 거의 나라를 보전할 수 있을 것이다. 그런데 요즘 우리나라의 인심을 살펴보면 안으로 일을 힘쓰지 않고 밖으로 큰소리치는 것만 일삼고 있다. 조정의 신하들이 의견을 모은 것을 가지고 보건대, 무장들이 올린 의견은 모두 강에 나가서 결전을 벌이자는 의견이었으니 매우 가상하다 하겠다. 그렇다면 지금 무사들은 어찌하여 서쪽 변경은 죽을 곳이라도 되는 듯이 두려워하는 것인가. 고려에서 했던 것에는 너무도 미치지 못하고 있으니, 부질없는 헛소리일 뿐이다. 강홍립 등의 편지를 받아 보는 것이 무엇이 구애가 되겠는가. 〈이것이 과연 적과 화친하자는 뜻이겠는가.〉 우리나라 사람들이 끝내는 반드시 큰소리 때문에 나랏일을 망칠 것이다. 그리고 이제 차관을 만포로 옮겨 가게 한다고 하는데 그들이 과연 머리를 숙이고 명령을 받아들이겠는가. 대체로 이 문제는 관계되는 바가 매우 중요하니 다시 더 의논해서 잘 처리하도록 〈비변사에 말하라.〉[43]

이 대목은 광해군이 요동 정세에 대한 자신의 생각을 명확히 밝힌 것이라 하겠다. 또한 그의 등거리 외교의 목적이라 할 수 있다. 그는 이미 요동 정세에 대해 정확히 파악하고 있었으며 그 사이에서 조선이 취할 태도를 밝힌 것이다. 일례로 고려의 외교를 실례로 들었는데, 바로 고려가 송과 금 사이에서 유연한 자세로 그 당시 강성했던 거란과 행했던 유연한 외교였다. 그러나 이는 명에 대한 사대주의와 재조지은을 강조했던 조선의 조정과 유생들의 거센 반발을 초래한다. 심지어 광해군을 왕

43) 『광해군일기』, 광해군 11년 4월 3일 병진.

위에 옹립한 이이첨(李爾瞻, 1560~1623) 일파인 대북파마저도 심하게 반대하는 상황이었다.

이처럼 광해군의 실리 외교는 혹독한 시련을 겪었으며 끝내는 인조반정으로 역사의 뒤안길로 사라지고 만다.

2) 명 · 조선 · 청의 새 주인의 탄생과 정묘전쟁

사르후전쟁 이후 급변하던 동아시아 국제 관계 속에서 명 · 조선 · 후금에는 비슷한 시기에 새로운 주인들이 등장했다. 무능하고 게으르기 그지없는 만력황제의 뒤를 이은 만명의 황제들은 모두 셋이었는데 재위한 달 만에 죽어버린 태창제(泰昌帝, 1582~1620), 일자무식의 까막눈에 종일 목공 일에만 몰두했던 천계제(天啓帝, 1605~1627), 그리고 말대 황제 숭정제(崇禎帝, 1611~1644)이다. 숭정제는 선조들로부터 엉망진창이 된 강산을 물려받았다. 비록 숭정제는 정사를 열심히 보고, 선대의 황제들과 달리 검소한 생활을 하였지만 의심이 많고 허영심이 많아 결국 나라를 잃고 만다. 손에 많은 신하의 피를 묻혔고 여진의 숙적으로 일컬어지는 요동 변방의 수호신이었던 명장 원숭환을 후금의 이간계로 죽인 일은 겨우 지탱하고 있던 명나라 강산을 무너뜨리는 데 일조를 한 셈이다. 그는 17년 동안의 재위 기간에 7명의 총독과 11명에 이르는 순무를 죽였으며 파면된 신하 또한 부지기수였다.

이러한 때에 욱일승천하던 후금은 1626년에 이르러 청태조 누르하치가 죽고 더 강력하고 지혜를 겸비한 35세 홍타이지(皇太極, 1592~1643)가 후금의 일인자로 즉위한다. 누르하치와 달리 홍타이지는 일련의 선정을 베푸는데 이는 훗날 여진의 장대와 발전에 결정적인 작용을 한다. 우선,

누르하치 시기에 고조되었던 민족 모순을 완화시키고 여진족의 전통적인 습관을 개변시키는 등 일련의 조치를 취한다. 또한 농업과 수공업을 발전시키며 원래의 여진족만으로 구성되었던 팔기군에 한군도 편입시켰다. 6부의 설치 등 제도 면에서의 정비를 거쳐 명과 지속적으로 전쟁을 펼쳤으며 청 개국의 기틀을 마련하였다.

이와 같은 만명과 후금의 목숨을 건 대결에서 실리 외교를 취해 나라의 안위를 보장하고자 했던 광해군은 '친명배금' 정책을 국교로 정한 인조 정권에 의해 전복되었다. 즉 반정이 일어났던 것이다. 인조반정 세력이 광해군을 폐위시킨 이유는 아래와 같다.

> 광해는 은덕을 저버리고 천자의 명을 두려워하지 않았으며 배반하는 마음을 품고 오랑캐와 화친하였다. 이리하여 기미년에 중국이 오랑캐를 정벌할 때 장수에게 사태를 관망하여 향배를 결정하라고 은밀히 지시하여 끝내 우리 군사 모두를 오랑캐에게 투항하게 하여 추악한 명성이 온 천하에 전파되게 하였다. 그리고 우리나라에 온 중국 사신을 구속 수금하는 데 있어 감옥의 죄수들보다 더하였고, 황제가 칙서를 여러 번 내렸으나 군사를 보낼 생각을 하지 아니하여 예의의 나라인 우리 삼한(三韓)으로 하여금 이적 금수의 나라가 되는 것을 모면하지 못하게 하였으니, 가슴 아픈 일을 어떻게 다 말할 수 있겠는가. 천리를 멸절시키고 인륜을 막아 위로 중국 조정에 죄를 짓고 아래로 백성들에게 원한을 사고 있는데 이러한 죄악을 저지른 자가 어떻게 나라의 임금으로서 백성의 부모가 될 수 있으며, 조정의 보위에 있으면서 종묘 · 사직의 신령을 받들 수 있겠는가. 이에 그를 폐위시키노라.[44]

44) 『광해군일기』, 광해군 15년 3월 14일 갑진.

이는 국제 정세에 대한 인조 정권의 판단이며 위와 같은 명과 후금의 치열한 대결에서 서서히 침몰되고 있는 명이라는 큰 배에 올라 탄 것이다. 철저한 일변도(一邊倒) 정책은 후금과의 갈등을 가속화시켰고 끝내는 조선을 초토화시킨 정묘전쟁을 자초하게 된다. 인조가 즉위한 후 조선의 외교는 근본적인 변화가 발생하였는바 극력 명나라를 섬기고 후금을 배척하는 쪽으로 발전하였다.

명과 후금의 대결이 심화되고 있던 동아시아 국제 정세 속에서 발생한 인조반정의 의미는 중대했다. 명과 후금 모두 조선의 새 정권이 취할 대외 정책의 방향을 주시하는 가운데 인조 정권은 명으로부터 책봉을 받아 새 정권의 정통성과 통치 기반을 다지려고 시도했다. 광해군의 거부 때문에 조선을 '이이제이(以夷制夷)'의 수단으로 활용하는 데 곤란을 겪었던 명은 인조반정을 '찬탈'이라고 매도하고 인조를 책봉하는 데 부정적이었던 일부 신료들의 반대를 무릅쓰고 인조를 승인했다. 명은 인조를 책봉해주는 대가로 '명을 위해 후금과 적극적으로 맞서야 한다'는 조건을 제시했다. 후금의 도전 때문에 위기에 처한 명은 번국(藩國)에서 일어난 정변이 '반정'인지, '찬탈'인지를 따지는 '명분'보다는 '현실'을 선택했던 것이다.

명으로부터 '조건부 책봉'을 얻어낸 인조 정권이 내걸었던 외교적 지향은 '친명배금(親明排金)'이었다. 하지만 인조 정권 출범 이후 '친명'의 기치는 분명해졌지만 '배금'을 현실에서 실천할 의지나 가능성은 높지 않았다. 오히려 인조 즉위 직후의 조선은 후금을 자극하지 않고, 현상을 유지하려는 지향을 분명히 드러냈다. 인조반정이 성공했던 직후인 1624년 '이괄의 난'이 일어나 위기를 맞았던 것에서 드러나듯이 출범 초기의 인조 정권은 내정을 추슬러 집권 기반을 다지기에도 여유가 없는 상황

이었다.[45]

사실, 후금 정권이 생겨서부터 나날이 커져가는 군사력에는 엄청난 물자들을 필요로 했다. 그러나 후금의 생산력은 이에 걸맞게 발전하지 못했다. 또한 사르후전쟁을 겪음으로 하여 명과의 변경 무역마저 단절된 상황에서 홍타이지 천총(天聰) 원년에는 기황까지 들게 되어 후금은 더욱이 약탈의 방식으로 양식을 확보할 수밖에 없었다. 이에 후금은 조선을 정복하여 뒷근심을 없애버려 전력을 다하여 명을 공격하려고 하였다. 게다가 누르하치의 백전불패의 신화를 여지없이 꺾어버리고 또 후금의 진공을 막아버려 누르하치를 우울함 속에서 죽게 만든 명의 장수 원숭환이 영금(宁錦)을 굳건히 지키고 있었으므로 후금군이 서쪽으로 나아가기는 아주 어려웠다. 이에 먼저 손쉽게 공략할 수 있었던 조선을 정복하여 명과 오랜 신하 관계에 있어 어느 정도의 위협으로 작용했던 후환을 제거하려 하였다. 더욱이 원숭환에 의해 영원전투(寧遠之戰)에서 참패를 당하여 후금의 사기가 땅을 친 상태에서 후금이 다시 명군에 대한 공격을 시행하기란 어려운 일이었다. 그러나 그 당시 거의 무방비 상태에 처해 있던 조선을 공격하기란 그리 어려운 일이 아니었다. 또한 전략적으로 볼 때, 조선과 명 사이의 굳건한 동맹 관계를 단절시켜야만 비로소 명군과 조선군에 의해 앞뒤로 공격을 받는 최악의 상황을 모면할 수 있었던 것이다. 그리고 조선에서 적극 후원하던 모문룡(毛文龍)의 군대가 후금의 변경 지역을 수시로 소란시키고 있는 상황이라 그를 없애버리려면 그의 적극적인 후원자였던 조선을 쳐버려야 했던 것이다.

모문룡은 후금에 패한 명의 장수인데 조선의 평안도에 머물러 있으면

---

45) 한명기, 『정묘 · 병자호란과 동아시아』, 푸른역사, 2009, 19쪽.

서 수차 후금을 침입하여 소란을 일으키는 상황이라 후금의 눈에 든 가시였다. 이 시기, 명은 '재조지은'을 표방하고 인조에게 '봉전의 은혜'를 내세워 인조 정권은 명에 의해 고삐에 끌려 다니는 상황이었다. 광해군의 외교정책 때문에 조선군을 끌어들이기 어려웠던 명에서는 인조를 책봉해주는 대가로 '명을 위해 조선은 후금과 적극적으로 맞서야 한다'는 조건부를 내달았다. 인조 정권의 주요 성원들인 서인(西人)들은 임진전쟁 당시 명군으로부터 입은 '재조지은'을 대대적으로 강조하는 동시에 조선보다 문화적으로 낙후한 후금을 야인이나 오랑캐로 칭하며 업신여겼으며, 또한 일부러 멸시와 비방을 일삼으며 악감정을 더욱 강조시키고 증폭시키다 보니 조선과 후금 사이의 모순은 나날이 커져갔다.

인조 정권은 명나라에 대한 부채 의식을 모문룡한테 대량의 경제 원조를 해주는 형식으로 표현하였으며 심지어 사신을 파견하여 모문룡에게 "과인과 귀진은 한집안과 같으며 서로 마음이 통하기를 입술과 치아처럼 이어져 있습니다."라고 하였다. 이 소식을 접한 누르하치는 크게 노하였지만 별다른 해결을 보지 못하고 죽고 말았다. 사실, 모문룡은 '요동 수복'의 기치를 내걸었지만 실제로는 후금과의 대결을 원하지 않았고 다만 명과 조선 양국에서 군향을 횡령하는 등 어부지리만 얻어 자신의 일신의 안일과 치부만 궁리하였다.

1626년 홍타이지는 누르하치를 이어서 후금 대칸의 보위에 오른 후 조선에 대해 강경책을 구사하기 시작했다. 상술한 조선의 모든 '배금' 행적은 수백 년 동안 명나라 편에 서서 자신을 압박하고 마구 살육했던 조선에 대해 큰 원한을 품고 있던 후금에게 침입의 구실을 제공해주었다. 더욱이 '이괄의 난'에서 살아남은 한명련(韓明璉)의 아들 한윤(韓潤) 등은 후금으로 도망쳐 조선의 불안한 국정에 대해 고변하였다. 이에 후금의 향도가 되어 후금군과 함께 조선에 침입하였는데 그가 고변한 조선의 상황은 후금군의 조선 진공의 신심을 북돋아주었다.

후금이 정묘전쟁을 일으킨 이유를 살펴보면 "조선이 누차 우리나라에 죄를 지었기에 이를 토벌하고자 한다. 그러나 이번 행은 단지 조선만을 공격하고자 함이 아니니라, 명의 모문룡이 요즘 인근의 해도에서 세를 믿고 창궐하며 우리의 반란민을 받아들이기에 이를 정벌하고자 한다. 만일 조선을 손에 넣을 수 있다면 더불어 거둘 것이며 이와 같은 방략으로 둘을 취할 것이니라."[46]고 하였다. 이로 미루어 보면 후금이 정묘전쟁을 일으킨 원인을 단지 인조 정권의 '친명배금'에만 국한시키기 어려울 것이다. 1627년 4월에 원숭환이 홍타이지에게 조선 공략에 대한 이유를 물었는데 홍타이지는 조선이 후금에 대해 지극히 방자하게 굴고 업신여겨 왔으며 힘들게 해왔다고 하였다. 또한 사르후전쟁 때 조선군 포로를 살려주었음에도 그 고마움을 모르기에 군사를 일으켜 토벌하였다[47]고 했다. 이로부터 후금이 정묘전쟁을 일으킨 의도를 살펴볼 수 있는바, 조선이든 모문룡이든 모두 후금에게는 반드시 제거해야 할 장애물이었던 것이다.

이와 관련하여 당시 조선의 분위기가 후금에 적대적인 것은 아니었다. 실제 인조반정 이후 조선에서 '친명배금'의 분위기가 이전보다 고양된 것은 사실이지만 조선이 배금의 기조를 현실에서 행동으로 옮긴 적은 없었다. 조선은 오히려 반정 이후의 불안한 내정을 추스르기 위해 후금 측과 최소한 현상을 유지하려 노력했고 이이제이 차원에서 조선을

46) 『淸太宗實錄』, 卷二.
47) 『淸太宗實錄』, 卷四.

끌어들여 후금과 싸움을 붙이려 했던 모문룡의 시도에 말려들지 않으려 부심했다.[48]

인조 5년(1627) 정묘년 정월 아민(阿敏)이 이끄는 후금군 3만 명은 강홍립 · 박난영(朴蘭英)을 앞세워 얼어붙은 압록강을 지나 의주를 포위했다. 이에 반민이 성문을 열어 손쉽게 함락하고 차례로 여러 성을 함락시켰다. 이를 접한 조정은 인조 5년 1월 24일, 세자의 분조(分朝)를 결정하여 전주 방면으로 보내고 인조는 강화도로 피난한다. 후금군은 파죽지세로 많은 곳을 점령했고 조선군은 제대로 된 싸움 한 번 못하고 무너지고 말았다.

후금은 여러 가지 복잡한 이해관계 속에서 장기적인 이익을 고려하여 평산에 머물면서 강화를 제의하였다. 강화도에 피신해 있던 인조는 최명길(崔鳴吉) 등의 주장에 따라 강화를 결정하고 '형제의 맹약'을 맺었다. 이른바 후금이 형님의 나라이고 조선이 아우의 나라라는 의미였다. 조선은 원창부령 이구(李玖)를 원창군으로 봉하여 왕의 아우로 가장하고 무명 1만 5천 필, 면주 200필, 백저포 250필, 호피 60장, 녹피 40장, 왜도 8자루, 안구마 1필을 후금에 보내고[49] 화친이 이루어졌다. 이에 후금군은 철수하기 시작했고 인조는 4월에 이르러 환궁한다.

이로써 정묘전쟁이 막을 내리게 되었다. 수십 일에 지나지 않는 전쟁이지만 조선의 피해는 극심했다. 특히 청천강 이북은 거의 폐허가 되었으며 조선의 강토는 초토화 상태에 이르렀고 수많은 백성들이 포로로 끌려갔고 목숨을 잃었다.

48) 한명기, 『임진왜란과 한중관계』, 역사비평사, 1999, 344~374쪽.
49) 『인조실록』, 인조 5년 2월 15일 임자.

3) 명 · 청의 지속적 대결에 따른 병자전쟁

1627년 5월, 정묘전쟁에서 많은 전리품을 얻은 홍타이지는 명군의 영금(寧錦) 방어선이 날로 견고해져 가는 것을 느끼게 된다. 이에 전쟁의 시기를 놓치면 요서(遼西)로의 진군이 더욱 어렵게 되리라 판단하여 더위를 무릅쓰고 명에 대한 진공을 개시하였다. 홍타이지는 일부 병력으로 영원(寧遠)성을 공격하고 자신은 직접 주력군을 이끌고 금주(錦州)를 공격하였다. 그러나 홍타이지의 금주성 공격은 큰 저항을 받게 되어 영원성으로 옮겨 가게 되었다. 원숭환은 방어선을 굳게 지켰으며 후금군의 사상자는 많았다. 영원과 금주의 군민들은 전쟁의 승리에 세를 모아 후금군을 공격하였는데 후금은 양면으로 진공을 받아 부득이 철군하게 되었다. 명군의 영금대첩(寧錦大捷)은 다시금 후금에 심각한 타격을 안겨주었으며, 이에 요동의 전세는 잠시 안정되었다. 이는 홍타이지로 하여금 전략적인 면에서 중대한 조절을 하지 않으면 안 되게 하였다.

홍타이지는 두 차례에 걸친 영원성 공격의 실패를 경험하고 영금 방어선 돌파의 어려움을 심심치 않게 느끼게 되었다. 그는 명과 '강화'를 제의하고 조선 · 몽골을 정복하여 명의 양 날개를 절단하여 후환을 없애 버렸다. 그리고 원숭환의 영금 방어선을 피하여 몽골을 에돌아 명의 심장으로 곧장 침공했으며 자금성 아래에까지 이르게 되었다. 그는 주로 파괴적인 작전 방식을 취하고 많은 재물을 약탈해 갔으며 명의 실력을 약화시켰다.

숭정 2년(천총 3년, 1629) 10월부터 11년(숭덕 3년, 1638) 8, 9월 사이에 청군은 수차 경기 · 산서 · 하북 · 산동 등 곳곳에 깊숙이 침입하여 갖은 악행을 저질렀으며 인축 수십 만, 금은 수백 냥을 포획하였다. 이는 명에 지극히 큰 타격을 안겨주었다. 그 시기, 이자성(李自成) 등 농민봉기군은 사천 · 섬서 · 하남 등 지구까지 발전하게 되었는데 명은 양쪽으로 전쟁하느라 피곤하기 그지없었다.

상술한 바와 같이 홍타이지는 1635년에 이르러 몽골을 평정하였는데 이때 비로소 황제의 상징인 대원제국의 옥새를 손에 넣었다. 그는 이 사건을 계기로 여진을 만주(滿洲)라 개칭하고 그 이듬해는 심양에서 황위에 올라 국호를 대청(大清)으로 정하고 연호를 숭덕(崇德)으로 바꿨다. 1636년(인조 14년) 봄, 조선의 조정은 봄과 가을 두 번에 걸쳐 문안 사절단을 명과 후금에 보냈는데 이해 봄에 춘신사로 이곽(李郭)과 나덕현(羅德顯)을 심양에 파견하였다. 당시 홍타이지는 황제 즉위식 날 이 두 사람을 하례객으로 청하였지만 둘은 죽기를 각오하고 참석하지 않았다. 심지어 그들의 갓을 찢고 매질까지 하였으나 끝내 거부하였다. 비록 형제의 나라로 지낸 상황이지만 명나라와의 군신 관계를 유지하고 있었기에 청의 왕을 황제로 받아들일 수 없는 상황이었다. 위에서 거론했던 명의 '재조지은'을 입은 조선은 이를 강상의 윤리를 배신하는 것으로 여겼던 것이다. 그들이 귀국할 때 홍타이지가 답서를 주었는데 스스로 황제라 칭했다. 이곽 등이 이를 받아서 가지고 오던 중 답서를 푸른 보자기에 싼 다음 자루 속에 몰래 넣어 보루를 지키던 청나라 병졸에게 말이 병들고 짐이 무겁다는 핑계를 대어 두고 와버렸다. 그리고 인열왕후가 죽자 청의 장수인 용골대(龍骨大)[50]와 마부대(馬夫大)가 조문을 왔는데 홍타

---

50) 청나라 장수. 본명은 타타라 잉굴다이(他塔喇 英俄爾岱)이다. 조선어권에서는 이름을 한자로 음차한 용골대(龍骨大)로 더 잘 알려져 있다. 인조 14년(1636)에 사신으로 조선에 와서, 청나라 황제의 존호를 쓰고 군신의 의를 맺을 것을 요구하였으나 거절당하자, 그해 12월 10만 대군을 거느리고 쳐들어 와 병자전쟁

이지가 황제를 자칭한 이유를 설명하고 좋은 관계를 유지하자는 내용이었지만 조선은 이 두 장수를 심히 업신여겨 홀대하였다. 장령 홍익한이 상소를 올려 오랑캐 사신의 목을 베라고 주청하고 성균관에서도 여기에 동조하여 상황은 급격히 변화했다. 이에 용골대와 마부대는 숙소를 뛰쳐나와 도망쳤는데, 그 길에 아이들마저 돌을 뿌리는 미묘한 상황으로 이어져 조정에서는 사태의 심각성을 감지하고 재상을 보내 이들을 달랬으나 이를 거부하고 청으로 가버렸다. 그리고 인조가 정묘년에 맺은 화의를 배척하는 유지를 조선 팔도에 내려보냈는데 전달 과정에서 청나라 장수에게 빼앗기게 되었다. 이는 훗날 청이 조선을 치는 빌미 중의 하나가 되고 말았다. 조선 조정에는 척화냐 화의냐에 대해 의론이 분분했으며 조정은 일대 논란의 소용돌이에 빠지고 말았다.

이에 앞서 1627년 정묘전쟁에서 패한 조선은 후금과 '형제의 관계'라는 우호적 관계를 약속했지만 지속적으로 갈등을 겪었다. 여전히 명을 '어버이의 나라'로 받들며 지나치게 긴밀한 관계를 유지하고 있었기에 후금은 이를 심히 못마땅하게 생각했다. 더욱이 요동 정벌을 계획하고 있는 후금의 입장에서 가도에 주둔한 모문룡의 군대에게 양곡을 제공하고 있다는 사실에 크게 노하였던 것이다. 그리고 위에서 말한 바와 같이 홍타이지가 원숭환의 방어선을 뚫기 어렵게 되자 전략을 개변하게 되었는데, 여러 가지 요소들이 복합적으로 작용하여 다시금 조선을 침공한 것이다.

병자전쟁 발발 전인 1631년에 위문사의 신분으로 심양에 간 선약해

을 일으켰다. 남한산성에 피신한 인조의 항복을 받아낸 삼전도의 굴욕 사건으로 유명하다. 하문에서는 용골대로 표기함을 밝힌다.

(宣若海)는 그곳에서 많은 일을 겪게 되었고 그것을 자세히 서술해 인조에게 바쳤다. 그가 사신으로 갔을 당시, 국서를 후금의 임금에게 전하려 했으나, 홍타이지는 명에 대한 진공을 개시하고 있는 상황이라 자리를 비우게 되었는데, 그를 기다리다 보니 심양관에 머물게 되었다. 그때에 후금 장수인 용골대 · 중남(仲男) 등과 자주 접촉을 하게 되어, 후금에 대해 많은 정보들을 입수하게 된다. 이러한 보고가 있었음에도 조선 조정은 후금에 대한 아무런 대책도 내놓지 못한 채 병자전쟁을 맞게 되었다.

1636년 12월 1일, 홍타이지는 12만 대군을 심양에 집결시켜 왕족과 왕자들인 대선(代善) · 도르곤(多爾袞) · 다탁(多鐸) · 악탁(岳託) · 호격(豪格) · 두도(杜度) 등을 이끌고 다음 날 조선 친정에 나섰다. 9일에 이르러 청군은 압록강을 지나고 마부대가 선봉장을 맡아 서울로 진격했다. 마부대는 의주 부윤 임경업(林慶業)의 백마산성을 피해 14일에 서울에 이른다. 청군이 이토록 빨리 서울까지 진격할 것이라 예상 못 한 조정은 급기야 혼란에 빠지고 인조는 남한산성으로, 세손과 세자빈을 비롯한 왕실 사람들은 강화도로 들어간다.

이때 남한산성에는 겨우 50여 일을 버틸 수 있는 식량이 있었다. 12월 16일, 청군의 선봉 부대는 이미 남한산성에 이르고 대신 담태(譚泰)의 군사도 아무런 저항을 받지 않고 서울에 입성해 그 길로 한강을 건너 남한산성을 포위했다.

조선군은 그렇다 할 저항 한 번 해보지 못한 채 47일을 버텼는데 성안의 참상은 이루 말할 수 없었다. 관군들은 남한산성에 이르기도 전에 무너지고 남한산성은 구원병이 전무한 상태에서 결국 투항하게 되었다. 이런 절체절명의 상황에서 주화파와 주전파는 팽팽한 대결을 벌였으나 결국 주화파가 힘을 얻게 되었다.

결국 조정이 난공불락의 곳이라 믿던 강화도가 함락되면서 인조는 드디어 굴복하고 청과 화의를 맺는다. 1637년 1월 30일, 인조는 삼전도(三田渡)에서 청태종에게 삼배구고두의 예를 행하고 '형제의 나라'에서 '군신의 나라'로 화약을 맺어 궁으로 돌아오고 청은 조선의 세자 · 빈궁 · 봉림대군과 척화론 대표자 홍익한 · 윤집 · 오달제를 끌고 심양으로 돌아갔다. 이로부터 조선은 명과의 관계를 철저히 단절하고 청의 신하로 전락되었다.

3. 소결

일본의 침공으로 비롯된 임진전쟁은 조선의 정치 · 사회 · 경제에 심각한 위기를 가져다주었다. 더욱이 임진전쟁 7년 동안 명의 군사적 지원은 조선에 또 다른 크나큰 영향을 끼쳤다. 명군의 참전으로 전쟁 이후 조선 정치와 외교에 대한 명의 간섭은 증대되었고, 조선이 명을 '재조의 은인'으로 숭앙하는 사상은 더욱 심화되었다. 누르하치에 의해 굴기한 후금은 신속하게 강대국으로 성장하면서 동아시아의 판도를 완전히 뒤바꿔 놓았다. 이에 명과 후금이 생사존망을 걸었던 사르후전쟁에 조선은 명의 지원병으로 참전하였고, 그 결과 후금의 완승으로 전쟁은 막을 내렸으며 조선과 후금은 앙금을 맺게 되었다.

조선은 개국 이래 명나라를 부모지국으로 섬기면서 사대의 예를 극진히 다해 왔으나 여진족에 대해서는 항시 '오랑캐'라고 업신여기면서 그들을 야만인으로만 보아왔다. 명과 후금 사이에서 두길 보기를 하던 조선 임금 광해군과 달리, 반정으로 올라온 인조는 그와 철저히 상반된 친명배금 정책을 강행했다. 조선에서는 시종 '재조지은'을 언급하며 만력황제를 '고려 천자'로, 후금(청)의 일인자를 '노적', 또는 '노추'라고 불렀다. 이러한 태도는 복잡다단한 명 · 후금 · 조선의 국제 역학 관계 속에서 조선에 멸국지화를 불러올 정도로 엄청난 피해를 가져왔다. 이는 곧 정묘전쟁과 병자전쟁, 두 차례에 걸친 청의 조선 침공을 초래하여 조선에 막대한 피해를 안겨주었다. 사르후전쟁 이후 욱일승천하던 후금은 강력하고 지혜를 겸비한 35세 홍타이지가 후금의 일인자로 즉위하게 되면서 더욱 강성해진다. 그러나 조선은 인조정권이 등장하면서 명으로 향한 철저한 일변도(一邊倒) 정책을 펼치면서 후금과의 갈등을 가속화 시켰고 끝내는 조선을 초토화시킨 정묘전쟁을 자초하게 된다. 인조 5년(1627) 정월, 아민이 이끄는 후금군 3만 명은 얼어붙은 압록강을 지나 의주를 포위했다. 조선 조정은 세자의 분조를 결정하여 전주 방면으로 보내고 인조는 강화도로 피난한다. 후금군은 파죽지세로 많은 곳을 점령했고 조선군은 제대로 된 싸움 한 번 못 하고 무너지고 말았다. 후금은 여러 가지 복잡한 이해관계 속에서 장기적인 이익을 고려하여 평산에 머물면서 강화를 제의하였다. 강화도에 피신해 있던 인조는 최명길 등의 주장에 따라 강화를 결정하고 '형제의 맹약'을 맺고 화친이 이루어졌다. 수십 일에 지나지 않은 전쟁이지만 조선의 피해는 극심했다. 특히 청천강 이북은 거의 폐허로 되었으며 조선의 강토는 초토화 상태에 이르렀고 수많은 백성들이 포로로 끌려갔고 목숨을 잃었다.

정묘전쟁에서 패한 조선은 후금과 '형제의 관계'라는 우호적 관계를 약속했지만 지속적으로 갈등을 겪었다. 여전히 명을 '어버이의 나라'로 받들며 지나치게 긴밀한 관계를 지속하고 있었기에 후금은 이를 심히 못마땅하게 생각했다. 더욱이 요동 정벌을 계획하고 있는 후금의 입장에서 모문룡의 '가도의 군대'에게 양곡을 제공하고 있다는 사실에 크게 노하였던 것이다. 그리고 홍타이지가 원숭환의 방어선을 뚫기 어렵게 되자 전략을 개변하게 되었는데, 여러 가지 요소들이 복합적으로 작용하여 조선을 재침공한 병자전쟁이 일어나게 된다. 비록 병자전쟁의 발발 전인 1631년에 위문사의 신분으로 심양에 간 선약해가 심양관에 머물면서 후금에 대한 많은 정보들을 입수하여 인조에게 보고하였지만, 조선 조정은 후금에 대한 아무런 대책도 내놓지 못한 채 병자전쟁을 맞게 되었다. 청군이 파죽지세로 들이닥치자 조선군은 그렇다 할 저항 한 번 해보지 못한 채 남한산성에서 47일을 버텼는데 성안의 참상은 이루 다 말할 수 없었다. 관군들은 남한산성에 이르기도 전에 무너지고 남한산성은 구원병이 전무한 상태에서 결국 투항하게 되었다. 이런 절체절명의 상황에서 주화파와 주전파는 팽팽한 대결을 벌였으나 결국 주화파가 힘을 얻게 되었다. 결국 조정이 난공불락의 곳이라 믿던 강화도가 함락되면서 인조는 드디어 굴복하고 청과 화의를 맺었다. 인조는 삼전도에서 청태종에게 삼배구고두의 예를 행하고 '형제의 나라'에서 '군신의 나라'로 화약을 맺었다. 이로부터 조선은 명과의 관계를 철저히 단절하고 청의 신하로 전락되었다.

후금(청)이 조선을 침공할 수 있었던 배후에는 조선이 상국으로 섬기던 명의 쇠락이 중요한 원인으로 작용한다. 만명의 쇠락과 후금의 굴기에는 두 세력 일인자의 자질이 결정적인 역할을 하였다고 볼 수 있는데 이는 명과 후금(청), 양자 간 전쟁 승패의 근원이기도 하다. 이러한 과정에서 인조 정권의 '친명배금' 선택은 조선을 일대 비극의 소용돌이 속으로 이끌었으며 선택의 대가를 톡톡히 치르게 된다. 이는 발 빠른 국제 관계의 변화 속에서 변화를 잘 읽어내지 못한 필연적인 결과이기도 하다.

제2장

실기문학에 기록된 조-청전쟁의 실상

실기문학에 기록된 조-청전쟁의 실상

조선시대 전쟁을 제재로 한 실기문학은 주로 임진전쟁을 제재로 한 실기문학과 조-청전쟁을 제재로 한 실기문학으로 나눌 수 있다. 그런데 이 두 부류의 실기문학을 살펴보면 조-청전쟁 제재 실기문학이 임진전쟁 제재 실기문학보다 적음을 알 수 있다. 우선, 조-청전쟁 제재 실기문학을 살펴보면 그 창작층이 각이하다. 전쟁에 대한 시각은 작자의 신분, 전란 발발 당시 작자가 있었던 위치에 의하여 같은 전쟁이라도 다른 시각으로 표현하고 있다. 이와 같은 이유로 같은 전란 체험 기록이라 하더라도 그들이 처한 상황에 따라 전란을 부동한 시각에서 보고 판단하여 서술하였기에 그 내용 또한 부동하게 나타난다. 조-청전쟁 실기문학은 바로 이런 부동한 시각의 다양한 관점들이 표출되면서 더욱 진실한 전쟁 실상을 환원한다.

아래에 실기문학의 분류를 조선과 후금(청)의 직접적인 접전 중 첫 번째 전쟁인 사르후전쟁, 두 번째 전쟁인 정묘전쟁, 세 번째 전쟁인 병자전쟁으로 구별하여 분석하도록 한다. 여기에서 실기를 기록한 작자층을 그들의 신분 및 전쟁 발발 시의 처지에 따라 분류가 가능하다고 본다.

첫째, 사르후전쟁에 참전하여 포로가 된 이민환은 「책중일록」에서 전쟁의 시작부터 시종 직접 보고 듣고 느낀 바를 적었으며 포로가 되고, 또 조선으로 풀려나기까지의 조선과 명, 그리고 후금의 모든 상황을 진솔하게 적었다.

둘째, 정묘전쟁을 직접 겪은 신달도는 「강도일록」에서 정묘전쟁 발발 과정에서 강화도의 전반 상황을 보고 들은 대로 생생하게 재현하였다.

셋째, 병자전쟁 관련 실기문학의 작자층은 전쟁 당시 조정의 관료 또는 사류들로서 남한산성에서 인조를 호종했거나 강화도에서 왕실의 구성원들을 호종한 이들이다. 「남한해위록」(석지형), 「병자록」(나만갑), 「강도일기」(어한명), 「기강도사」(윤선거), 「강도피화기사」(정양)의 작자들이 이에 속하는데, 그 외에도 여러 명의 작자와 작품이 있다. 이들은 직접 전쟁을 경험하면서 인조 또는 왕실을 호종하거나 또는 살길을 찾아 피난길에 오르면서 겪은 사실을 기록하였기 때문에 조-청전쟁에 대한 지배계층의 시각과 일반 백성들의 전란 체험 사실을 엿볼 수 있다.

1. 사르후전쟁 제재 실기문학—원정과 참패, 포로에서 역적으로

조선군 종사관 이민환(李民寏, 1573~1649)의 「책중일록(柵中日錄)」은 1618년 명의 징병 요구에 의해 명과 후금의 대격돌이었던 사르후전쟁에 출정하게 된 전쟁의 시말과 조선군의 상황을 다룬 실기이다. 이는 1618년 4월에 후금의 요동의 무순 공략을 시작으로 7월의 청하 함락, 그에 따른 명의 출병 요구, 1620년 7월 17일 조선에 돌아오기까지 2년 3

개월 동안의 사르후전쟁 및 그 뒤 후금에서의 포로 경력에 대한 기록이다. 이 작품은 그 당시의 전투 상황과 조선군이 후금에 항복한 진상, 포로의 비참한 생활에 관한 진실한 기록인 동시에 강홍립에 대한 진상을 보여주는 자료이기도 하다. 주목할 것은 이민환이 이 책을 집필한 목적이 사르후전쟁의 시말을 낱낱이 알려 자신과 강홍립, 김경서가 조정에서 반역자로 몰리고 있는 억울한 처지를 호소하기 위해서라는 사실이다. 이 전쟁에서 이민환은 조선군 도원수(都元帥) 강홍립의 종사관으로 선발되었다. 강홍립이 이끄는 조선군 1만 3천여 명은 이듬해 2월 압록강을 건너 명나라 군대와 합세한 다음 후금의 도읍인 흥경노성(興京老城)[1]을 향해 진군하였다. 3월 4일 사르후의 부거(富車)에서 귀영가(貴盈哥)[2]가 이끄는 철기군을 만나 앞서가던 명군이 전멸하였고 이어서 조선의 좌영과 우영이 연달아 패했다. 이때 이민환은 도원수 강홍립, 부원수 김경서 등과 함께 중영에 있었는데, 결국 중영만이 살아남아 항복하여 화의을 맺고 포로가 되었다. 이 책은 어디까지나 사르후전쟁의 실상을 파악하는 것을 목적으로 하고 있기에 「책중일록」의 사르후전쟁 부분만 살펴보도록 한다.

만력 무오 4월, 누적이 무순을 함락하고 7월에 청하를 공략했다. 천조는 이를 토벌할 계획으로 조선군에 징병을 요구하였다. 왕군문 총독은 4만 명을 요구했으나 당시 요동 경략이었던 양호는 조선 병사의 수가 적은 것을 요해한 바 있어, 그 수를 줄여 총수 1만 명으로 하였다. 7월에 조정은 형조판서 강홍립을 도원수로 삼고 평안 병사 김

---

1) 지금의 요녕성 신빈현 경내에 있음.
2) 누르하치의 둘째 아들인 다이샨(代善).

경서를 부원수로 삼았다. 8월, 도원수가 사임을 청하였다. 우선, 허균이 사람을 시켜 상소케 하였다. 지금 인심이 흉흉하니 이때 병사를 움직이면 반드시 창을 거꾸로 돌리는 변이 생길 것이라고 하였다. 이에 유언비어가 분분하고 강홍립은 도원수의 임명을 두 번이나 사양하였으나, 윤허하지 않고 출발을 재촉하므로, 스스로 정준(鄭遵) · 남이웅(南以雄)을 종사(從事)로 추천하였으나, 허락을 받지 못했다.[3]

9월에 행군하여 평양에 이르니, 조정에서 평안 감사 박엽(朴曄)[4]과 분호조참판(分戶曹參判) 윤수겸(尹守謙)으로 군량을 운반하는 일을 맡도록 하였다. 10월에 명나라 수비(守備) 우승은(于承恩)이 와서 아군을 독촉하므로, 원수가 창성(昌城)으로 달려 나아갔다. 이때에 제독 유정(劉綎)이 창성에서 80리인 관전에 진을 치고 있었는데 우서(羽書, 군중의 급한 통첩)가 자주 왕래하였다.[5]

---

3) 萬曆戊午四月。奴賊陷撫順。七月。陷淸河。天朝有征討之擧。徵兵於我國。王軍門總督王可守約四萬兵。楊經略鎬以爲朝鮮兵馬之尠少。俺所曾悉。遂減其數。只徵銃手一萬名。七月。朝廷以刑曹參判姜弘立爲都元帥。平安兵使金景瑞爲副元帥。八月。都元帥拜辭闕下。先是。筠賊嗾人上疏。此時人心不測。必有倒戈之變。飛語洶洶。姜再辭元帥之命。不允。催促發行自辟從事鄭遵, 南以雄。未蒙啓下。이 책의 「책중일록」 번역문은 이긍익, 『폐주광해군고사본말』, 『연려실기술』, 민족문화추진회, 1988 중 「책중일록」 부분을 인용했음을 밝힌다.

4) 박엽은 훗날 인조반정으로 희생된 대표적인 인물이다. 그것은 박엽이 광해군의 인척인 데다 군권을 지닌 광해군의 최측근이었기 때문이다. 인조반정 직후 반정 세력은 박엽을 청산해야 할 구악(舊惡)의 표상으로 지목하고 구시대의 많은 탓을 그에게 전가하였으며 임지인 평양에서 재판도 없이 비밀리에 사살하였다. 구악으로 분류된 박엽의 죄상이 크면 클수록 새 세력의 정당성 역시 커질 수밖에 없었다. 반정 직후의 공식적인 논평은 물론 『인조실록』에 묘사된 박엽은 가혹하고 탐학한 부패 관료의 전형이다. 실제로 박엽은 1618년 9월 평안감사에 제수된 이래, 인조반정 때 처형되기까지 명의 요청으로 후금 정벌을 위한 군사를 모집하는 등 일선에서 대명 및 대청 외교를 주도했다.

5) 九月。行到平壤。朝廷以平安監司朴曄, 分戶曹參判尹守謙。句管運餉。十月。于守備承恩來督我軍。元帥馳進昌城。仍留住。時劉提督陣于寬奠。去昌城八十里。羽書旁午於道。朝廷以都元帥以下將領姓名。

이는 조선이 사르후전쟁에 참전하게 되며 출병한 경위와 조선군의 분공과 명군의 간략한 상황에 대한 설명이다. 강홍립은 출전에 낙관적이지 않았으며 사임을 시도한 바 있다. 여기서 명나라 조정의 병부우시랑의 관직에서 요동 경략의 총책임을 짊어졌던 양호(楊鎬, ?~1629)는 1618년 6월에 산해관을 지나 광녕에 도착하여 필요한 준비를 시작하였으며 8월에는 황제로부터 상방검(尙方劍)을 하사받고 총지휘관으로 임명되었다.[6] 두송(杜松, ?~1619)을 산해관 총병, 유정(劉綎, 1558~1619)을 관전 총병관(寬甸總兵官), 주영춘(周永春, 1573~1639)을 요동 순무(遼東巡撫)로 기용하였다.[7] 12월에 이르러 강홍립과 김경서가 이끄는 조선 원병 1만 3천 명이 도착하게 되었다. 그리고 전국 각지에서 징발한 병력들도 속속 도착하게 되었다.

> 기미년 1월에 오랑캐가 북관(北關)을 침범하자, 양호가 유정을 시켜 양마전(亮馬佃) 창성까지 120리에 진을 치게 하고, 아군의 총수(銃手) 5천 명을 격서로 부르니, 홍립이 양마전과 팔렬박(叭咧泊) 사이에 있는 묘동(廟洞)에 달려가서 경서(景瑞)에게 삼영(三營)의 장수를 거느리고 앞서게 하였는데, 이때에는 눈이 두어 자나 쌓였다. 16일에 오랑캐가 물러가자 경략(經略) 양호가 장병들더러 본진으로 돌아갈 것을 명하고, 은 삼천 냥을 제독에게 보내었는데 제독이 직접 창성에 이르러 군사들에게 나누어주었다. 홍립은 잔치를 베풀어 대접하였다. 제독은 원수가 양마전에 이르지 않은 것에 대해 심히 강조하였다. 장래의 거사에서도 이번처럼 뒷걸음질 치면 절대 안 된다고 말하였다. 양호가 글을 보내어, 총수를 뽑아 그들로 하여금 군졸을 교련시키고

6) 『明史』, 卷二五九, 「楊鎬傳」.
7) 『明史』, 券二五九, 「周永春傳」.

자 하니, 홍립이 평양 포수 4백 명을 보내었다.[8)]

2월에 양호가 여러 장수들을 요동에 모으고, 삼로(三路)로 나누어 진병할 것을 상의하였으니, 서로 총병(西路總兵)에는 마속(馬㰁) · 두송(杜松)이요, 중로(中路) 총병에는 이여백(李汝栢), 동로(東路) 총병에는 유정이었는데, 3월 초하루에 오랑캐의 성 밑에서 모두 모이기로 언약하였다. 이때 유정이 양마전에 있음을 알게 되자 홍립이 군대를 출동시키기로 결정하고, 중군(中軍)에 전 첨사 오신남(吳信男)을, 종사관에는 군기부정(軍器副正) 정응정(鄭應井) · 전 군수 이정남(李挺男)을, 별장(別將)에는 숙천 부사(肅川府使) 이인경(李寅卿) · 절충(折衝) 이국(李掬) · 창성 부사(昌城府使) 박난영(朴蘭英) · 절충 유태첨(柳泰瞻) · 절충 신홍수(申弘壽)를, 향도장(嚮導將)에는 아이만호(阿耳萬戶) 조영립(趙英立)을, 이상은 도원수 휘하에 속했다. 중군에는 우후(虞候) 안여눌(安汝訥)을, 별장에는 절충 김원복(金元福) · 절충 황덕창(黃德彰) · 군관 한응룡(韓應龍) · 김흡(金洽)을, 향도장에는 하서국(河瑞國)을, 이상은 부원수의 휘하에 속했다. 중영장(中營將)에는 정주 목사(定州牧使) 문희성(文希聖)을, 중군에는 강서 현령(江西縣令) 황덕영(黃德韺)을, 좌영장(左營將)에는 선천 군수(宣川郡守) 김응하(金應河)를, 중군에는 영유 현령(永柔縣令) 이유길(李有吉)을, 우영장(右營將)에는 순천 군수 이일원(李一元)을, 중군에는 운산 군수(雲山郡守) 이계종(李繼宗)을, 연영장(連營將)에는 청성 첨사(淸城僉使)

8) 己未正月。奴賊犯搶北關。經略令劉提督[珽]陣亮馬佃。[去昌城, 百二十里]以爲聲援。檄召我軍銃手五千名。○初九日。元帥馳往廟洞。令副元帥[廟洞。在亮馬佃, 㖙咧泊之間]。率三營將。前往亮馬佃。時雪深數尺。馬無所食。糧無所繼。生以元帥之令。馳往碧團, 昌洲。輸入芻茭于軍前。仍馳往義州。催督糧運。○十六日。經略以奴賊退去。令諸軍回陣。送銀三千兩。付劉提督及喬遊擊。[一琦]親到昌城。班給軍士。元帥設宴以待。提督頗以元帥不到亮馬佃爲言。將來擧事。元帥不可退在云。○經略移文。求索銃手。欲使敎練軍卒。元帥送平壤砲手四百名。([]는 협주를 가리키며 하문에서 더는 밝히지 않는다.)

이찬(李穳)을 임명했는데 이것을 10진영으로 나누어 같은 길로 향했다. 한 갈래는 평안도 순찰사 박엽과 윤수겸의 지휘를 따랐는데 그들더러 지속적으로 군량미를 조달하라고 하였다. 16일에 이르러 박천에서 창성에 도착했다. 그는 원수의 명령에 따라 의주에서 박천으로 가서 둔전사무를 상의하려고 하였는데 군대의 장령들이 강을 건는다고 하여 창성으로 급히 갔다. 막부의 장령들이 모두 말하기를 종사관은 군대에 없어서는 안 될 사람이니 필시 함께 가야 한다고 하였다. 창성에 도착하여 금방 소식을 접하자 말 한 필을 선물하며 재삼 강요했다.[9]

1619년 2월 21일, 요동 경략 양호와 제장들은 요양에서 출정식을 거행하고 허투아라성(赫图阿拉城)[10]으로 출발했는데, 이때의 명군의 수는

---

9) 二月。經略會諸將於遼東。商議擧事。分三路進兵。[西路。杜總兵, 馬總兵。中路。李總兵。東路。劉提督。]約以三月初一日。齊集奴城下云。[此時羽書沓至。聞劉提督將以念問。到亮馬佃。]○元帥定議出師中軍前。僉使吳信男, 從事官軍器副正鄭應井, 前郡守李挺男, 聽用別將肅川府使李寅卿, 折衝李掬, 別將昌城府使朴蘭英。領平壤砲手二百名。別將折衝柳泰瞻。領馬軍四百名。別將折衝申弘壽。領京砲乎及降倭幷一百名。嚮道將阿耳萬戶趙英立。領土兵四十名。[以上。屬于都元帥票下。] 中軍虞候安汝訥, 別將折衝金元福。領隨營牌八百名。別將折衝黃德彰。領別武士新出身幷八百名。軍官韓應龍。領自募兵百六十名。軍官金洽。領立功自效軍五十名。嚮道將河瑞國。領土兵八十名。以上。屬于副元帥票下。中營將定州牧使文希聖, 中軍江西縣令黃德韺。領兵三千三百五十名。左營將宣川郡守金應河, 中軍永柔縣令李有吉。領兵三千四百八十名。右營將順川郡守李一元, 中軍雲山郡守李繼宗。領兵三千三百七十名。○連營將淸城僉使李穳。領馬軍五千名。分作十營。列屯一路。一從巡察使 [平安道巡察使朴曄]分戶曹 [分戶曹參判尹守謙]指揮。使之繼援運糧。○十六日。生自博川馳到昌城。生以元帥之令。[自義州往博川。商議屯田事。]聞軍兵將渡江。馳到昌城。前此。幕府將領輩皆言。從事李。不可不在軍中。元帥定欲帶行。及到昌城。始得聞知。辭以迂拙。元帥再三強之。送一走馬。○十八日。分戶曹尹守謙到昌城。[朴巡察燁則屢次催促。而終不至。元帥不得面約而渡江。]

10) 허투아라성은 바로 홍경노성이다.

대략 10만 명이었다. 그러나 성세호대하게 47만이라 칭하며 병력을 네 갈래로 나누어 진군하여 동시에 공격한다는 전략을 취하였다. 그리하여 무순에서 진군하는 서로군은 산해관 총병 두송이 이끌어 사르후지역을 거쳐 허투아라로, 북로군은 개원(開原)·철령(鐵嶺)·예허(葉赫) 원병이 합세하여 개원 총병관 마림이 인솔하여 상문애(尙問崖)를 거쳐 허투아라로, 남로군은 청하 쪽에서 출발하여 요동 총병관 이여백의 인솔하에 아골관(鴉鶻關)을 지나 허투아라로, 관전 쪽에서는 동로군이 총병관인 유정과 강홍립·김경서가 이끄는 조선 원병과 함께 아부다리강(阿布達里崗)을 거쳐 허투아라로 동시에 진격하기로 한 것이다. 그러나 제대로 된 통신 연락이 이루어지지 못했고, 또 여러 장수 사이의 시기 및 질투, 그리고 네 갈래로 나누어 병력을 분산함으로써 기동력이 강한 후금의 철기에게 병력을 집중하여 각개 격파의 조건을 지어준 잘못된 전략과 전술이었다.

18일, 박엽은 강홍립의 누차의 독촉에도 시종 창성에 오지 않았다. 강홍립과 박엽의 모순은 구체적으로 드러나지 않았지만 훗날 강홍립이 매국 항장으로 자리매김된 요소에는 박엽의 장계[11]로 인해 밀어버릴 수 없는 큰 책임을 지게 되었던 것으로 사료된다. 위 문장에서 박엽이 도원수의 부름에도 결코 오지 않았던 것으로 보아 불만을 품은 모양이다.

---

11) 평안 감사 박엽의 장계에, "도원수 이하가 이미 적에게 항복하여 신하의 절개를 잃었으니 각각 그 가속(家屬)을 모아다가 도내에 나누어 가두고, 조정의 처리를 기다리고 있으며, 또 홍립의 첩의 아들 숙(璹)은 삭주로 옮겨 가두었습니다." 하니, 전교하기를, "이들은 항복한 것과는 다르다. 그 가족을 속히 석방하여 서울로 보내어 편히 거처하게 하라." 하였다. 이긍익, 『폐주광해군고사본말』, 『연려실기술』, 민족문화추진회, 1988.

2일 낮 심하(深河) 마가채에서 20여 리 되는 곳에 도착하였는데 적의 기병 5, 6백 명을 만나자, 명나라 장수가 먼저 앞으로 진격하고 아군이 뒤따랐다. 적이 패주하여 산으로 도망쳐 올라가므로, 제독이 아군의 포사수(砲射手)를 독촉하여 막 달려들어 싸웠는데, 머리를 벤 것이 매우 많았다. 이때에 중영장 문희성(文希聖)은 왼쪽 손이 화살에 맞아 부상을 당했고, 수비 유길룡(柳吉龍)은 제독이 가장 친애하던 자인데 화살을 맞아 죽었다. 적의 괴수가 활을 당기며 돌진하자 아군이 모두 놀라 도망했으나, 서울 포수 이성룡(李成龍)이 적의 괴수를 쏘아서 맞히고, 한명생(韓明生)이 목을 베니, 적병이 패하여 달아나서 무너졌다.[12)]

명나라 장수가 포로에게 자세히 캐어물으니, 모두 말하기를, "적병은 모두 서로(西路)로 향하였고, 이 길을 방위하는 적은 불과 수천 명이었는데 어제 싸움에 패하여 죽고 상한 자가 반이 넘는다." 하였다. 또 날이 어두워졌을 때 산 위에 있던 보초병이 와서 알리기를, "멀리 동북쪽에서 대포 소리가 세 번이 은은하게 들려왔다." 하니 명나라 장수들은 모두 "서로(西路)의 대병이 틀림없이 백 리 밖에 이른 것이다." 하였다. 그것은 적이 명나라 진의 대포를 얻어서 신호로 쏜 것인데 명나라 장수들이 이와 같이 잘못 안 것이었다.[13)]

4일에 명나라 장수들이 먼저 행군하고 아군의 3영이 뒤따라 나아가니, 도로는 평탄하나 산골이 연이어 뻗어서, 복병이 있을까 염려하

---

12) 初二日。行軍。午時到深河。[去馬家寨二十餘里。]賊兵五六百騎。結陣以待。天將先登。我軍繼之。賊敗走登山。提督督我軍砲射手搏戰。賊負險自固。射矢如雨。中右營相繼力戰。[時左營殿後。未及來到。] 斬級頗多。中營將中矢。創左手。軍卒亦有傷者。守備劉吉龍。[提督之最親愛者。]中箭而死。賊魁彎弓突出。我軍辟易。元帥督令更進。京砲手李成龍放丸中之。韓明生斬之。賊兵敗走而潰。

13) 天將究問俘獲。皆言賊兵盡向西路。而此路防守之賊。不過數千。昨日戰敗。死傷過半。諸俘所供。如出一說。昏時。山上候軍來報。遙聞大砲三聲。隱隱發於東北。天將皆以爲西路大兵。必到百里外云云。[其後聞見。則賊得唐陣大砲以相傳報。此是奴中所放。而錯認如此。可勝痛哉。]

여, 영졸(營卒)들이 각각 거마작(拒馬柞)을 메고 앞으로 겨우 수십 리를 가서 부거지(富車地) 노성(奴城)에서 60여 리의 거리에 있다. 도착하니 대포 소리 세 번이 연달아 들렸다. 이에 홍립이 말을 빨리 달려 길 왼편 언덕에 올라 보니, 회오리바람이 갑자기 일고, 연기와 먼지가 하늘을 덮기 때문에 곧 좌영은 맞은 편 높은 산봉우리에 진을 치고, 중영은 원수가 올라간 언덕에 진을 치고, 우영은 남쪽 변두리 한 언덕에 진을 치도록 명하였다. 좌영은 이미 벌판에 진을 쳤었으나 적의 기병이 벌써 가까이 있어 이동하기 어려운 형편이었다. 이때 근처 부락 백여 집에 명나라 군사들이 불을 질러 연기가 바람이 따라 와서 진영 위에 덮었다. 잠시 후에 진 상공(陳相公)·우 수비(于守備)·교 유격(喬遊擊)이 필마단기로 와서 말하기를, "명나라 군사가 모두 함몰되었고 제독도 전사하였다."고 전하였다. 대개 유정이 새벽에, "가합령(家哈嶺) 밖은 적의 경비가 전혀 없다."는 정탐군의 보고를 듣고 빨리 달려 먼저 가서 수십 리에 걸쳐서 군사를 나누어 부락을 약탈하게 하여 군대의 대오를 이루지 못하였는데, 오랑캐 장수 귀영가(貴盈哥)가 3만여 기를 거느리고 서로에서 밤새 내내 달려와 새벽에 가합령을 지나서 산골짜기에 매복하였다가, 불의에 뛰쳐나와서 앞뒤를 가로막아 끊으니 명나라 군사의 여러 진영이 미처 손을 쓰지 못한 채 모두 함몰되었다고 한다. 우 수비와 진 상공은 즉시 달려가고 교 유격은 말하기를, "나는 귀국 군사를 감독하니 갈 수 없다." 하였다. 연기와 먼지 속을 바라보니, 적의 기병이 크게 닥치는데, 양쪽 날개처럼 멀리 에워싸고 먼저 아군의 좌영을 치니 홍립이 전령을 내려 우영(右營)으로 하여금 달려와 구원하게 하여 좌영과 진을 연합하게 하여서 겨우 대열을 이루자, 적의 기병이 달려와 충돌하니, 기세가 비바람과 같았다. 포와 총을 한 번 쏘고 나서 두 번째 화약을 장전하기도 전에 적의 기병은 벌써 진중에 들어와 순식간에 좌우영이 모두 함몰되었다. 이에 선천 군수 김응하, 운산 군수 이계종(李繼宗), 영유 현령 이유길(李有吉), 우영 천총(右營千摠) 김요경(金堯卿)·오직(吳稷), 좌영

천총 김좌룡(金佐龍)은 모두 전사하고, 좌영 천총 신충업(申忠業)은 도망가고, 우영장 순천 군수 이일원(李一元)은 벗어나 달려서 중영으로 들어왔다.[14]

조선군은 2월 18일 양호로부터 출병 명령을 받았다. 강홍립은 김경서에게 명하여 먼저 도강(渡江)하여 팔렬(叭咧) 앞 언덕에 주둔시키고, 좌우영은 뒤를 이어 강을 막게 하였다. 그리고 강홍립은 중앙에서 조선군을 통제하였다.[15] 이후 2월 21일에 도원수 강홍립과 부원수 김경서가 삼영의 병마 1만 3천 명을 거느리고 창성으로부터 압록강을 건너 중국과 접경한 곳인 대미동(大尾洞)에서 만나 명나라의 교일기(喬一琦)와 함께

14) 初四日。元帥令從事官李挺男。代柳泰瞻。領軍出去。連接運餉。○辰時。行軍。天將先行。我軍左, 中, 右營。相繼以進。道里平坦。山谷連亘。慮有埋伏。令營卒。各擔拒馬柞。前往。纔數十里。到富車地。[距奴城六十餘里。]連聞大砲三聲。元帥拔馬。馳登路左高阜。回飆忽起。煙塵漲天。必是賊兆。卽令左營陣前面高峯。中營陣于元帥所登之阜。右營陣南邊。一阜。中,右營卽時排陣。而左營則已陣於平原。元帥令別將朴蘭英。馳去左營。使之擡移高阜。則賊騎已迫陣前。勢難移動。[時近處部落百餘家。爲天兵所焚。煙氣隨風。來覆陣上。]中營前有高阜。可瞰陣中。元帥令別將黃德彰。領其軍及中營。搪報一司。屯據其峯。[賊兵未及峯。德彰先自退走。來到營中。潛鼓邪說以搖軍情。元帥怒欲施軍律而止。]俄而陳相公, 于守備, 喬遊擊。單騎來到。傳說天兵盡歿。提督亦不免[昨日。提督。令偵探前路。今曉回報。家哈嶺外。絶無賊警云。故天將疾驅。先行數十里間。分掠部落。不成行伍。胡將貴盈哥。領三萬餘騎自西路達夜馳來。曉過家哈嶺。隱伏山谷。不意突出。衝斷前後。天兵諸陣。未及措手。擧皆覆歿。]于, 陳卽馳去。喬曰。吾監貴軍。不可去。元帥給以弓矢刀劍。約與共事。煙塵中望見。賊騎大至。爲兩翼。遠遠圍抱。左營軍官趙得廉。馳來告急。元帥憫其孤危。卽令右營赴援。催督以進。與左營聯陣。纔得成列。賊騎齊突。勢如風雨。砲銃一放之後。未及再藏。賊騎已入陣中。生時在中營。言于元帥。請合兵力戰。而瞬息間。兩營皆覆。宣川郡守金應河, 雲山郡守李繼宗, 永柔縣令李有吉, 右營千摠金堯卿吳稷, 左營千摠金佐龍。皆爲賊所害。左營千摠申忠業。得脫走去。

15) 『광해군일기』, 광해군 11년 2월 18일 임신.

행군을 하였으며[16], 24일 강홍립의 군대는 엄수령(渰水嶺)을 넘어 양마전(亮馬佃)에 주둔하였다.[17]

인용문에서 보아낼 수 있듯이 출병 당시 명의 병력은 부족하여 오히려 조선군에게 의존하였고 조선군의 군사 상황도 몹시 어려웠다.[18] 도원수의 삼영 군사가 전두산(轉頭山)으로부터 압아하(鴨兒河)를 건너고 배동갈령(拜東葛嶺)을 넘어 우모령(牛毛嶺) 쪽으로 40리를 행군하여 주둔하였고 명나라 조정의 장관은 동서로 진영을 펼쳐 대비한 채로 밤을

---

16) 『광해군일기』, 광해군 11년 2월 21일 을해.

17) 『광해군일기』, 광해군 11년 2월 24일 무인.

18) "대설 중에 행군하느라 각 영 병사들이 가진 군장과 의복이 모두 젖은 데다가 전진하라는 도독의 명령도 없었으므로 신들은 주둔하여 그대로 머무르고 있었습니다. 조금 뒤에 도독이 강안찰과 함께 양마전으로 와서는 사람을 보내어 신들을 전진하도록 재촉했으므로 신들은 즉시 삼영의 兵馬에게 명하여 먼저 출발하였습니다. 양마전에서 15리 되는 轉頭山에 닿았을 때에는 날이 이미 저문 뒤였으므로 여섯 장수와 함께 모두 진을 치고 밤을 지냈으며, 부원수는 劉三, 교 유격과 함께 전두산에서 십여 리쯤 지나서 떨어진 곳에 주둔하였습니다. 신홍립이 가서 도독을 만나 보고 각 방면 군사의 수를 물었더니, '서남 방면에 大兵이 일제히 전진하고 있고, 동쪽 방면의 군사는 내가 친히 거느린 장정 수천 명과 각 장수가 거느린 병사가 있을 뿐이니, 통틀어 1만 명을 넘지 않을 것이다.' 하였습니다. '그렇다면 동쪽 방면의 군대가 매우 고립될 텐데 大人은 왜 군대를 요청하지 않습니까?' 하고 신이 물었더니, 말하기를 '양 대인과 나는 전부터 사이가 좋지 않았으므로 반드시 내가 죽기를 바랄 것이고, 나도 나라의 큰 은혜를 입었으므로 죽기로 작정하였다. 그러나 두 아들은 아직 벼슬을 하지 않고 있기 때문에 寬田에 남겨두고 온 것이다.' 하였습니다. 신이 '왜 이렇게 빨리 전진하는 것입니까?' 하고 물었더니, '兵家의 승산은 오직 天時와 地利를 얻고 인심을 따르는 데에 있을 뿐이다. 날씨가 아직 추우니 천시를 얻었다고 할 수 없고, 도로가 질척거리니 지리를 얻었다고 할 수 없지만, 내가 병권을 잡지 못하였으니 어떻게 하겠는가.' 하고 답하였는데, 무척 기분이 나쁜 기색이었습니다. 신들이 그 진영에 나가 보니 기계가 허술하고 대포와 大器도 없었으며, 오직 우리 군사들을 믿고 있을 뿐이었습니다." 『광해군일기』, 광해군 11년 2월 26일 경진.

지냈다. 강홍립은 이런 상황에서 군인들이 반도 채 못 와서 이미 지칠 대로 지쳤고, 또 가지고 온 군량은 이미 떨어졌으며 군량과 건초가 아직 후송되지 않아 매우 염려하였다.[19] 그러나 28일 경략 양호의 재촉으로 강홍립의 조선군과 명군은 공격을 위해 동쪽 방면으로 계속 진군하게 되었다.[20] 강홍립은 중영에, 김경서는 우영에 있으면서 대열을 지은 채로 30리가량 행군하여 심하 방면에 도착하였다. 심하 전역에서 후금군과의 전투는 계속되었고, 강홍립은 군대에 양식이 없음을 근심하며 조정에 조선군의 어려움을 보고하였다.[21]

> 적의 기병이 달려들며 중영을 포위하며 압박해 오는 것이 온 산과 들을 덮으니 무려 2만~3만 기나 되었다. 나는 곧 원수에게 고하기를 "사태가 다급합니다. 진중을 돌며 독려하고자 하니 청컨대 하나의 영기(令旗)를 얻고자 합니다."라고 하니, 원수가 곧 군노(軍牢) 한 사람에게 깃발을 가지고 따르라고 하였다. 이에 나에게 말하기를 "사태가 이런 지경에까지 이르렀으니, 절대로 군령을 써서 군졸들의 마음을 놀라게 하지 마소."라고 하였다. 나는 답하기를 "저 또한 잘 압니다."라고 하였다. 마침내 여러 장수들과 진중을 두 차례 순행하며 사졸들을 격려하여 결사항전만이 살 수 있는 길임을 깨우쳤으나 백에 한 명도 호응하는 자가 없었다. 중영에서 두 영과의 거리가 불과 1천 보밖에 되지 않았지만 그저 유린당하는 것을 보고 있을 뿐이었다. 모두 정신을 잃지 않을 수 없었으며, 심지어 무기를 버리고 주저앉아 미동도 하지 않는 자도 있었다. 군졸들은 여러 날 굶주린 데다가 갈증까지 심해서 달아나려 해도 귀로가 끊겼고 나아가 싸우려고 해도 사기

19) 『광해군일기』, 광해군 11년 2월 27일 신사.
20) 『광해군일기』, 광해군 11년 2월 28일 임오.
21) 『광해군일기』, 광해군 11년 3월 2일 을유.

가 붕괴되어 어찌할 수 없었다. 두 원수와 여러 장수들은 단지 화약상자를 앞에 놓고 자폭하려고 하였다. 나는 다만 적을 죽이고자 하여 별장 신홍수(申弘壽) 등과 함께 적을 쏘아 맞추려고 군진의 동편(적의 최전방 돌격처)에 서 있었다. 때마침 한 병졸이 두 영으로부터 탈출해 와서 말하기를 "적의 기병이 진 앞으로 먼저 와서 통사를 계속 부르는데 영중에 통사가 없어서 대답할 수 없었습니다."라고 하였다. 원수와 부원수는 곧 통사 황련해(黃連海)에게 명하여 가서 응답하라고 하였다.[22]

원수와 부원수가 서로 상의하기를 "일이 이런 지경에까지 이르렀으니 불과 한 번 죽을 뿐이다. 그러나 만에 하나 서로 군대를 풀어서 물러난다면 3~4천 명 군졸들의 목숨을 구할 수 있으며 눈앞에서 적의 돌격을 당하는 우환은 조금이나마 풀 수 있을 것이다."라고 하였다. 부원수는 갑주를 갖추고 검을 차고서 두 기병을 이끌고 적진으로 갔다. 이때 나는 진의 동쪽 모퉁이에 있어서 화약에 대한 논의를 늦게야 듣고 원수와 부원수를 만나러 가려고 하였다. 거리가 겨우 백 보밖에 안 되었지만 사람과 말이 빽빽하게 서 있어서 지척도 소통이 되지 않아 도달하기가 매우 어려웠다. 때마침 부원수가 가는 것을 만났다. 내가 말하길 "이런 식으로 큰일을 끝맺으려는 것입니까?"라고 하니, 부원수가 말하길 "병법에는 奇道가 있는 법이니, 종사관이 이를 어찌 알겠소?"라고 하였다. 나는 분개함을 이기지 못하여 큰소리로 말하길

22) 賊騎奔馳, 圍迫中營者, 漫山蔽野, 亡慮數三萬騎。生卽告元帥曰, "事急矣。欲巡督陣上, 請得一令旗。" 元帥卽令軍牢一人持旗遣之。仍謂生, "事已至此, 勿用軍令, 以駭軍心。" 生答曰, "生亦知之矣。" 遂與諸將巡行陣上, 至於再次, 激勵士卒, 諭以決一死戰, 可得生道之意, 則百無一應者。自中營去兩營, 不過千步, 目覩蹂躪, 無不喪魄, 至有抛棄器械, 坐而不動者。屢日饑卒, 焦渴兼劇, 欲走則歸路斷絶, 欲戰則士心崩潰, 無可奈何? 兩帥與諸將, 只取火藥櫃寘之前, 欲自焚。生只欲殺賊而死, 與別將申弘壽等約共射賊, 立於陣東偏。[蓋賊之最先衝突處也。] 適有一卒, 自兩營得脫來言, 賊騎先到陣前, 連呼通事, 而營中無通事, 不得答。兩帥卽令通事黃連海出應。

> "공께서 어찌 임의대로 이렇게 하려는 것입니까?"라고 하고는 곧 절벽에서 뛰어내려 자결하려던 차에 조카와 종이 좌우에서 잡아 말리고 내가 가지고 있던 칼도 또한 빼앗아 가서 자결하지 못했다.[23]

결국 3월 4일 강홍립의 조선군과 명군은 사르후전쟁에서 패배하였고,[24] 이는 3월 12일 조선에 보고된다. 사르후전쟁에서 교일기가 군사를 이끌고 선두에 서고 조선군 좌우영이 뒤따르고 강홍립은 중영을 거느리고 뒤에 있었다. 교일기의 부대는 앞장서 가다가 청군의 공격으로 전군이 패하게 되었다. 이에 조선군 좌영의 장수 김응하가 뒤를 이어 진격하였으나 역시 패하고 우영의 군대는 진을 치기도 전에 모두 섬멸되었다. 이에 강홍립은 중영을 이끌고 산으로 올라가 험준한 곳에 주둔했는데 병력은 고립되고 수가 적으며 병졸들이 이틀 동안 굶은 상태지만 죽을 상황이 닥쳐온지라 목숨을 걸 각오로 싸우려고 하였다. 이런 상황에서 후금군이 조선군 역관 하서국(河瑞國)을 불러 강화할 것을 제의하였다. 그 후 김경서가 먼저 청군 진영으로 가서 화의를 약속하였지만 강홍립과 동행하여 맹세를 약속하라고 요구했다. 이에 강홍립은 편복, 김경

---

23) 兩帥相議, 事至於此, 不過一死, 而萬一交解而退, 則三四千軍卒之命, 可以生活, 目前邊上衝突之虞, 可以少紓矣。副元帥具甲冑佩劍, 率兩騎而出。生時在陣東一角, 晩聞有議和之事, 欲往見兩帥, 則相去僅百步, 而人馬簇立, 咫尺不通, 艱難得達. 適値副帥出去。生曰, "如此而了當大事乎?" 副帥曰, "兵有奇道, 從事何知乎?" 生不勝憤慨, 大言曰, "公其任意爲之?" 卽欲自裁墮崖次, 姪子及奴, 左右抱持, 所佩刀劍, 亦被奪取, 不得遽決。

24) 사르후전쟁 과정에 대해 기록한 『明實錄』과 『淸實錄』, 그리고 한명기, 「光海君代의 對中國 관계 – 後金문제를 둘러싼 對明關係를 중심으로」, 『震檀學報』 제79권, 震檀學會, 1995 ; 최호균, 「광해조의 대명파병과 심하전투에 대한 일고」, 『지역개발연구』, 상지영서대학지역개발연구소, 2005(2) 등에서 사르후전쟁 과정에 대한 사료를 인용하였다.

서도 투구와 갑옷을 벗고 후금군 진영에 갔다. 이에 후금군은 조선군 모두가 갑옷을 벗고 항복하라고 하였다.[25)]

> 초엿새 되는 날, 스스로 말하기를 40여 리를 가서 왈가시(日可時)에 이르러 유숙하고, 6일에 가합령(家哈嶺)을 넘어서 오랑캐 성(城) 밖 10리에 머물렀다.[26)]
>
> 그때 여러 장수와 군관 · 종사관 등 수십 명이 성 밖에 머물러 있었는데 오랑캐 기병이 사면으로 에워싸고 지키며 두 원수를 불러들였다. 두 원수가 뜰에 올라 읍을 하니, 추장이 노하여 꾸짖자 홍립이, "조선군 예법이 그러하다." 하니, 동대해(董大海)가 말하기를, "만약 군신의 예로 대접한다면 어찌 교의좌(交倚坐)를 너희들에게 베풀겠느냐. 너의 나라 관원이 양도야(楊都爺)에게도 두 번 절하는 예를 행하는데, 어찌하여 읍을 행하는 것이 너희 나라 예법이라고 말하는가." 하였다.[27)]
>
> 동로(東路)가 패하기 하루 전에 소농이(小農耳)가 함경도에서 녹봉을 받으러 와서 오랑캐 추장에게, "회령 부사가 하는 말이 '조선군이 부득이해서 군사를 내어 보냈으니 마땅히 명나라 진영 뒤에 있을 것이다.' ……" 하였다.[28)]

사르후전쟁으로 조선군은 9천여 명의 전사들이 죽게 되었고[29)] 강홍립

---

25) 『광해군일기』, 광해군 11년 3월 12일 을미.

26) 初六日。踰家哈嶺。日午到奴城外[自曰可時至此四十餘里。]十里許留住。

27) 兩帥登階行揖。[諸將則拘留在外。]奴酋嗔怒。兩帥曰。行我國之禮。不得不然。有一人解華語者。[奴酋之親信者。其名大海云。]謂兩帥曰。若責以君臣之禮。則設交倚坐你們乎。爾國之官。見楊都爺。亦行兩拜禮。何謂行揖是我國禮乎。

28) [東路未敗前一日。小農耳自咸鏡道受祿俸而來。言於奴酋曰。會寧府使開諭言。我國迫不得已發兵以送。當在唐陣之後云云。]

29) 『광해군일기』, 광해군 11년 5월 27일 기유.

과 조선군 4천여 명은 허투아라성으로 향했고 청의 포로로 억류되었다. 그 후 이들은 경작에 종사하거나 죽임을 당하였다. 포로로 잡혀 있다 도망쳐 온 김응택의 보고[30]는 그 당시의 조선군 포로들의 상황을 잘 나타내고 있다. 강홍립은 투항 이후 포로로 억류되어 있는 동안 후금의 정세에 대한 정보를 보냄으로써 포로로서 중요한 외교적 임무를 수행하였다. 후금에게는 외교적 매개체 역할을 하였으며, 조선에게는 후금 세력의 위협으로부터 중재자 역할을 했던 것이다. 강홍립은 억류된 중에서도 후금 내부의 정보를 광해군에게 보냈으며 그 정보는 심하전투 이후 후금과의 정책에 있어 중요한 자료로 활용되었다.[31]

누르하치는 조선과의 협상에서 포로들을 이용하여 서신을 조선 측에 전달하였는데, 후금은 문자에 익숙하지 못해 문서를 다루는 데 있어 미흡하였다. 이에 강홍립은 외교문서 전반에 개입하게 되었고, 이때 조선 측에 불리할 수 있었던 것을 유리하게 하여 실질적인 도움을 주게 되었다. 이러한 강홍립의 외교적 역할로 후금과의 긴장 관계를 우호적으로 조절했다.

30) "3월 24일에는 양반이라고 일컫는 4백 70여 명을 골라 뽑아서 모두 살해하고, 군사는 農軍으로 만들어 여러 곳에 나누어 두었습니다. 동년 7월 19일에는 강홍립 등과 함께 감옥에 갇혀 있던 52명을 또 살해하였습니다. 주회인 김응택은 奴酋의 5촌 조카인 아병장 두을여이라는 자가 거처하는 곳에 나뉘어 배치되어 농사를 짓다가, 本土를 그리워하던 중 4월 23일 밤중에 도망쳐 왔습니다." 『광해군일기』, 광해군 12년 5월 20일 정유.

31) 한명기, 『정묘 · 병자호란과 동아시아』, 푸른역사, 2009, 211쪽.

2. 정묘전쟁 제재 실기문학—강화도 피난과 형제의 맹약

명과 후금 사이에서 실리 외교를 취했던 광해군은 1623년 서인 세력이 주도한 정변에 의해 폐위되었고, 이른바 인조반정이 일어났다. '숭명배금' 정책을 철저한 외교 노선으로 행했던 인조가 집권하는 동시에 청의 정세도 크게 변화되었다. 바로 청태조 누르하치가 죽고 청태종 홍타이지가 즉위하면서 청과 조선의 관계는 전례 없는 긴장 상태에 들어섰다. 청과 조선은 이러한 마찰 속에서 1627년에 이르러 드디어 조선에 거대한 피해를 안겨준 정묘전쟁으로 이어졌다.

정묘전쟁 관련 실기문학으로는 신달도(申達道, 1576~1631)의 「강도일록(江都日錄)」[32]이 있는데, 1627년 1월 17일부터 전주로 피난 갔던 왕세자가 3월 23일 돌아오기까지 진행된 전란의 상황, 자신의 활동을 기록하면서 청나라 사신 유해(劉海)와 강화를 논의하는 이정구(李廷龜) · 장유(張維) · 이경직(李景稷) 등의 활동 모습이 상세히 기록되어 있는 데서, 당시 사람들이 반면교사나 타산지석을 삼지 못한 것이 무엇인지 살필 수 있는 역사적 자료이다.[33]

> 정묘년(1627) 정월 17일 평안도 감사 윤훤이 치계하기를 "누르하치의 오랑캐가 이 달 13일에 의주를 침범하여 14일에는 정주에 이르렀습니다."고 하였다.[34]

---

32) 「강도일록」의 번역문은 신해진, 『17세기 호란과 강화도』, 역락, 2012을 인용하였음을 밝힌다.

33) 신해진, 『17세기 호란과 강화도』, 역락, 2012, 1쪽.

34) [正月]丁卯正月十七日。關西伯尹暄馳啓。奴賊本月十三日犯義州。十四日到定州。

> 18일 오랑캐가 이미 가산에 이르렀음을 들으시고 주상께서 2품 이상의 관료들을 인견하여 방어할 계책을 의논케 하시자, 이귀가 "임진강은 얕은 여울이 많아서 필시 지켜낼 수가 없을 것이오니 오로지 강화도에 뜻을 두는 것만 못할 것이옵니다." 하고, 이서가 "남한산성도 험준하여 지켜낼 수 있을 것이오니 삼남 지방의 군사들과 훈련도감의 포수들을 두 부대로 나누어 남한산성을 지키기도 하고 강화도에 들어가기도 하는 것이 마땅하옵니다." 하니, 의논은 자못 상반되고 일치되지 않아 결정짓지 못한 채 파하였다. 장만을 발탁하여 도원수 겸 도체찰사로 삼아서 나아가 오랑캐를 치게 하였는데, 이경석을 종사관으로 삼았다. 아울러 경기도 충청도 전라도 경상도를 겸하는 도체찰사로 이원익을, 삼도순검사로 심기원을, 찬획사로 김기종을 발탁하였다.[35]

1627년 1월 13일, 아민(阿敏, 1586~1640)을 총사령관으로 한 후금은 3만 명의 병력을 이끌고 조선의 의주를 침입했다. 후금군은 놀랍게 빠른 진군 속도로 전쟁 발발 이틀 뒤인 1월 15일에 정주에 도착한다. 아민이 군대를 이끌고 조선에 온 이유에 대해 "너의 나라에는 네 가지 죄가 있다. 천카안(天可汗)[36]이 돌아가셨는데도 즉시 조문하지 않았으며, 선천(宣川)전투에서 우리가 하나도 살육하지 않았는데도 곧장 사신을 보내어 사례하지 않았으며, 모문룡(毛文龍, 1576~1629)은 우리의 큰 원수인데

35) 十八日。聞賊已到嘉山。上引二品以上議守禦之策。李貴以爲臨津多淺灘。必不可守。不如專意江都。李曙以爲南漢亦險阻可守。三南軍兵及都監砲手分二軍。或守南漢。或入江都爲宜。議頗矛盾。未決而罷。○擢張晩爲都元帥兼都體使出征。李景奭以從事官。偕京忠全慶都體察使李元翼, 兼三道巡檢使沈器遠, 贊劃使金起宗。

36) 청태조 누르하치를 말함.

도 국내로 맞아들여 먹을 것을 주고 돌보아 주었으며, 요(遼)의 백성은 나의 적자(赤子, 신하)인데 망명자를 초대하고 반란자를 받아들였으므로 내가 매우 한스럽게 여기노라."[37] 하였다. 이에 인조는 황망히 조정 대신들과 상의하여 전쟁 대비에 나서는데 이경석(李景奭, 1595~1671)을 종사관으로, 이원익(李元翼, 1547~1634)과 심기원(沈器遠, 1587~1644), 김기종(金起宗, 1585~1635)을 각각 임명하여 후금군과 맞서도록 명하였다.

> 19일 듣건대, 의주가 함락되었던 13일에 누르하치의 오랑캐가 수문으로 들어와서 성문을 지키던 관원을 죽이고 성문을 열어 쳐들어오자, 부윤 이완이 죽기를 무릅쓰고 싸워 죽은 자가 상당하였다고 한다. 오랑캐는 판관 최몽관을 사로잡아 서문 밖에서 참수하고 이어 정주를 향하면서 사방으로 흩어져 방화하며 노략질하였는데, 예쁜 여자는 사로잡고, 노약자는 입은 옷을 벗기고, 장정들은 오랑캐 변발을 하게 하여 데려다 대오를 보충하였으니, 지나가는 곳마다 텅 비지 않은 데가 없다고 한다. 순변사 남이흥이 3,000의 병마를 이끌고 정주의 능한산성으로 달려가 구원하였으나 군사가 적었기 때문에 박천으로 물러나 머물렀다. 양사가 주상께 아뢰기를, "이서로 하여금 군사를 거느리고 임진강에서 오랑캐를 저지하여 전진하지 못하게 하소서." 라고 청하였는데, 윤허하지 않으셨다.[38]

여기서 의주가 함락될 때 죽음을 무릅쓰고 싸웠다는 부윤 이완에 대

---

37) 이긍익, 『연려실기술』 제25권, 민족문화추진회, 1988, 515쪽.

38) 十九日。聞義州陷。十三日。奴賊由水門殺守吏。開門突入。府尹李莞殊死戰。死者相當。賊執判官崔夢寬斬首西門外。仍向定州° 四散焚掠。執美女脫老弱衣服。收丁壯剃頭充伍。所過無不空虛。巡邊使南以興領三千兵馬。赴援定州凌漢城。以軍少駐博川。○兩司啓請以李曙領兵距塞臨津不允。

해, 『연려실기술』에서는 이렇게 기록하고 있다. "이완은 이순신의 조카로서 순신이 적의 탄환을 맞았을 때에 나이가 어렸는데도 능히 대신 군사를 통솔하고 적을 격파하여 매우 이름이 높았다. 혹은 말하기를, '이완이 고을 기생 기린(麒麟)에게 미혹되어 그때 마침 기린의 집에서 취해 잠들었는데, 별안간 적이 습격했다는 소식을 듣고 기린이 끌어 일으켜 관아에 나아가 북을 치며 군사를 모았으나 적이 이미 쳐들어온 뒤라 화살에 맞고 죽었다.' 한다. 이에 앞서 이완은 오랫동안 군사들의 마음을 잃어 사람들이 오히려 적을 따를 뜻이 많았으므로 적병이 강을 건너자 군졸들이 흩어져버렸다. 초저녁에 한윤(韓潤)이 중국옷으로 변복하고 몰래 사냥꾼을 따라 들어와 적을 성으로 끌어들여 군기(軍器)를 불태우니 온 성안이 크게 혼란스러웠다. 14일 새벽에 적이 성으로 육박하여 쳐들어오니, 반민들이 성문을 열고 적을 들어오게 하여 성이 마침내 함락되었고 이완과 판관 최몽량(崔夢良) 등은 사로잡혔다. 적이, '남도 군사와 북도 군사로 각각 나뉘어 서라.'고 명령하자 남과 북의 군사가 그 뜻을 이해하지 못하고 각각 좌우로 모이니, 적이 첨방군(添防軍)을 모조리 죽였다. 이어 이완을 삶아 하늘에 제사 지내고 나서 몽량에게 항복을 권유하자 몽량이 분노하여 꾸짖기를, '개짐승들아, 어찌 이렇게까지 하느냐. 이웃 나라의 도리가 과연 이런 것이냐.' 하니, 적이 어지럽게 칼질하여 죽였다. 곧장 본토 사람들의 머리를 깎아서 그의 군대에 편입시켰다. 항졸(降卒)이 보니, 홍립 · 난영 · 오신남(吳信男) · 한윤이 적진 속에 와 있었다고 한다."[39]

이는 정묘전쟁의 첫날의 전황으로서 전쟁에 의한 조선 국토와 백성들

39) 이긍익, 『연려실기술』 제25권, 민족문화추진회, 1988, 514쪽.

의 심각한 피해 상황을 고스란히 보여준다. 조선을 초토화시킬 첫 시작은 이후의 전쟁 참상을 미리 예언하고 있다.

> 20일(종일 비가 내렸다.) 주상께서 2품 이상 및 삼사의 많은 관원들을 인견하여 서로 의논케 하였다. 주상께서 말씀하시기를, "오랑캐들이 가까이 들이닥치고 있으니 어찌해야 하겠는가? 옛날 홍건적은 3일 만에 송도로 쳐들어왔느니라." 하자, 이귀가 일어났다 다시 엎드려 절하면서 말하기를, "성상의 말씀이 옳습니다. 이때를 잃고 피하지 않으시면 급피할 수 없을 것이오라, 곧장 강화도로 들어가는 것보다 더 나은 것이 없사옵니다." 하니, 여러 신하들이 모두 말하기를, "이귀의 말이 옳습니다." 하였다. 내가 앞으로 나아가 아뢰기를, "대가가 도성에서 한 걸음만 벗어나도 백성들이 모두 뿔뿔이 흩어져서 아무것도 할 수가 없사옵니다. 원하옵건대 전하께서는 급히 정예군을 뽑아서 강화도와 임진강으로 나누어 맡기시되, 친히 육비를 몰아 파주로 진주하시어 저 '남보다 선수를 쳐서 그들의 전의를 빼앗는다.'는 것을 보이소서. 먼저 스스로 위축되어 허약함을 보이는 것은 마땅치 않사옵니다. 또 오랑캐들의 기세가 매우 급박하니 무릇 임금께 아뢰어야 할 장계와 차자가 있으면 글로 써서 들이지 말도록 하고, 모두 직접 마주하여 진달토록 해야 할 것이옵니다." 하자, 주상께서 돌아보시고 묻기를, "이가 누구인가?" 하니, 한림이 말하기를, "정언 신달도이옵니다." 하였다. 대사간 이목이 말하기를, "신달도의 말은 진실로 따를 수 없음을 잘 알고 있으나, 우선 이귀의 주장대로 하는 것을 조금 늦추는 것이 어떠하겠사옵니까?" 하니, 주상께서 묵묵히 계시는지라, 나는 이에 어탑 밑에서 오랫동안 엎드려 있게 되었는데, 전교하시기를, "다만 마땅히 다시 의논하여 처리하라."고 하였다.[40]

---

40) 二十日雨終日。上引二品以上及三司多官議。上曰賊逼矣。爲之奈何。昔紅巾賊三日入松都矣。李貴起伏曰上敎然矣。失今不避。不及必矣。莫如直入江都。羣臣皆

이날 후금의 군사들은 청천강을 건너 안주를 공격하였고, 또 의주에서 강을 따라 올라와 창성부를 공격하여 함락시켰다. 이에 인조는 상황이 급하여 풍전등화의 운명에 놓여 있는 상황이라 후일을 도모할 계획으로 강화도로 가기로 결정했다. 이날, 『승정원일기』는 강화도로 어가를 옮길 일에 대해 두 차례 기록했다. "우의정 오윤겸(吳允謙)이 아뢰기를, '비가 내리는 기세가 이와 같으니, 오늘 거둥은 어떻게 해야겠습니까? 그리고 경기 감사가 수가(隨駕)를 해야 하는데, 도사(都事)가 지대(支待)하고 검칙(檢飭)하는 일로 어제 이미 미리 나갔기 때문에 감사가 잠시도 도성을 떠날 수 없으니, 어떻게 해야겠습니까? 아울러 여쭙니다.' 하니, 답하기를, '알았다. 거둥은 날씨가 개이기를 기다려서 하고, 경기 감사는 도성에 머물러 있으라.' 하였다. 또 김수현에게 전교하기를, '자전(慈殿)이 강도(江都)로 이주한 뒤에 호가하는 사람들 중에 만일 민간에 폐를 끼치는 자가 있으면 순검사(巡檢使) 김자점(金自點)에게 일일이 적발하게 하여, 죄가 가벼운 자는 즉시 곤(棍)을 치고 죄가 무거운 자는 계문하여 효시(梟示)하게 하여 털끝만치라도 민폐를 끼치는 일이 없도록 하라.' 하였다."[41] 이를 미루어 보면 어가의 강화도 거둥은 큰비가 내리고 있음에도 급히 떠나야 하는 상황이니 그 당시의 급박한 전황을 잘 보여주는 대목이다.

曰貴言是也。余進啓曰大駕離都城一步則民皆散矣。無可爲矣。願殿下亟抄精銳。分據江津。親御六轡。進駐坡州。以示先人有奪人之氣。不宜先自摧縮以示弱也。且賊勢甚急。凡有啓箚。令勿書入。皆面陳焉。上顧問曰此爲誰。翰林曰正言申達道也。大司諫李棨曰達道之言。固知不可從。然姑徐之何如。上默然。余仍伏御榻下久之。敎曰第當更議處焉。

41) 『승정원일기』, 인조 5년 1월 20일 무자.

21일 주상께서 강화도로 향해 갈 계책을 결정하였으니, 이귀의 말을 따른 것이다. 김상용은 도성에 머무르도록, 이서는 남한산성을 지키도록 명하셨다. 대신과 훈신 들이 세자의 분조를 청하였으나 주상께서 윤허하지 않으시어 누누이 진달하여도 모두 거절되었다. 승자 이식이 입시한 기회에 아뢰기를, "전하께서 삼궁과 백관을 거느리고 한번 강화도에 들어가셨다가 오랑캐가 강 입구라도 막아버리면, 상하의 온갖 필요한 물품을 하찮은 조그마한 섬이 마련할 수 있는 바가 아니옵니다. 또 여러 도에서 명령을 받을 길이라 근심이 없을 수가 없으니 더더욱 염려스럽습니다. 주상께서 이미 세자를 떠나보내지 않으려고 하신다면, 위진 시대에 행했던 행대의 제도를 따르시는 것이 온당할 것이니, 대신들로 하여금 긴요하지 않은 백관을 인솔하여 남한산성에 나누어 주둔하게 하소서. 또한 모든 호종하는 산관들도 아울러 행대를 따라가게 하여서 전적으로 호령할 수 있게 되어 동쪽과 서쪽에서 책응하게 한다면, 강화도도 힘을 덜 수 있는 데다 기각지세처럼 오랑캐를 앞뒤로 몰아칠 수 있을 것이니, 사방에서도 마음을 다잡는 바가 있을 것이옵니다." 하니, 주상께서 속으로 깊이 생각한 지 오랜 뒤에 답하기를, "그 말에도 생각는 바가 있으니, 나가서 대신에게 말하라." 하였다. 그리하여 여러 대신들이 청대하여 아뢰기를, "주상께서 대신들이 나뉘어 남한산성에 주둔하라는 분부를 내리셨다 하온데, 신들은 세자가 분조를 할 수 있게 되기를 염원하와 모시고 호위하며 가는 것이 매우 좋겠습니다." 하니, 주상께서 이르시기를, "행대의 제도도 좋은 것이니, 어찌 분조일 필요가 있겠느냐? 경들은 힘쓰도록 하라." 하였다. 이원익이 나아가서 말하기를, "행대의 제도는 우리나라에서 시행해본 적이 없으니, 신들이 어떻게 감히 그런 임무를 감당할 수 있겠사옵니까? 세자가 군사를 보살피고 나랏일을 감독함은 옛날에도 더러 있었사오니, 청컨대 세자로 하여금 양호나 영남에 나아가 주둔케 하여 사람들의 마음을 다잡게 하소서." 하니, 주상께서 이르기를, "경의 말이 이에 이르니, 감히 애써 따르지 않겠는가? 다만 세자의 나이가 아직 어리니, 경이 아니고서는 의탁할 만한 자가 없는데 근력이 감당하지 못할까 걱정할 따름이라." 하였다. 이원익이 말하기를, "전하께서 이미 신에게 명하셨으니, 신이 비록 늙었지만 감히 죽기를 무릅쓰고 보답하지 않겠습니까?" 하니, 주상께서 이르기를, "경이 죽기로써 허락하니, 종묘사직의 다행이라. 내 잠시 내궁에 들어갔다 올 터, 경들은 물러가 합문 밖에서 기다리라." 하였다. 이원익이 말하기를, "지금 좌우에 있는 자들은 모두 전하의 팔과 다리 같은 심복들로 이들과 나랏일을 의논하는 것이 온당하온데, 내궁으로 들어가고자 하시니 어찌 부인들과 나랏일을 의논하려 하신단 말입니까?" 하자, 주상께서 이르기를, "그러한 것이 아니다. 자전의 수레가 바야흐로 대궐 밖으로 나가려 하기 때문이니, 수레가 나간 뒤에 마땅히 다시 의논하겠다." 하였다. 해가 한낮이 되어갈 제, 주상께서 다시 나오시어 여러 신하들의 의견을 수렴하여 전주를 동궁이 주차할 곳으로 삼으셨다. 이원익이 이어서 아뢰기를, "분조할 처음에 마땅히 민심의 수습을 위주로 해야 할 것이니, 따르는 관원들이나 하인들을 간략하게 하여 연도의 각 고을에서 물품을 제공하는 데 따른 폐단을 덜어야 합니다." 하니, 주상께서 이르기를, "바로 나의 뜻이로다." 하였다. 이원익이 곧장 춘방과 위사의 인원을 절반으로 감하여 데려가겠다고 청하니, 주상께서 허락하시고 친히 단자를 점검하시어 춘방과 위사는 다만 각각 4명, 이조와 병조의 당상은 각각 1명, 대장과 중군은 각각 1명, 포수와 사수는 100명으로 하셨다. 비국의 당상들이 입궁할 때에 어떤 사람이 전하기를, "동궁이 자전과 함께 강화도를 향하여 떠났다."고 하였다. 나는 연평군 이귀에게 말하기를, "동궁이 만약 이미 강화도를 향하여 떠나셨으면 분조의 계획은 반드시 이루지 못할 것입니다. 속히 병조로 하여금 백성들을 징발하여 길을 막아서 기회를 잃지 않도록 하는 것이 마땅합니다." 하니, 이귀는 병조판서 이정구를 돌아보며 말하기를, "이 말이 옳다." 하였다. 저녁이 되자 자전과 중전이 경성을 출발하여 검천에 행차하였고, 종묘

사직은 곧바로 강화도로 향하였다.[42]

여기서 '세자의 분조(昭顯分朝)'는 청이 조선을 침입했던 정묘전쟁에서 2개월 동안 존재했다. 이른바 '분조'는 조정을 나눈다는 뜻이다. 물론 인조를 중심으로 한 조정이 중심이기는 하나 그 외에 세자를 중심으로 구성된 조정이 생겼음을 의미한다. '분조'는 어디까지나 전란 시 잠시 동안 존재했다가 종전되면 해체되는 임시적인 성격을 띠고 있다. 소현세자[43]

---

42) 二十一日。○上決策向江都。從李貴之言也。命金尙容留都。李曙守南漢。大臣勳臣請世子分朝。上不許。累累陳達皆拒之。承旨李植因入侍啓曰。殿下率三宮百官。一入江都。而賊兵塞江口。則上下凡百支供 非區區小島所可辨出。且諸道無所稟令。不無姦宄乘時竊發之患。尤可慮也。自上旣不欲出離世子。宜依魏晉行臺之制。令大臣率不緊百官。分住南漢。凡扈從散班幷付之行臺。得專號令。東西策應。則江都省力而有掎角。四方有所繫心矣。上沉吟良久答曰。此言郤有所見。出言於大臣。於是諸大臣請對曰自上有大臣分住南漢之敎。臣等願得世子分朝陪衛以行甚善。上曰行臺之制亦善。何必分朝也。卿等勉爲之。李元翼進曰行臺之制。不行於我國。臣等安敢當此任乎。撫軍監國。古或有之 請命世子出鎭兩湖或嶺南。以繫人心。上曰卿言至此。敢不勉從。但世子齒尙少。非卿無可托者。恐筋力有不堪耳。元翼曰殿下旣命臣。臣雖耄矣。敢不効死以報。上曰卿許之以死。社稷之幸也。予暫入內宮。卿等退竢於閤門之外。元翼曰今左右者皆殿下之股肱心膂。當與此屬謀國 而欲入內宮。豈與婦人謀之耶。上曰非然也。慈殿方動駕。駕發後當更議焉。日將午。上再御收羣臣議。以全州爲東宮駐箚之地。李元翼仍啓曰分朝之初。當以收拾人心爲主。使之簡其陪從。約其騶率。以除沿路供億之弊。上曰政予意也。元翼卽請春坊衛司減半而行。上從之。親點單子。春坊衛司只各四員。吏兵曹堂上各一員。大將中軍各一員及砲射手一百名。當上入宮時。有人傳東宮同慈殿發向江都。余謂延平君李貴曰東宮若已發向江都。分朝之計。必不諧矣。亟令兵曹發民遮道。俾不失機會宜矣。貴顧兵判李廷龜曰此言是也。○夕慈殿中殿出次黔川。廟社直向江都。

43) 소현세자 이왕. 어머니는 영돈녕부사 서평 부원군(領敦寧府事 西平府院君) 한준겸(韓浚謙)의 딸 인열왕후(仁烈王后)이다. 1625년에 세자에 책봉되고, 1627년 정묘호란 때에는 전주로 내려가 남도의 민심을 수습했으며, 그해에 참의(參議) 강석기(姜碩期)의 딸 민회빈(愍懷嬪)과 혼인하였다. 1636년 병자호란 때 강화도

의 분조에 대한 기록은『소현분조일기』에 상세하게 남아있어 분조의 구성과 당시의 여러 가지 상황에 대해 자세히 알 수 있다. 세자의 분조 준비 이유는 "오직 강도만을 지키다가 자칫 잘못하면 남한산성을 포함한 다른 곳들이 위험하게 되므로 종묘사직을 보존하기 위해서 분조를 해야 된다."는 것이었다.

이날, 인조는 세자의 분조에 대해 다음과 같은 전교를 내렸다. "세자는 남쪽으로 내려가 호패법과 유생들의 고강 등을 비롯한 모든 일은 일체 파하도록 하거라. 지나가는 길에 없앨 만한 요역은 상황에 따라 세자가 없애도록 하고 모든 일은 형편에 맞추어 결정하도록 하라. 관리에 대한 임명도 행해야 할 것이니 이조와 병조의 관원은 종행토록 하라. 사태가 긴급할 시 감사 · 병사 · 수령을 즉시 임명토록 하라."[44]는 것을 보아 세자의 분조는 인사권을 비롯한 필요 시 결정할 수 있는 막대한 권리를 부여받았다. 이는 조선의 풍전등화의 긴박한 상황을 다시 한번 보여주는 대목이라 하겠다.

23일 윤휜이 치계하기를, "오랑캐가 19일에 안주로 진격하여 대포

로 옮겨 청나라에 항전하려 했으나, 청군의 빠른 남하로 인조와 함께 남한산성으로 들어가 항전하다가, 중과부적으로 삼전도에서 굴욕적인 항복을 하였다. 그 뒤 자진하여 봉림대군(鳳林大君) 및 주전파 재신(宰臣)들과 같이 인질로 심양에 갔다.

44) 昭顯分朝日記 卷一, 天啓 七年 丁卯 正月 二十一日 己丑 : "傳曰, 世子下歸南方, 號牌之法, 儒生考講等事, 一切罷之。所經徭役可除者, 隨便導達于世子而除之。凡事, 臨時便宜行之。凡干除拜事, 以吏·兵曹官員從行, 事急之後, 監·兵使·守令, 直爲除拜, 監·兵使·大守令外, 如小邑守令, 則擇其處可合人除授, 以爲聳動之地。分朝兩大臣外, 秩高宰臣一員加選。吏·兵曹堂上各一員, 郎廳各一員, 侍講院·翊衛司各二員陪往。記事則說書當爲之, 吏郎則兼侍講院之官兼行事。"

소리가 종일토록 끊이지 않더니 21일에는 성을 함락시켰습니다." 하였다. 오랑캐가 화친을 청하는 서신이 또 이르렀다.(협주: 대략 이르기를, "기미년(1619)에 군대를 보내어 우리를 공격하였으니. 누가 책임을 져야겠는가? 하늘이 지각이 있어 우리들로 하여금 오늘이 있게 한 것이다. 두 나라는 다시 화친 관계를 정비해야 할 터, 속히 강화할 사람을 보내어 와서 강화하자. 그러면 우리도 속히 서둘러 우리의 군대를 되돌려 갈 것이다. 원래 그대 나라의 성지를 바라지도 않았으며, 원래 그대의 백성들은 죽이고 싶지도 않았다. 두 나라가 화친하여 함께 태평을 누리자."고 하였다.) 조정이 그것을 허락하려 하자, 군수 강학년이 상소하였으니, "방금까지 오랑캐들은 몹시 치성하여 승승장구 쳐들어오는 기세가 있었는데 갑자기 중지하고, 일개 사신으로써 화친을 말하고 있습니다. 저들이 화친하려 하는 것은 우리를 사랑해서이겠으며, 우리를 두려워해서이겠습니까? 그 마음은 우리를 두려워하고 우리를 사랑해서가 아니니, 그들이 화친을 요구하는 뜻은 환히 알 수 있는데 우리에게 조공을 받으려는 것이요, 우리에게 국토를 분할하려는 것이요, 우리를 신복으로 삼으려는 것이옵니다. 그렇지 않으면 천조를 등지게 하여 힘을 합쳐서 명나라를 공격하려고 하는 흉계일 뿐입니다. 아아, 이것이 어찌 200년 예의의 나라로서 차마 말할 수 있는 것이겠습니까? 더군다나 천조는 우리 동방의 부모로서 멸망하게 된 우리나라를 다시 살려준 은혜가 있었으니, 우리나라는 조종 이래로 지극정성 섬긴 계책을 그 자손에게 남겨주었거늘, 오늘날에 와서 어찌 차마 가벼이 버리고 돌아보지 않을 수 있단 말입니까? 하물며 추악한 오랑캐들은 사정상 화친을 명분으로 삼았지만 끝내 반드시 화친으로 우리나라를 그르치고 대세가 이미 기운 뒤에 이르러서는 오직 제 하고 싶은 대로 하려고 할 것이니, 이는 필연의 이치이옵니다. 오랑캐가 만약 한 터럭만큼이라도 화친을 빙자한 명분을 내세우다가 갑자기 방자하고도 흉악한 뜻을 보인다면, 차라리 나라가 망할지언정 치욕을 참고만 있을 수는 없을 것이니, 그지없이 탐욕스런 개돼지 같은 오랑캐에게 애처롭게 여겨주기를 구걸하여도 오히려 장차 끝내 벗어날 수 없을 것이옵니다. 삼가 원하옵건대, 전하께서 뭇 의견에 따라 흔들리지 마시고 성상의 마음으로 결단하시어 한결같이 의리를 따르고 구차히 하지 않으신다면, 나라를 보존하고 난리를 평정할 기회는 이에서 벗어나지 않을 것이옵니다." 하였다.[45)]

2월 1일 (크게 바람이 불면서 비와 눈이 내렸다.) 피란하던 전투선이 대부분 침몰하였다. 대가는 강화도에 계시었다. 화친을 독촉하는 오랑캐의 차사가 또 평산에 이르니, 조정이 먼저 강숙을 오랑캐에게 보낼 것을 청하였는데, 대개 오랑캐의 차사가 풍랑에 막혀 지체되어 화친하는 일이 이루어지지 않을까 염려했기 때문이었다. 장만이 강홍립에게 몰래 서신을 보냈다.(협주: 대략 이르기를, "성상은 종실의 맏아들로 왕대비의 명을 받들어 왕위를 이어받아서 인륜을 다시 밝히고 태평시대를 기약할 수 있었는데, 뜻밖에도 오늘날 이와 같은 병란이 일어나니 하늘의 뜻도 또한 알 수가 없다. 두 나라가 각기 자기 나라를 지키면서 예로부터 털끝만큼도 원수진 일이 없었는데 아무런 이유 없이 전쟁을 일으킨 것은 아마도 이웃나라의 도리가 아닌 듯하니, 만약 예전의 우호를 되찾고자 한다면 우리나라가 어찌 사양하겠는가?" 하였다.)[46)]

---

45) 二十三日。尹暄馳啓。賊十九日進犯安州。大砲之聲。終日不絶。二十一日城陷。〇賊請和書又至。略曰己未年出兵攻我誰負也。上天有知。令我有今日矣。兩國重整和好。速差好人來講。我亦速快回去我兵馬。原不爲要得爾國城也。原不爲要殺爾人民也。兩國和好。共享太平云云。朝廷欲許之。郡守姜鶴年上疏曰方今虜賊孔熾。有長驅之勢。遽爾中止。用一介使以和爲言。彼之欲和者。愛我耶畏我耶。其心不在於畏我愛我。則其求和之意。灼然可見。欲朝貢我也割地我也臣僕我也。抑却背天朝。幷力射日之兇計耳。嗚呼。此豈二百年禮義之邦所忍言哉。况天朝父母乎我東。有再造藩邦之盛恩。我國家自祖宗以來。至誠事大。貽厥孫謨。其在今日。豈忍輕棄而不顧哉。况醜虜情狀。以和爲名。而終必以和誤我國家。至大勢已去之後。惟意所欲。此必然之理也。賊若有一毫藉和之名。而遽示肆兇之意。則寧以國斃。不可含垢忍恥求哀乞憐於無厭之犬豕。而猶且終不得免也。伏願殿下勿爲羣議所動。斷自聖衷。一於義而不苟。則保邦戡亂之機。不外乎此矣。

46) [二月]初一日。大風雨雪。避亂舟艦多敗沒。大駕在江都。〇督和胡差又到平山。

후금군은 신속하게 진군하여 1월 15일에 정주에 도착하여 먼저 '화의'의 손을 내민다. 짧은 기간이지만 조선의 강토는 초토화된 상태에 이르렀다. 이에 인조는 조정 대신들과 '화친'에 대해 논의하기 시작했으며, 그 당시 좌의정을 맡았던 신흠(申欽, 1566~1628)과 비국당상 최명길(崔鳴吉, 1586~1647)은 화친을 주장하였다. 그러나 정경세(鄭經世, 1563~1633)를 포함하여 "화친이 나라를 그르친다."라고 주장하면서 조정의 공론은 척화와 주화 두 가지로 팽팽한 대립을 이루었다.

27일은 후금이 화친을 요구한 회답 시한일인데 24일에 받은 평양 함락 소식은 조선 조정으로 하여금 26일에 강화도로 천도하게 하였다. 이로부터 명과의 국교 단절과 후금과의 국교 수립을 둘러싸고 본격적인 논쟁을 시작하게 되었다.

> 2일 (크게 바람이 불었다.) 대가는 강화도에 계시었다. 오랑캐의 차사가 갑곶에 이르렀는데, 그의 서신에 "남조와의 왕래를 영원히 끊고서 저들은 형이 되고 우리들은 아우가 되자."는 말을 썼으니, 말이 지극히 흉악하고 어긋났다. 하지만 훈련대장 신경진, 대사성 장유, 이경직 등이 나가 대접하였다.[47]
>
> 6일 장만이 오랑캐의 자문 및 강홍립의 답서를 싸서 보내면서(협주: 오랑캐의 자문에 이르기를, "대금국의 이왕부는 명령을 장 상서에게 전합니다. 그대가 강화를 원했던 것이니, 담당할 관원을 속히 보내야 할 것이

廟堂請先送姜璹於賊中。盖恐胡差見阻風濤。和事不成也。○張晩投書姜弘立。略曰聖上以宗室之胄。承王大妃命。纘承寶位。人倫復明。太平可期。而不圖今日致此兵革。天意亦未可知也。兩國各守封疆。自來無纖毫讐怨。無故加兵。恐非隣國之義。若尋舊好。我何辭焉。

47) 初二日大風。大駕在江都。○胡差到甲串。其書以永絕南朝。兄渠弟我爲辭。辭極兇悖。訓鍊大將申景禛, 大司成張維, 李景稷等出待。

오. 만약 강화를 원하지 않는다면 장차 우리가 두 차례나 떠나보낸 금나라 사람을 속히 되돌려 보내도록 하시오. 나는 야외에서 진을 치고 주둔하고 있는데, 100리 안에 군량미와 마초가 이미 다 떨어진 데다 묵을 집도 없소. 이와 같이 몹시 힘들고 어려우며 고생스러움을 그대는 자세히 생각해야 할 것이오. 그대가 파견한 사람이 온 것을 두 차례나 되돌려 보내는 것을 보았는데, 어찌하여 우리나라 사람은 한 사람도 오지 않는단 말이오? 나의 마음에 몹시 의심스러워 특별히 알리는 것이오. 2월 3일." 강홍립의 답서에 간략히 이르기를, "군대가 이미 깊이 들어와서 군사들의 마음이 몹시 예민하니 한갓 말로만 따질 것이 계책의 으뜸일 것입니다. 심지어 조의와 경축에 관한 모든 것은 군대를 물러가게 한 뒤로 강구해도 늦지 않습니다. 사정이 지극히 급박하니 높으신 소견에 잘 헤아리고 계실 줄 생각합니다. 차사는 기어코 어전에서 친히 문서를 전달하여 피차가 똑같이 서로 화친하려는가를 알고자 할 것인데, 이 일은 지극히 긴요하니 역시 의당 익히 강구하여 선처하시기 바랍니다." 하였다.) 치계하기를 "오랑캐가 상원에 이르러서 소와 말을 약탈하고 창고의 곡식을 실어 갔다고 합니다." 하였다.[48]

이날, 후금의 사신이 갑곶(甲串)에 이르렀는데, 국서를 다음과 같이 보냈다. "대금국 이왕자(二王子)는 조선 국왕에게 답서를 보냅니다. 두 나라가 화친하고 좋게 지내자는 것은 다 함께 아름다운 일입니다. 귀국이 참으로 화친을 바란다면, 꼭 종전대로 명나라를 섬기지 말고 그들과 왕

48) 初六日張晩馳啓。賫上胡吝及弘立答書。胡吝曰大金國二王府。傳諭張尙書。爾願講和。可差官速來。若不願講和。將我二次發去金人。速發回來。我在野外下營。百里以內。糧草已盡。且無房屋。如此艱難辛苦。爾仔細思想。看爾打發兩還人來。甚麽不著我一介人來。我心甚疑特諭。二月初三日。○弘立書略曰。兵旣深入。軍情甚銳。不可徒以口舌爭辨。特講眞實好意。厚遺禮物及賞軍之資。速退其師。計之上也。至於吊慶一節。隨後講之未遲。事機至急。想高見有以諒之。差人期於御前親傳文書。欲知彼此一樣相好。此事至緊。亦宜熟講善處。賊到祥原。掠牛馬運倉儲云。

래를 끊고서 우리가 형이 되고 귀국이 아우가 됩시다. 명나라가 노여워하더라도 우리 이웃 나라가 가까운데 무슨 두려워할 것이 있겠습니까. 과연 이 의논과 같이 한다면, 우리 두 나라가 하늘에 고하고 맹세하여 영원히 형제의 나라가 되어 함께 태평을 누릴 것입니다. 일이 완결된 뒤에 상(賞)을 내리는 격식은 귀국의 조처에 달려 있으니, 국사를 담당할 만한 대신을 차출하여 속히 결정하여 일을 완결하십시오. 그렇지 않으면 오가는 길에 시간만 지연되어 불편할 터이니, 우리를 신의가 없다고 여기지 마십시오."[49]

이에 조선은 "성대한 사신이 잇따라 이르러 후한 뜻을 거듭 알리므로 정중함에 더욱 감사드립니다. 지금 중신을 특별히 보내어 다시 정성을 펴 보이겠으니, 부디 아직은 기다려주십시오. 차사(差使)로 온 사람이 풍랑에 막혀 지체됨을 면치 못하였으니, 미안스럽게 여깁니다. 자세한 것은 후일의 서신으로 미루고 여기에서는 많이 언급하지 않겠습니다."[50] 라고 대답한다.

이때까지도 조선 측은 화친을 미루고 있었다. 6일에 이르러 후금으로부터 또 한 편의 서신이 날아왔는데 그 내용은 아래와 같다. "대금국의 이왕부(二王府)는 장상서(張尙書)에게 전유(傳諭)합니다. 그대가 강화를 일컬었으니 차관을 속히 보내도록 하시오. 만약 강화를 원하지 않는다면 우리가 두 차례나 보낸 금나라 사람을 속히 돌려보내도록 하시오. 나는 야외에서 하영(下營)하고 있는데 1백 리 안에 군량과 꼴이 다 떨어지고 또 집도 없으니, 이와 같은 어려움과 괴로움을 그대는 상상할 수 있

49) 『인조실록』, 인조 5년 2월 2일 기해.
50) 『인조실록』, 인조 5년 2월 3일 경자.

을 것이오. 그대의 두 차인이 온 것을 보았는데 어째서 우리나라 사람을 한 사람도 보내오지 않습니까. 나는 몹시 의심스럽게 여깁니다."[51]

그러나 인조는 "모두 힘을 합쳐 적을 섬멸하라"고 하교한다. "이 지방은 바로 국가가 보존되느냐 멸망하느냐가 가름 나는 곳이다. 모든 관료 및 크고 작은 장수와 병사들은 각각 마음과 힘을 다하여 기어이 적을 섬멸하도록 해야 할 것이니 고식적인 계책은 세우지 말라."[52]고 하였는데 이는 인조의 화친의 결심을 미루어 볼 수 있는 대목이다.

> 10일 이른 아침에 궐내에서 의장이 성대하였고, 잡인이 출입하는 것을 금하였다. 낮에 강홍립과 박난영 등이 이르렀다. 강홍립은 초립을 쓰고 면포로 된 철릭을 입고 2명의 종호를 거느리고서 말을 타고 들어왔는데, 보려는 사람들이 둘러서니 부끄러워하는 기색이 있었다. 강홍립 등을 인견할 때 연신의 전례를 따랐다. 주상께서 강홍립에게 이르기를, "경이 나라를 위하는 정성은 참으로 가상하오." 하자, 강홍립이 대답하기를, "신이 구차스럽게도 모진 목숨을 보전하여 전하를 뵈니 슬픈 감회를 금치 못하겠습니다." 하였다. 주상께서 물으시기를, "저 오랑캐 병사의 수는 얼마나 되는가?" 하자, 강홍립이 말하기를, "모두 8개의 군영인데, 군영마다 각기 2천 명입니다." 하였다. 또 주상께서 물으시기를, "화친하는 일이 이루어질 수 있겠는가? 화친이 이루어지면 오랑캐 군대가 물러나겠는가, 물러나지 않겠는가?" 하니, 강홍립이 말하기를, "만약 왕자를 볼모로 보내는 데 허락하신다면 화친을 이룰 수 있을 것이고, 마땅히 화친하는 즉시 물러나 평양에 주둔하면서 풀이 자라기를 기다렸다가 회군할 것입니다." 하였다. 주상께서 말씀하시기를, "오랑캐가 아무런 이유도 없이 군대

---

51) 『인조실록』, 인조 5년 2월 6일 계묘.

52) 『인조실록』, 인조 5년 2월 6일 계묘.

를 출동시켰으니, 무엇 때문인가?" 하니, 강홍립이 말하기를, "지난해 누르하치가 죽었을 때에 조선이 치위하는 사람을 보내지 않은 것에 대하여 오랑캐는 자못 원망을 품었습니다. 때마침 모문룡이 이완을 미워하여 기어이 죽게 하려고 거짓으로 중조의 격문을 만들었는데, '조선과 합세하여 섬멸하자'는 등의 말로 오랑캐를 격분케 하였습니다. 이 때문에 오랑캐가 군대를 출동시켰겠지만, 신들은 봉황성에 도착하고 나서야 비로소 우리나라로 향하고 있음을 알았습니다. 돌아보건대 지금 오랑캐의 기세가 한창 강성함은, 선봉 5천 명이 의주로 나아가 함락시키고 저들의 병사는 죽거나 다친 자가 겨우 5, 6명이었으며 능한산성은 오랑캐 1명이 깃발을 가지고 올랐지만 제대로 싸우지도 않고 절로 무너졌으며, 안주는 겨우 칼날을 맞대서 접전하자마자 곧바로 무너져서 가는 곳마다 거칠 것이 없었으니, 결코 대적할 수 없을 것이옵니다." 하였다. 아, 강홍립은 전군을 오랑캐에게 투항시킨 죄야 우선 그만두고라도, 지금 이미 죽음을 무릅쓰고 어전에 나아와 하문을 받았으면 마땅히 오랑캐의 실정을 곧이곧대로 진달해야 할 것이거늘 우리 조정을 위하는 마음이 적었다. 그리고 오히려 또 종잡을 수 없는 말로 적을 끼고도는 것을 달갑게 여기면서 그 임금을 잊고 나라를 저버린 것을 절로 면하려 함이 이와 같은데도 조정에는 간혹 충성과 신의가 있는 사람이라고 칭찬하는 자가 있으니, 타락이 한결같이 이와 같은 지경에 이르렀단 말인가? 날이 저물자, 강홍립 등은 연미정으로 돌아갔다.[53]

53) 初十日早朝。自闕內盛儀仗。禁雜人出入。午時弘立蘭英等至。弘立著草笠衣綿布天翼。率二從胡。跨馬而入。觀者堵立。有靦面目。弘立等引見時。依筵臣例。上謂弘立曰卿爲國之誠良嘉。弘立對曰臣苟保頑命。得瞻天日。不勝悲感。上問彼賊兵數幾何。弘立曰凡八營營各二千。又問和事可成。和成可退兵否。弘立曰若許王子爲質。可以成和。當卽退駐平壤。待草長回軍矣。上曰賊無故動兵何也。弘立曰往歲奴酋之死。本朝不致慰。賊頗銜之。適毛文龍憎李莞。必欲致死。詐爲中朝檄文。以與朝鮮合勢勦滅等語激之。以故賊雖動兵。然臣等到鳳凰城。始知

후금은 조선에 화친을 요구했다. 강홍립과 박난영은 후금의 뜻을 가지고 강화도에 들어가 인조를 만나 강화 협상을 이루기 위해 노력했다.[54] 전쟁 당시 강홍립은 향도로 되어 후금군과 함께 조선에 왔으며 두 나라 강화를 위한 중재자 노릇을 하였다. 창성 사람이었던 강홍립은 그 주변 지리에 대해 잘 알고 있어 멀리 돌아서 오는 길을 인도하여 화를 줄이고자 하였다.[55] 또한 청군을 단속하여 살육을 막자는 정충신(鄭忠信)의 부탁대로 후금군의 살육을 막기 위해 노력하였고 후금군을 철수시키는 데 일조하였다.[56] 강홍립은 화친이 이루어지지 않을 시 조선의 피해 상황에 대해 크게 우려하였고,[57] 화친의 의미를 후금의 창끝에서 조선의 피해를 최소한 줄이기 위한 것에 둔 것으로 보인다. 그러나 작품에서는 강홍립의 이러한 행동을 후금의 앞잡이 노릇을 하며 조선 임금을 기만하는 행위로 규정지어 말하고 있다. 조정에서 간혹 강홍립을 충성심이 있고 신의가 있는 사람이라고 말하는 사람이 있다고 하였는데 이는 주화파를 가리키는 것이며 작가 자신은 척화를 주장하는 태도를 분명히 밝힌 것으로 이해된다.

> 27일 유해가 금교에 다다라 오랑캐 차사를 만나 풍덕으로 돌아왔

向我國矣。顧今賊勢方張。先鋒五千。進陷義州。而彼兵死傷僅五六名。凌漢則一胡持旗而登。不戰自潰。安州則纔接刃隨卽潰散。所向無前。決不可抵當矣。噫弘立全師投降之罪姑勿論。今旣冒死登對。詢問之下。當直陳賊兵情實。少爲本朝地也。而猶且變幻爲說。甘心挾虜。以自免其忘君負國。如是而朝著之間。或有以忠信可尙稱之。人心之陷溺。一至於此哉。日暮弘立等還燕尾亭。

54) 『인조실록』, 인조 5년 4월 1일 정유.

55) 『영조실록』, 영조 즉위년 10월 15일 을유.

56) 한명기, 『정묘 · 병자호란과 동아시아』, 푸른역사, 2009, 211~212쪽.

57) 『인조실록』, 인조 5년 2월 10일 정미.

으니, 대개 주상과 상대하여 맹약하는 자리에 나가려는 것이었다. 조정의 의논이 저 당나라 태종이 위교에서 돌궐과 화친을 맺었던 고사를 인용하면서 들어주려고 하자, 장유가 아뢰기를 "유해가 그런 요청을 해 오기 전에, 신들이 주상께서 상중에 계시다는 이유로 해명하였으니, 다만 다시 강력하게 밀고 나가면 그가 혹 마음을 들어줄 수도 있습니다." 하니, 주상께서 동의하였다.[58]

3월 3일 우리 및 오랑캐 차사는 제단을 설치하여 함께 맹세하였고, 유해 등은 돌아갔다.(협주: 하늘에 제사 지내고 맹세문에 대략 이르기를 "조선국은 1627년 3월 3일에 금국과 더불어 맹약을 한다." 하였다. "조선국의 3국로와 6상서 등은 대금국의 8대신 등과 함께 흰 말과 검은 소를 잡아서 맹약을 한다." 하였다.)[59]

광해군을 몰아내고 반정에 성공한 인조는 줄곧 '친명배금' 정책을 확고한 외교 노선으로 밀고 나간다. 바로 그 까닭에 그 사이 급변하는 국제 정세를 제대로 볼 수 없었고 대처할 수 없었다. 조선은 줄곧 후금(청)을 오랑캐라 깔보았기에 후금(청)의 급속한 성장은 조선에 아무런 자극을 주지 못했다. 실패한 외교의 대가로 1627년 3월 3일, 후금군이 조선 국경을 침입해서부터 50일째 되는 날, 조선은 드디어 후금에 첫 번째 항복 의식을 거행한다. 이렇게 조선은 후금(청)을 형님으로 모시는 조건으로 항복하고 전쟁을 끝마친다. 이번의 항복으로 조선은 10년 동안의 짧

---

58) 二十七日。劉海行到金郊。遇胡差還豊德。盖爲與主上相對莅盟也。廷議引唐太宗渭橋故事欲許之。張維啓曰海前有此請。臣等以上在憂服爲解。第更力爭。彼或回聽矣。上然之。

59) [三月]初三日。我及胡差設壇同盟。劉海等發還。祭天誓文略曰朝鮮國以今丁卯年甲辰月庚午日。與金國立誓云云。○朝鮮國三國老六尚書。與大金國八大臣等。宰白馬烏牛立誓云云。

은 평화를 유지했을 뿐, 훗날 조선 국토를 초토화시키게 될 전쟁을 다시금 불러오게 된다. 외세의 침입에 손 한번 써 보지 못하고 굴복하게 된 것을 보면, 그 책임은 어디까지나 나라를 이끌었던 임금과 중신들의 몫이라 하겠다.

3. 병자전쟁 제재 실기문학

1) 남한산성에서의 속수무책과 삼전도의 삼배구고두

「남한해위록(南漢解圍錄)」[60]은 석지형(石之珩, 1610~?)이 어가를 호종하여 남한산성에 입성하여 기록한 책이다. 이 책은 병자전쟁 전야에 대한 언급을 시작으로, 1636년 12월 9일 청이 조선의 국경을 넘은 날로부터 인조가 항복한 후 소현세자 일행이 청으로 압송될 때까지의 내용을 기록했다.

정묘년에 후금이 조선을 침범하여 인조가 강화도로 피난하며 후금에 세폐를 보내게 되었다. 병자년에 홍타이지가 황제를 칭한 사건에 대해 조선 조정은 이를 거부했으며 후금과는 또 새로운 마찰이 생기게 되었다. 2장에서 언급한 바와 같이 청의 사신 용골대가 인열왕후의 국상에 왔을 때, 조선 조정으로부터 받은 홀대와 생명의 위협까지 느껴 조선 국경을 탈출한 사건과 인조가 변방의 장관들에게 교서를 내려 후금을 방

60) 이 작품의 번역문은 이영삼, 「역주『남한해위록(南漢解圍錄)』」, 전남대학교 석사학위 논문, 2013을 인용하였음을 밝힌다.

비할 내용을 담은 교서를 용골대에게 빼앗긴 엄청난 일이 발생했다. 이처럼 조선 조정이 시끌벅적할 때, 청병이 이미 조선을 신속히 공격하고 있었다. 이에 곧바로 조선에 멸국의 화를 가져다준 병자전쟁이 발발되고 인조와 조정 대신들의 남한산성 47일간의 굴욕이 시작된다. 청나라 복병이 남한산성 외곽을 포위하고 사람과 가축을 약탈하자 조선 땅은 삽시에 아비규환의 지옥으로 탈바꿈된다. 정묘전쟁 때도 조선 측은 강화도를 귀의처로 삼은 까닭에 남한산성의 경우는 일찍이 급한 상황에 대비할 계획이 없었으며 창고의 곡식을 모두 산 아래에 쌓아두고 전쟁 장비도 성 위에 배치하지 않았다. 이는 남한산성이 오래 버티지 못하게 된 하나의 결정적인 조건이기도 하다.

11일 해 질 녘에 장계(狀啓)가 잇달아 도성에 이르렀는데, 청병이 안주(安州)에 빠르게 도착했다는 것이었다. 이에 도성(都城)은 놀랍고 두려워서 서로 가족들을 부축하고 짐을 지고서 성을 나가는 사람들이 어깨가 서로 맞닿고 발꿈치가 닿을 정도로 많았다. 그날 오후 저물녘에 장계가 재차 도착하였는데, 청병이 이미 평양에 이르렀다고 하였다.[61)]

14일 새벽에 장계가 또 도착하였는데, 청병이 갑자기 중화(中和)에 이르렀다는 것이었다. 이에 종사(宗社)의 위판(位版)과 빈궁과 일대군(一大君)과 인평대군 및 두 부인이 먼저 강도로 들어갔다. 일대군은 바로 효종(孝宗)이며, 왕위에 오르기 전에는 봉림대군이라 불리던 분이다. 오후에 임금의 수레가 대궐을 나서 숭례문(崇禮門)에 이르렀을 때, 갑자기 청병이 벌써 사령(沙嶺)을 넘었다고 보고하였다. 대소 관

61) 十一日暮, 狀啓比至京師, 淸兵早到安州。於是, 輦下震駭, 扶携負戴而出城者, 肩相磨, 踵相接矣。其日午昏, 狀啓再到, 淸兵已及平壤。

료들은 아무 말도 못하고 서로 얼굴만 바라볼 뿐 어찌할 줄을 몰랐다. 주상께서 숭례문 문루(門樓)에 납시어 급히 여러 신하들과 의논하였는데, 체찰사 김류가 남한산성으로 거둥하기를 청하였다. 남한산성은 완풍군 이서(李曙)가 쌓은 곳으로 광주(廣州)의 치소(治所)이다. 주상께서 평성부원군 신경진(申景禛)으로 하여금 군사를 거느리고 모화관(慕華館)의 사현(沙峴)에서 적의 형세를 살피게 하였다. 또 판서 최명길과 참판 이경직(李景稷)으로 하여금 가서 쳐들어 온 장수를 만나 시험 삼아 화친을 말하여 그 군사를 늦추게 하였다. 주상께서 급히 남한산성으로 향하였으나, 군신들 중에 혹자는 주상께서 향하는 곳을 알지 못하였다. 구리개(銅峴)에 이르렀을 때, 세자의 말고삐를 잡은 자가 달아나자 세자가 몸소 말을 채찍질하여 달렸다. 그리고 시위 군졸과 피난하는 남녀들과 뒤섞여서 전진하여 수구문(水溝門)에 이르니, 문은 좁은데 사람은 많아 목숨을 걸고 다투어 나가려고 하였다. 때문에 모자와 부부는 서로 헤어져 울부짖고, 노약자들은 쓰러져 죽은 이들이 서로 쌓였다. 황혼 무렵에 주상께서 신천(新川)과 소파(所坡: 松坡의 옛 지명)를 건넜는데, 두 나루는 얼어 있었다. 어두컴컴해서야 비로소 산기슭에 이르렀으나, 군신들은 모두 뒤에 처져 임금의 수레를 곁에서 따른 자가 겨우 5, 6명뿐이었다. 주상께서 남한산성의 남문에 이르렀을 때 노루가 길을 가로질러 달려갔다. 이에 환관이 나아가 아뢰기를, "이는 크게 좋은 징조입니다. 전하께서는 오래지 않아 마땅히 환도할 것입니다."라고 하였다. 주상께서 묻기를, "어떻게 그것을 아는가?" 하였다. 환관이 대답하기를, "갑자년(1624, 인조 2년) 이괄의 변란 때, 공주로 거둥하셨을 때도 이러한 기이한 일이 있었습니다. 이 때문에 알고 있습니다."라고 하였다. 임금의 수레가 남한산성의 행궁에 이르렀을 때에 하늘에서 눈이 내렸다. 뒤따르던 백관들은 눈보라를 헤치고 성으로 들어왔고, 혹자는 성 밖에서 노숙하였다. 이날 밤 판서 최명길이 치계(馳啓)하여 말하기를, "가서 화친하는 일을 설명하니 저들도 수긍하였습니다. 또 들어온 군사를 보니 수천에 불과하였습니다."라고 하였다. 이에 조정의 회의에서 뒤따르던 거진(鉅陣: 本陣)이 도착하기 전에, 주상을 모시고 급히 강도로 들어가기로 하였다.[62)]

병자년(1637) 12월 14일에 청은 군사를 이끌고 경기도에 이르렀다. 이는 국경을 넘은 지 3일 만의 일이다. 서울은 바로 지척이며 인조의 어가(御駕)는 준비도 갖추지 못하고 황망히 궁을 떠나 오후에는 강화도로 갈 예정이었다. 그러나 청의 마부대가 철기군 수백을 거느리고 홍제동에 이르러 강화로 가는 길을 끊어버렸기에 다시 도성으로 돌아와 남대문에 올라 교서를 내렸다. 백성들은 물론이고 임금과 중신들은 당황하여 어쩔 바를 몰라 했다. 서울의 백성들은 늙은 부모를 부축하고 아이들을 거느리고 피난길에 오르느라 그야말로 혼란스러웠다. 서울에서 강화까지는 이틀 길이었지만 이미 청에 의해 길이 차단된 상황이라 인조는 세자와 백관을 거느리고 수구문을 통해 남한산성으로 들어갔다. 둘째 날, 인

62) 十四日曉, 狀啓又到, 淸兵奄到中和。於是, 宗社位版, 嬪宮一大君及麟平暨兩夫人, 先赴江都。一大君卽孝廟, 潛藩時, 號鳳林是也。午後, 大駕乃出, 到崇禮門, 忽報淸兵已踰沙嶺。大小官僚, 面面相覷, 不知所出。上御門樓, 急與諸臣議, 體察使金瑬, 請幸南漢。盖完豊君李曙所築, 卽廣州治也。上使平城君申景禛, 領兵觀勢於慕華峴。又使判書崔鳴吉、參判李景稷, 往見來將, 試言和好, 以緩其師。上急向南漢, 群臣或不知主上所向矣。至銅峴, 世子牽馬者逸, 世子親策馬以行。侍衛卒與避亂士女糅雜而前, 至水溝門, 門小人多, 捨命爭出。母子夫婦, 相失叫號, 老弱者, 僵死相枕矣。黃昏, 上渡新川所坡, 兩津氷。昏黑始抵山足, 群臣皆落後, 其緊隨聖駕者, 僅五六人矣。上至南漢城門, 有野麕, 截路橫走。黃門進曰 : "此大吉之兆, 殿下匪久, 當還都矣。" 上問 : "何以知之。" 對曰 : "甲子适變, 幸公州時, 亦有此異, 以此知之。" 大駕比及行宮, 天雨雪。跟行百官銜雪入城, 或露宿城外。是夜, 判書崔鳴吉馳啓曰 : "往說和事, 彼亦首肯。且觀來兵, 不滿數千里。" 廟議, 欲趁鉅陣未至, 奉上馳入江都。

조는 다시 강화로 들어가려고 무진 애를 썼지만 큰 눈이 내려 산길이 얼어붙고 타고 가던 말이 넘어져 내려서 걷다가 넘어지기를 반복하며 끝내는 남한산성으로 되돌아왔다.

> 24일, 주상께서 친히 명나라의 궁궐을 향하여 절을 올리는 이른바 망궐례[63]를 행하였다. 포위된 지 스무날이 되자, 건초와 군량이 모두 부족하였다. 나라의 위망이 조석에 닥쳤는데도 사대의 정성은 더욱 두터웠고 마땅히 행해야 할 예는 폐하지 않았던 것이다. 군자가 말하기를, "우리 동방의 예의는 이름이 헛되이 이루어지지 않았다. 노성의 현송[64]도 그 혼자만의 아름다움은 아니다."라고 하였다. 이날 된 흙비가 와서 어두컴컴하여 가까운 거리에서도 소와 말을 분별하지 못하였다. 성을 지키던 군졸들은 모두 얼고 젖어서 부들부들 떨었다. 주상께서는 한데에 앉아 고통을 나누었고, 임금이 앉아 있던 자리의 천막과 의창군[65]이 바친 산양가죽 이불을 거두어 여러 쪽으로 찢어서 조정에 하사하도록 명하였다. 비가 저녁 내내 그치지 않아 기청제를 올렸는데 밤이 깊어서야 개었다. 주상께서는 기한과 눈비를 만날 때

63) 망궐례(望闕禮)는 외관(外官)이 명절 때나 왕 · 왕비의 생일에 전패(殿牌)에 절하거나, 혹은 설날 · 동지 · 성절(聖節) · 천추절(千秋節)에 임금이 중국의 궁전을 향해 절하는 예식을 가리킨다. 여기서는 명나라 만력황제가 있는 자금성을 향해 한 것이다.

64) 노성(魯城)의 현송(絃誦)이란 한고조 유방이 항우를 물리치고 노성으로 왔을 때, 노성의 군신들이 높은 관을 쓰고 넓은 띠를 두른 예복을 갖추어 입고 예와 시를 담론하고 풍악을 연주하고 노래를 부르며 지극히 태연하였다고 한다. 이를 본 유방은 노성을 함락하지 않고 보전해주었다고 한다.

65) 자 장중(藏中), 호 기천(杞泉), 시호 경헌(敬憲), 이름 광(珖). 어머니는 인빈(仁嬪) 김씨(金氏), 부인은 양천 허 씨(陽川許氏)로 판서 허성(許筬)의 딸이다. 광해군의 패륜을 한탄하던 중 1618년 모반죄로 주살된 처족(妻族) 허균(許筠)의 사건에 연좌되어 훈작을 삭탈당하고 유배되었다. 1623년 인조반정으로 풀려나와 종친으로서 인조의 총애를 받았으며, 글씨에 능하였다.

마다 반드시 밤에 중사를 보내어 성곽을 지키는 병사들을 위문하였고 세자도 그리하였으니, 장수와 병사들이 모두 감격하여 생사를 돌보지 않았다.[66]

28일에 이르러 출전하려고 하였으나 날씨가 몹시 추웠기 때문에 전군(前軍)은 나가자마자 바로 되돌아 들어왔다. 이날 밤 출병하여 송성(松城)을 빼앗고자 하였으나 하지 못하고 날이 밝았으니, 또한 군령의 엉성함을 드러낸 것이었다.[67]

29일에 날씨가 조금 따뜻해졌다. 이에 별초무사를 검열하여 날래고 과감한 자 100여 명과 포수 중에 잘 쏘는 자 천여 명이 성을 나갔다. 체부 이하 대소의 장교들에게 명령하고 아울러 성 위에서 깃발을 사용하여 전진을 독촉하였으나, 사졸들이 모두 요새에 웅거하고 내려가지 않았다. 체부에서 사람을 시켜 산을 내려가라고 외쳤으나 사졸들은 여전히 또 뒷걸음질 쳤다. 송성과 성과의 거리는 겨우 3, 4리로, 하루 종일 다그쳐 독촉하였으나 수십 보를 벗어나지 못하였다. 체부에서 크게 노하여 군관 유호를 보내어 영전을 지니고 나가서 말하기를, "퇴각하는 장수 신성립의 머리를 가지러 왔다."고 명령을 내렸다. 신성립이 깜짝 놀라 칼등으로 뒤처진 군사들을 마구 치며 산을 내려가도록 하였다. 북성(北城) 밖에 주둔하고 있던 청나라 사람들은 모두 다섯 군데에 진을 치고 있었는데, 모두 노략질하러 나가고 다만 아주 적은 수의 수비군만 있었다. 이때에 이르러 (청병은) 우리 군사들이 일제히 산을 내려오는 것을 보고, 모두 마소에 봇짐을 운반하여 멀

66) 二十四日, 上親行望闕禮。受圍兩旬, 蒭粮俱匱。國家危亡, 迫在朝夕, 而事大之誠愈篤, 當行之禮不廢。君子曰 : "吾東禮義, 名不虛立。魯城絃誦, 未之專美云。" 是日, 大霾雨晦冥, 尋常不卞牛馬。守城軍卒, 皆凍濕戰慄。上露坐分苦, 命撤御座鋪陳及義昌君所獻山羊皮衾, 幅裂以賜朝廷。雨勢終夕不止, 行祈晴祭, 夜央晴。上每遇祈寒雨雪, 必夜遣中使慰問守堡者, 世子亦如之, 將士皆感激忘死。

67) 二十八日, 欲出戰, 以日氣寒緊, 前軍纔出而旋入。當夜, 欲出兵刼寨, 未果而日明, 亦見軍令之踈密也。

리 두었다. 그리고 요새 밖에서 갑옷을 입고 말을 타고 있었으며, 말을 5대(隊)로 나누어 말고삐를 잡고 늘어서 있었다. 대마다 약 10여 명이 말 머리를 정돈하고 모두 우리 군사들을 향하고 있었으나, 우리 군사들은 다만 말하기를, "적군이 우리를 두려워하여 먼저 달아날 길을 찾는다."고 하였다. 이에 우리 군사들은 곧바로 청나라 진영에 이르렀다. 그리고 진영 안을 살폈으나 텅 비어 사람은 없었고, 소와 말 몇 마리만 있어 다투어 먼저 취하였다. 청병 한 명이 소나무로 만든 막사에 병으로 누워 있어서, 우리 군사가 막 머리를 베려 하자 청병 5, 6명이 말을 달려 돌진해 왔다. 우리 군사는 놀라 당황하여 미처 손을 쓰지 못하고 변발만을 잘라서 돌아왔는데, 장차 상을 타려고 했기 때문이었다. 소와 말을 취한 2명은 청병에게 사로잡혔다. 우리 군사들은 종일 송성 밖에서 호각을 불고 적진을 향해 일제히 고함을 질렀으나, 청나라 군사들은 교전할 뜻이 없었다. 이에 우리 군사들은 모두 편안하게 쉬면서 어울려 있었으나, 청나라 군사들은 처음처럼 정돈하고 있었다. 유호가 와서 체부에 아뢰어 말하기를 청나라 군사들은 , "우리를 두려워하여 감히 교전하지 않아서, 출병한 지 오래되었으나 아무것도 한 것이 없습니다. 지금 약간의 군사들이 저들의 진영에 들어가 꼴과 풀을 태우면 어떠하겠습니까?" 라 하니, 체부에서 허락하였다. 해가 저물녘에 체부에서 사람을 시켜서 성 위에서 우리에게 고함을 쳐서 군사들을 철수시켰다. 청나라 군사들이 낱낱이 듣고 고삐를 당겨 채찍을 휘둘러 우리 군사가 보이는 곳에 미쳐서 일시에 발길을 돌려 5대의 군사가 갑자기 변하여 3대가 되었고, 성 위를 바라보며 말을 치달려 가로로 쇄도하여 오는 것이 빠르기가 마치 번개와 같았다. 우리 군사가 미처 산발치에 오르지도 못했는데 청병은 이미 우리 뒤에 이르렀다. 우리 군사들은 질겁하고 크게 혼란하여 각자 살려고 도망치며 싸우고자 하는 마음은 없었다. 두 명의 병사가 연달아 총을 쏘았는데, 청병의 두 기마가 총소리에 놀라 넘어졌다. 그 뒤로 총소리는 들리지 않았다. 청병은 우리 군사의 배후와 좌우 삼로부터,

각각 화살을 쏘는데 마치 메뚜기가 달려드는 것 같았다. 우리 군사들은 활시위 소리에 맞추어서 쓰러지며 언덕으로 거꾸로 떨어지는 것이 마치 나부끼는 버들개지 같았다. 죽은 시체가 구렁에 가득하고 병기가 산에 가득하였다. 사대부 중에 성 위에서 지켜본 자들은 모두 핏기가 없었고 얼굴을 가리고 차마 보지도 못하였다.

당일 우리 군사 중에 성문을 나선 자는 천에서 수백 명[68]이었으나, 패하여 남은 자들은 백여 명도 못 되었다. 청나라 군사들은 패한 우리 군사들이 이미 산허리에 올라간 것을 보고, 또한 스스로 거두어 후퇴하면서 우리 군사가 버린 활과 검과 조총과 방패를 취하여 물러갔다. 체부에서 청병이 우리 군사를 따라잡는 것을 보고, 성 위에서 나가 지원토록 명하였으나, 후속 지원군은 처음부터 정돈되지 못하였다. 갑작스레 나갈 것을 독촉하자 후속 지원군이 준비하는 도중에 청병은 이미 완전히 승리하고 돌아갔다. 패한 군사가 성에 들어왔는데 화살에 맞아 상처를 입지 않은 자가 없었다. 그리고 죽은 사람의 친족으로 가슴을 치고 목놓아 슬피 우는 사람들이 거의 온 성에 가득하였다. 주상께서는 이날 저녁에 수라를 들지 않으셨다.

아! 장수가 화살과 돌을 피하지 아니하고 몸소 사졸보다 앞선다면, 바야흐로 능히 군사들은 사력을 다하거늘, 어찌 장령(將領)들은 모두 성안에 머물면서 군졸들로 하여금 밖에서 목숨을 바치라고 하는가? 청나라 사람들이 거짓으로 우마(牛馬)로 적을 유인하는 계책을 쓴 것은 비록 아이의 몽매로도 알 수 있는 것이다. 그런데도 보졸(步卒)을 몰아 들판으로 내려보냈고, 이에 적이 우리를 두려워한다고 여겼으니, 참으로 경솔한 것이다. 이른바 별초무사들은 모두 성난 호랑이처럼 용감한 선비들로서 이들은 말달리기와 활쏘기에 장점이 있는데

---

68) 천에서 수백 명(幾千數百) : 현재 정설은 300명이라고 하나 여러 문헌의 기록을 살펴보면 정확하지 않음. 다만 남급(南礏)의 「남한일기」에 "점심 후에, 체부는 북성(北城) 위에 앉아서 정예 포수 30명을 내려보내어 북문에서 산등성이를 타고 내려가게 했다."라고 하여 출병한 군사의 수를 30명이라고 밝히고 있다.

도, 이들로 하여금 갑옷을 입혀서 도보로 철기병과 싸우도록 하였으니, 이것은 풍부(馮婦)의 팔을 비틀고 호랑이를 잡게 하는 것과 같다. 아, 또한 우활하다 할 수 있구나! 청병은 총포를 두려워하였는데, 이에 포수로 하여금 후미에 있게 하고 무사로 하여금 앞에 서게 하는 것은 무슨 뜻인가? 군대를 진퇴하는 데 징과 북을 사용하지도 않고, 쌓아 둔 풀을 불사른 일도 어린아이에 가깝다. 용병이 이와 같다면 어찌 일을 제대로 할 수 있단 말인가? 이날 신참 초관(哨官) 한 명이 수십 명의 보졸을 거느리고 군대의 왼쪽에서 세력을 조장하고 있었는데, 청병이 갑자기 이르는 것을 보고도 화살 한 발을 쏘지 못한 자가 있었다. 이것은 참으로 죄가 되는 것이다. 그러나 당일 군대를 패퇴하게 한 죄를 마음대로 군율로 바로잡는다면 어찌, 이것에 견주어 중한 자가 없겠는가? 이에 앞서, 우리 군사들은 나갈 때마다 패한 적이 없었고 번번이 적의 목을 베거나 사로잡았다. 이 때문에 사기가 점점 떨쳐 일어났는데, 이때에 이르러 군의 사기가 갑자기 꺾이었고, 장령들이 모두 목을 움츠리고 혀를 내밀고 다시는 싸울 것을 말하지 않았다. 이날 공청감사(公淸監司) 정세규(鄭世規[69])가 사람을 시켜 진군한다는 장계를 올리고, 세 마리의 꿩을 바쳤다. 성으로 들어오고부터 지금에 이르기까지 16일 만에 비로소 근왕병의 소식을 들었다. 그리하여 아직도 '나라에 사람이 있구나.' 하고 여겼다.[70]

---

69) 정세규(鄭世規) : 조선 중기의 문신. 본관은 동래(東萊), 자는 군칙(君則), 호는 동리(東里). 좌의정 정언신(鄭彦信)의 손자로, 정율(鄭慄)의 아들이다. 1636년(인조 14년)에 병자전쟁으로 왕이 남한산성에서 포위되자 근왕병을 이끌고 포위된 남한산성을 향하여 진격하다가 용인 · 험천(險川)에서 적의 기습으로 대패하였다. 이때의 충성심으로 패군의 죄까지 면죄 받고 전라 감사 · 개성 유수를 거쳐 공조판서에 임명되었다.

70) 二十九日, 日氣稍暖。簡別抄武士驍果者百餘, 及砲手命中者千餘出城。体府以下大小將校, 並在城上使旗督前, 士卒, 皆據險不下。体府使人吗下山, 士卒猶且却步。松寨距城, 甫三四里, 竟日催督, 未離數十步。体府大怒, 遣軍官柳瑚, 持令箭出曰 : "取斬退將申誠立頭來。" 令出。誠立驚, 以鈒脊亂打後者, 駈

1636년 12월 29일 조선군은 북문으로 나가 청군을 진공하려다가 크게 패하였다. 체찰사 김류(金瑬, 1571~1648)는 북문 맞은편 청군 진영의 수비가 허술한 것을 보고 정예병의 진공을 명하였다.[71] 사실 이는 조선

迫下山。淸人住札北城外者, 凡五屯。皆出抄, 只有些少守兵。至是見我人一齊下山, 皆搬運卜物遠置。塞外被甲馬上, 馬分作五隊, 勒馬羅立。每隊約十餘人, 齊整馬首, 皆向我兵, 我人只道 : "敵軍怕我, 先尋走路。" 於是, 我軍直抵淸寨。見陣中虛無人, 但有牛馬數頭, 爭先取之。淸兵一人, 病臥松幕。我人方欲斬馘, 淸兵五六人, 驟馬突至。我人驚慌, 未暇下手, 斷其辮髮以敀, 將以邀賞也。取牛馬者二人, 爲淸兵所獲。我軍終日在松寨外, 吹角吶喊, 淸人無意交鋒。我兵皆偃息雜處, 淸人齊整如初。柳瑚來告體府曰: "淸人怕我, 不敢交鋒, 久出兵無爲也。今若干軍人入彼砦, 火其茭藁, 如何?", 体府許之。日暮, 体府使人, 從城上叫我人收兵。淸人听知箇箇, 按轡執鞭, 及見我軍, 一軍時旋踵, 五隊之兵忽變爲三。望城上, 躍馬衡殺而來, 疾若飛電。我軍未爬山趾, 淸兵已躡我後。我軍恇惻大亂。各自逃生, 無心戀戰。有二人相繼放砲, 淸兵兩騎應聲倒。厥後不聞砲聲。淸人從我軍背後, 及左右三路, 各射箭如蝗集。我人應絃而倒, 落崖如飄絮。死尸盈壑, 器械遍山。士大夫從城上觀者, 擧無人色, 掩面不忍視。當日我兵出門者, 幾千數百矣, 敗衂餘遺者,不能百餘人。淸人見敗軍已登山腰, 亦自斂退, 取我軍所棄弓劒鳥銃干楯以去。体府見淸兵追及我軍, 令城上出繼援, 繼援初不整頓。猝然督出, 繼援未出門, 淸兵已全勝而敀。敗軍入城, 無不中箭帶傷。死人親屬, 搥胷號哭者, 殆遍一城。上於是夕, 不進水刺。噫! 爲將者, 不避矢石, 身先士卒, 方能得人死力, 安有將領都在城內, 令軍卒效死於外者哉? 淸人佯爲牛馬誘敵之計, 雖童昏可知。駈步卒下平野, 乃謂敵人畏我, 踈亦甚矣。所謂別抄武士無非虓敢之士, 而此輩長於馳射, 乃使被甲徒步與鉄騎鬬捷, 是袗馮婦之臂, 使搏虎也。吁, 亦越哉! 淸兵怕火砲。乃使砲手爲殿, 武士居前, 抑何意耶? 進退軍旅不用金鼓, 焚燒積草, 事近童竪。用兵如此, 惡能有濟乎? 是日, 新哨官一人, 卽領步卒數十, 爲勢於師左。見淸兵猝至, 不發一矢者也。是固有罪矣。當日, 僨師之罪, 倘以師律繩之, 豈無比此爲重乎? 前此, 我兵每出, 未嘗摧敗, 輒有斬獲。以故, 士氣稍振, 至是, 軍情頓喪, 將領皆縮頸吐舌, 不復言戰。是日, 公淸監司鄭世規, 使人賚進兵狀啓, 獻三首山鷄。自入城迄今十六日, 始聞勤王消息。猶謂'國有人乎?'

71) 이날 북문 밖으로 출병하여 평지에 진을 쳤는데 적이 상대하여 싸우려 하지 않았다. 날이 저물 무렵 체찰사 김류가 성 위에서 군사를 거두어 성으로 올라오라고 전령하였다. 그때 갑자기 적이 뒤에서 엄습하여 별장 신성립(申誠立) 등 8

군을 유인하기 위한 청군의 기만술이기에 이를 간파한 다른 장수들은 출정에 반대한다. 그러나 김류는 계속하여 출전을 재촉하고 조선군은 울며 겨자 먹기로 청군의 진영을 향해 돌진한다. 그런데 청군의 진영은 완전히 비어 있었고, 조선 군사들은 접전을 시도하려 호각을 불고 고함을 질러봤으나 적진은 묵묵부답이었다. 해가 저물자 조선군의 철수를 명하였는데 청군은 일찍 교전 준비를 끝내고 조선군이 산발치에 오르기도 전에 이미 기다리고 있었다. 조선군은 혼비백산하여 서로 살길을 찾아 뿔뿔이 흩어지고 청군은 조선군 진영의 배후와 좌측, 우측 세 갈래에서 각각 화살을 날렸는데 조선군의 참상은 눈을 뜨고 보지 못할 지경이었다. 이날 조선군은 3백여 명이나 목숨을 잃었다. 이로부터 조선군의 사기는 땅바닥을 쳤으며 조정의 여론도 척화에서 주화로 기울게 되었다. 청군은 대승을 거두었을 뿐만 아니라 조선군의 버린 무기들을 모조리 거두어 갔다. 체부에서 청병이 조선군을 따라잡는 것을 보고 지원하기를 명하였으나 지원군이 전혀 준비되지 않은 상황에서 갑작스런 출병 명령에 급히 준비하던 중 청군은 완승을 거두고 돌아갔다. 죽은 병사들의 친족들의 통곡소리는 온 성에 가득했다. 청군의 예기를 꺾으려다가 오히려 적군의 용병술에 넘어가 허무하게 패전한 우매하기 그지없는 경우였다. 말달리기와 활쏘기에 능한 별초무사들을 보병으로 들판에 내려보내 적군의 철기병과 싸우게 한 것은 아군의 우세를 열세로 바꿔 버린 전술이라고도 할 수 없는 지극히 몽매한 처사였다. 더욱이 청병은 총포를 두려워하였는데도 무사를 앞세우고

명이 모두 죽고 사졸도 사상자가 매우 많았다. 김류가 군사를 전복시키고 일을 그르친 것으로 대죄(待罪)하니, 상이 위유(慰諭)하였다. 『인조실록』, 인조 14년 12월 29일 기해.

포수로 하여금 후미에 있게 하였으며 군대의 진퇴에 있어서 징과 북을 사용하지 않아 지휘는 이루어질 수 없었다. 이는 조선군 지휘부의 실력과 진상을 남김없이 보여주었으며 드디어 붕괴될 날이 멀지 않음을 암시한 대목이다.

> 11일 큰 바람이 불고 몹시 추웠다. 체부에서 성을 순시하며 장수와 군사들을 위로하고 달래면서 또 말하기를, "일이 안정된 뒤에 마땅히 10년 동안 조세와 잡역을 면제할 것이다."라고 하였다. 이에 군졸들이 모두 비난하며 말하기를, "나라가 위태로워 망할 날이 닥쳐오면 급히 인정(仁政)을 행하고, 적병이 겨우 물러가면 곧바로 옛날 행태를 답습한다. 우리는 그것을 안 지가 오래되었다."라고 하였다. 백관들이 말을 늘어놓으며 밝게 타일렀으나 아무도 믿으려 하는 자가 없었다. 이날 저녁 청병 중 서북쪽에서 오는 자를 헤아릴 수가 없었다. 밤이 되어 사방성 밖을 둘러보니 불빛이 하늘을 밝혀 멀고 가까운 곳이 온통 붉게 물들었는데, 모두 청병의 주둔지였다. 우리 조선의 구원병은 모두 그림자와 메아리조차 끊어졌다. 지난 번 검단산에 있던 강원의 군사는 섣달 30일부터 포성이 들린 뒤에 조용하고 움직임이 없었다. 조정에서 좌상 홍서봉이 국서를 지니고 가서 돌아온 때부터 괴로이 회신을 기다리고 있었으나, 거의 열흘 동안 소식이 없었다.[72)]
>
> 어가가 성에 들어온 때부터 지금까지 모두 29일이 되었다. 성 밖의 구원병은 끊기고 성안의 먹을 것은 날이 갈수록 더욱 어려워졌다. 또

72) 十一日, 大風極寒。體府巡城, 慰誘將士, 且日: "事定後, 當給復十年矣。" 軍卒皆反唇日 : "危亡迫頭, 亟行仁政, 敵兵才退, 則旋踏故步, 吾属知之久矣。" 百官, 費辭爽諭, 莫或肯信。是夕, 淸兵從西北來者無數。入夜, 回視四郊, 火光燭天, 遠近通紅, 盡是淸兵住扎處也。我國援兵, 並絶影響。江原兵軍于黔丹山者, 自臘月三十日, 聞砲聲後, 寂無動靜矣。朝廷, 自洪相賫書往返, 苦俟回音, 幾浹旬未有聞。

성 밖의 땔감과 풀은 모두 다 태워졌으며, 얼마 남지 않은 전마(戰馬)는 서로 꼬리를 깨물었다. 그리고 사냥꾼으로 군적에 오른 장정들은 모두 곧 성을 지켜내지 못할 것으로 생각하고 성을 넘어 적에게 투항하는 자가 서로 이어졌다. 오후에 주상께서 성을 순시하다가 망월봉에 이르러, 성첩을 지키는 장수와 군사를 불러 위로하였으나 눈물을 흘리는 자는 없었다.[73]

21일 큰 눈이 와서 한 자 남짓 쌓이고, 한낮에서야 개었다. 우상 이홍주[74]와 판서 최명길이 국서를 가지고 청나라 진영에 가서 해가 저물어서야 답서를 받아서 돌아왔다. 답서에는 두 개의 조건이 있었다. 하나는 주상께서 성을 나와 항복하는 것이고, 또 하나는 화친을 배척한 자를 결박하여 보내라는 것이었다. 척신들이 묘의에서 모두 말하기를, "청나라 사람들이 척신들을 잡고자 하기 때문에 주상께 성을 나오도록 강요하고 있습니다."라고 하였다. 주상께서 말하기를, "차라리 함께 죽을지언정 어찌 차마 결박하여 보내겠는가?"라고 하였다. 세자가 조정의 신하들을 돌아보며 말하기를, "우리 부자가 경들의 배신으로 말미암아 죽게 되었다."고 하니, 제신들은 황공하여 몸 둘 바를 몰라 대답을 못하였다. 이날 저녁 답서는 날이 저물어 실행하지 못하였다. 밤에 크게 바람이 불고 눈이 내려 지독히 추웠는데 성을

73) 自大駕入城至今, 凡二十九日。絶無外援, 城中艱食日甚一日。城外柴草, 亦被燒盡, 孑遺戰馬相嚙尾。獵軍丁, 咸以爲朝暮不守, 踰城投敵者, 相繼矣。午後, 上巡城, 至望月峰, 招守堞將士, 無洒泣。

74) 이홍주(李弘胄) : 본관은 전주(全州), 자는 백윤(伯胤), 호는 이천(梨川). 1582년(선조 15년) 진사시에 합격, 의금부낭관이 되고, 1594년 별시 문과에 병과로 급제하였다. 1632년 인목대비(仁穆大妃)가 죽자 애책문(哀册文)을 짓고 숭정대부에 올랐다. 1636년 이조판서를 거쳐 우의정이 되어 여러 번 사직을 청하였으나 허락되지 않았다. 병자전쟁에서 항복하는 데에는 끝까지 반대하였다. 1637년 영중추부사가 되어 그 직을 사하였으나 허락되지 않고, 이해에 영의정에 올랐다. 법도에 따르고 검소한 생활로 이름이 높았다.

지키던 병사들 중에 얼어 죽은 자가 아홉이었다.[75]

남한산성이 청군에 의해 포위되면서 산성 안의 궁핍한 상황은 나날이 심각해졌다. "일이 안정된 뒤에 마땅히 10년 동안 조세와 잡역을 면제할 것이다."라고 하였던 조정의 말에 군졸들은 비난하며 믿지 않았다. 이는 조정이 민심으로부터 멀어졌고, 믿음을 상실했음을 의미한다. 겹겹이 포위된 청군에 의해 산성 안은 모두가 질겁한 상황이며 산성 밖은 지원병이 전무한 상태였다. 산성 안에는 먹을 것, 입을 것, 땔 것이 전무한 상태며 더욱이 위태로운 것은 모두가 성을 지켜내지 못할 것이라고 생각하여 전의를 상실한 상태였다. 추위에 시달렸던 장수와 군사들은 동상을 입어 그 고통을 헤아릴 수 없었고 일기가 불순해지면서 지척을 분간할 수 없었기에 적에 대한 공포는 더욱 심해졌다. 굶주림과 추위, 그리고 공포에 시달리던 군졸들은 이와 같은 절체절명의 상황에 이르렀으며 이는 임금이 성을 순시하다 장수와 군사들을 위로하였으나 눈물을 흘리는 자가 없었다는 상황으로 이어진다. 임금에 대한 그들의 원망이 몹시 깊었음을 보여준 대목이며 이런 상황에서 임금을 보위하기 위해 목숨을 바쳐 싸운다는 것은 어불성설이었던 것이다. 굶주림과 추위를 이겨내면서 오랜 시간을 버텨왔던 군졸들은 심지어 죽는 지경에까지 이르렀으며 이에 도망하는 사람이 점점 많아졌고 산성 수호 의지는 철

75) 二十一日, 大雪一尺强, 當午晴。右相李弘胄及崔判書鳴吉, 賫國書如淸寨, 逮暮, 受回書以歸。中有兩件事, 一要主上出降, 一要縛送, 斥臣廟議僉曰 : "淸人期得斥臣, 故强上出城也。" 上曰: "寧與同死, 何忍縛給?" 世子顧謂朝臣曰 : "吾父子, 其由卿背而死矣。" 諸臣惶惧, 不知所對。是夕, 答書日曛未果。夜大風雪, 守城軍卒, 凍死者九人。

저히 붕괴되고 말았다.

> 25일 나가게 하여 도원수 등에게 교지를 내려 임금의 명령을 선포하였는데, 대략 말하기를, "고립된 성에서 밤낮으로 포위된 것이 80일이다. 군신 상하가 혀가 마르고 입술이 타도록 날마다 구원병을 바라는데 전혀 그림자조차도 없으니, 어찌 이러한 이치가 있단 말인가? 속히 진군하여 잠시라도 지체하지 말라."고 하였다. 성안의 귀하고 천한 자가 이 말을 듣고서 김자점이 나라를 등진 것에 팔을 걷어 올리며 이를 갈지 않은 이가 없었다. 이날 청병들이 사방에서 소와 말을 몰아 짐을 실어 나르는 자가 수없이 많았다. 성안에서는 멀리서 바라볼 뿐 거의 대부분은 크게 낙심하여 허탈해하였다. 청병이 연일 대포를 쏘아 대서 동남쪽의 성가퀴가 거의 다 허물어졌다. 때문에 성첩을 지키던 장수와 군사들은 의지하여 가릴 곳이 없어 흙을 져다가 스스로를 가려야 했으니, 날마다 쉴 겨를이 없었다. 게다가 대포가 대장기(大將旗)의 깃대를 명중시켜 꺾이자 사람들은 속으로 크게 의아해하고, 모두 조석(朝夕)도 지키지 못할 것으로 여겼다. 아! 안으로는 믿을 만한 것이 없고 밖으로도 기대할 것이 없으니, 비록 죽음으로 지키고자 하여도 형세는 이미 힘쓰기 어려웠다. 하물며 군량은 이미 떨어졌으니, 사람들이 서로를 잡아먹고서 나라를 보존할 수 없음에랴. 만일 자신이 성에 포위되어 있으면서 직접 그 사정을 본 사람이 아니라면 어찌 당일의 위급함이 이와 같이 심하다는 것을 알 수 있었으랴.[76]

---

76) 二十五日, 朝廷使人乘夜出城, 宣旨于都元帥等, 槩"孤城受圍晝夜, 八十日矣。君臣上下乾舌焦唇, 日望援兵, 了無影響, 寧有是理? 斯速進兵, 毋淹晷刻。" 城中貴賤聞此, 莫不奮臂切齒於自點之負國矣。是日, 淸兵從四方, 駈無慮千萬。城中望見, 擧皆憮然。淸兵連日放大砲, 東南女墻, 殆盡圮壞。守堞將士無所依庇, 負土自蔽, 日不暇給。又中大將幹折之, 衆情大訝, 皆以爲朝夕不守。噫! 內無可恃, 外無可待, 雖欲死守, 勢已難力。況兵食已絶, 人不可相食而存國。自非身在圍城親見其事者, 豈知當日危急若是其甚也。

조선조 시기 외침의 역사에서 임금이 포위를 당하여 부득불 항복한 사실은 병자전쟁이 처음이다. 그것도 성벽을 사이에 두고 47일간 직접 청병에 맞서게 되었던 것이다. 왕과 중신들이 있었던 남한산성은 단 한 명의 근왕병도 포위를 뚫지 못한 채 모두 전사했거나 패전했으며 관망의 태도를 취한 채 결국 고성(孤城)으로 투항하게 된 상황이었다. 이는 근왕병 지원이 전무한 상태에서 수십 일 동안 기다리기만 했던 인조를 포함한 산성 안의 사람들의 초조한 심정을 잘 보여주는 대목이다. 사실 험천과 쌍령에서의 전투는 명확한 패전이다. 비록 광교산 전투에서는 이겼지만 본진이 후퇴한 까닭에 승전으로 보기 어려운 상황이다. 이렇게 되어 삼남의 주력 근왕병은 오령(鳥嶺)과 금강(錦江) 부근에 주둔하며 적의 남하 여부만 지켜보았다는 사실이다.[77] 성 안팎으로 한 가닥의 희망도 없는 상황 속에서 다들 의지를 상실한 채 극도의 공포에 떨고 있었다.

> 29일 판서 최명길과 무관 이영달(李穎達)이 오달제와 윤집을 결박하여 성을 나가 청나라 진영에 이르자, 황제가 두 사람에게 묻기를, "너희들은 무슨 소견이 있어 감히 두 나라가 화목하게 지내는 것을 배척하여 오늘에 이르게 하였는가?" 라고 하였다. 두 사람이 말하기를, "우리 두 신하는 애초에 화친을 배척한 사람이 아니었다. 여름 동안 마침 언책(言責)을 맡고 있어서, 다만 다시 사신을 통해서는 안 된

77) 『병자창의록』에 의하면 의병이 여러 갈래 조직되어 근왕했지만, 조익(趙翼)의 경기 의병은 청군이 남양을 급습하면서 해산되고, 경상도 의병은 조령 – 죽령을 잇는 선에서 방어진을 쳤으나 청군이 조령을 넘는다는 잘못된 정보에 의해 뿔뿔이 흩어졌다. 정홍명(鄭弘溟)의 호남 의병은 1만 명을 이끌고 과천까지 진군하지만 인조가 이미 항복한 뒤였다.

다는 한 가지 일을 말했을 뿐이다."고 하였다. 청나라 황제는 크게 웃고는 바로 결박을 풀고 가두어 두라 명하였다. 그리고 회답하여 말하기를, "국왕이 성을 나올 때, 따르는 신하는 5백 명을 넘지 않아도 된다. 최명길과 이영달에게 각각 담비의 모피로 만든 갖옷 한 벌씩을 주라."고 하였다. 사신이 돌아오자 장수와 군졸들이 흔연히 얻은 듯이 모두 말하기를, "일찍 이 일을 했다면 어찌 지난날의 노고가 있었겠는가?"라고 하였고, 비록 벼슬 있는 사람일지라도 간혹 기쁜 기색을 띠는 자가 있었다. 그러나 유식한 군자들은 참담하여 흐느끼지 않은 자가 없었다. 이날 이성구(李聖求)를 우상으로 삼았는데, 장차 그로 하여금 세자를 따라 심양으로 가는 길을 따르도록 한 것이다.[78]

강화 관련 논의가 시작되면서부터 조선 조정에는 청의 요구에 따라 누구를 척화파 신하로 적진에 보낼 것인가를 두고 고민하게 되었다. 그러나 조선 조정의 많은 신하들이 모두 척화에 가담했기 때문에 그들을 다 보낼 수는 없었다. 척화파의 대표 주자 김상헌(金尙憲)은 그 누구보다도 강경한 척화 주장을 내세웠고 심지어 목숨을 스스로 끊는 극단의 행동까지 서슴지 않았다. 그런데 그를 희생시키기에는 많은 반발을 불러 일으킬 우려가 있었다. 결국, 홍익한(洪翼漢)[79] · 윤집(尹集) · 오달제(吳

78) 二十九日, 遣崔判書及武官李英達, 縛吳尹出城, 詣淸寨, 帝問二人曰"若等有何所見, 敢斥和好, 致有今日耶?" 二人曰"吾二臣初非斥者。夏間適在言責, 只言不可復通使价一事而已。" 淸帝大笑, 卽令解縛拘之。回語曰"國王出城, 從官不過五百員, 可矣。賜崔李各貂裘使還, 將士軍卒欣然如有得, 咸曰"早爲此擧, 烏有囊", 雖薦紳, 間或有色喜者矣。有識君子, 無不慘然歔欷。是日, 以李聖求爲右相, 將使從世子西行也。

79) 본관은 남양(南陽), 초명은 습(霫), 자는 백승(伯升), 호는 화포(花浦) · 운옹(雲翁). 1636년 청나라가 조선을 속국시하는 모욕적인 조건을 내걸고 사신을 보내오자, 상소하여 제호(帝號)를 참칭한 죄를 문책하고 그 사신들을 죽임으로써 모욕

達濟), 이른바 삼학사가 척화파로 선정되어 청의 진영에 끌려가게 되었다. 이 세 사람은 청나라의 갖은 협박과 회유를 시종 거부하였고 명과의 의리를 버리지 않는 것을 견지하였으므로 끝내 처형되고 말았다. 그뿐만 아니라 세자도 드디어 청의 진영으로 볼모로 끌려가게 되었다.

30일 시위(侍衛)할 장수와 사졸 및 각사(各司)의 당상(堂上)과 낭청(郎廳) 각각 한 사람씩을 약조하여 5백 명으로 한정하고, 장차 임금의 수레를 따라 성을 나가도록 하였다. 해가 뜰 무렵 최명길을 먼저 보냈는데, 마부대(馬夫大) 장군이 말하기를, "해가 환해지면 황제는 아마도 빨리 나와 기다릴 것이다."라고 하였다. 이에 주상과 세자가 남색 비단 철릭(帖裡)을 입고 서문으로 나가자, 백관들이 문에서 울면서 전송하였다. 그때 햇빛은 을씨년스럽고 누런 안개가 사방에 가득하였다. 백관들은 성 위에서 어가의 행렬을 보고 슬피 목이 메어 소리를 삼키지 않은 자가 없었다. 임금의 수레가 송성(松城)에 이르자 (주상께서) 마부대 장군과 잠시 말을 나누고 바로 말에 올라 앞으로 나아가니, 다만 곳곳의 산과 언덕에 청나라 복병이 개미떼와 벌떼처럼 많이 모여 있었는데 모습이 괴이하였다. 또 흰 휘장에 모전(氈幕)으로 만든 막사와 우마(牛馬)와 낙타와 약탈하여 얻은 짐들이 사방에서 이르러서 산

을 씻자고 주장하였다. 마침내 이해에 병자전쟁이 일어나자 최명길 등의 화의론을 극구 반대하였는데, 이 난으로 그의 두 아들과 사위가 모두 적의 칼에 죽었고, 아내와 며느리는 적에게 붙들렸으나 몸을 깨끗이 보전하고자 자결하였으며, 늙은 어머니와 딸 하나만이 살아남았다. 이듬해 화의가 성립되자 조정의 권유로 청군의 화를 피하기 위하여 평양부 서윤으로 나갔으나, 청나라의 강요로 화친을 배척한 사람의 우두머리로 지목되어 오달제 · 윤집과 함께 청나라로 잡혀갔으며, 그곳에 붙잡혀 갔어도 청장 용골대에게 "작년 봄에 네가 조선군에 왔을 때 소를 올려 너의 머리를 베자고 청한 것은 나 한 사람뿐이다."라고 하였고, 갖은 협박과 유혹에도 끝내 굽히지 않고 죽음을 당하였다. 이른바 '병자 삼학사'의 한 사람이다.

야에 가득하였다. 시야 가득 멀리 바라보니, 청나라 진영과 몽골군의 진영 안에 우리 조선의 남녀로 사로잡힌 자는 그 수를 헤아릴 수 없었다. 임금의 수레를 보고 울부짖고 배회하며 스스로 모 집안의 처자(妻子)라고 말을 하는데, 청나라 사람들이 번번이 포학하게 움켜잡고 마구 때렸다. 임금의 수레가 송파에 이르자, 언덕에서 멀리 소파리(所坡里)가 보였고, 마장(馬場) 하나를 자리 잡고 삼만의 정예한 기병을 헤아려서 하나의 방진(方陣)을 쳤는데, 병사마다 용맹하고 건장하였다. 개개의 병사들은 호걸로 모두 전장(全裝)을 댄 활을 익숙하게 지니고, 머리에는 은색 투구를 쓰고, 몸의 망토는 땅에 끌리고 빛이 나는 갑옷마다 오색 광채가 있어 눈이 부셨다. 진영 안에 하나의 단을 쌓고 단 위에 수놓은 비단 자리를 펼치고 황금 의자를 올려놓았다. 청나라 황제가 그 위에 앉아서 우리 주상께 명하여 세자 및 대신과 육경을 거느리고 삼배구고두(三拜九叩頭)의 예를 행하고 단에 이르게 하였다. 그리고 우리 주상을 끌어 단으로 올라오게 하고 대신과 육경과 여러 따라온 관리들을 불러서 차례로 단 아래에 앉게 하고서 음식을 대접하고, 빈궁과 두 대군 및 대군의 부인을 나오게 하여 보여주었다.[80]

1636년 12월 14일, 남한산성에 들어가서부터 47일이 지난 1637년 1

80) 三十日, 約侍衛將士及各司堂上、郎廳各一員, 限五百人, 將隨駕出城。平明, 使崔往先焉, 馬將曰 "日云旰矣, 皇帝須其速出來。" 於是, 上及世子御藍絹帖裡, 出西門, 百官哭送于門。時日色愁慘, 黃霧四塞。百官從城上見駕行, 無不悲咽呑聲者。大駕到松寨, 與馬將暫話。卽上馬前行, 但見處處山坡淸伏兵, 蟻聚蜂屯, 色目詭異。又見布帳氈幕、牛馬橐駞搶馱四方而至籠山絡野。極目彌望, 淸陣及蒙兵陣中, 我國士女被擄者, 其麗不億。見大駕, 號咷躑躅, 自言某家妻子, 淸人輒亂捧打之。大駕至所坡, 丘望見所坡里, 約一馬場地, 以數三萬鐵騎, 結一方陣, 人人勇健。箇箇豪雄, 皆全裝慣帶, 頭戴銀盔 身被曳地, 光明甲甲有五色, 光耀奪目。陣中築一壇, 壇上設錦茵金椅。淸帝坐其上, 令我上率世子及大臣六卿, 行禮訖。引我上昇壇, 招大臣六卿諸從官, 以次坐壇下饗食, 出示嬪宮兩大君及夫人。

월 30일에 이르러 조선 임금 인조는 푸른색 철릭을 입고 백마를 타고 의장(儀仗)은 모두 제거한 채 50여 명의 시종을 거느리고 성을 나가 삼전도(三田渡)로 향했다. 청장 용골대 등이 인도하여 삼전도에 들어가 단(壇) 아래에 북쪽을 향해 자리를 마련하고 인조는 이른바 삼배구고두의 예를 행하였다. 삼전도에서의 항복은 청의 완승과 조선의 굴복을 천하에 보여준 사건이었다. 이로써 조선은 철저히 청의 말발굽 아래 무릎을 꿇었으며 세자와 세자빈 그리고 대군들이 볼모로 끌려가는 수모를 당했다. 이 전쟁으로 수많은 조선 백성들이 비명횡사했고 조선의 농토가 황폐해졌다. 그리고 수많은 조선백성들이 청에 노예로 끌려가서 비참한 죽음을 맞이했으며 간신히 돌아온 '환향녀(還鄕女)'들은 오랑캐에게 몸을 더럽혔다고 하여 남편과 가족으로부터 외면당하는 또 다른 고통을 맛보게 되었다.

2) 피로 물든 강화도의 전쟁 참상

강화도 제재 이야기는 병자전쟁 관련 이야기의 중요한 한 갈래로서 병자전쟁의 참상을 가장 여실히 보여준다고 해도 과언이 아니다. 이는 전쟁 당시 조선이 겪었던 병자전쟁의 충격을 폐부로 느낄 수 있는 중요한 사료이다. 여기서 다루고자 하는 정양(鄭瀁, 1600~1668)의 「강도피화기사(江都被禍記事)」[81]는 강화도의 참상을 가장 잘 담고 있는 작품으로서 주인공이 직접 전쟁을 체험하여 기록하였다. 이 작품은 정양과 그 일

81) 「강도피화기사」의 번역문은 신해진, 『17세기 호란과 강화도』, 역락, 2012을 인용하였음을 밝힌다.

가의 전쟁 시 피란 상황뿐만 아니라 강화도 전반의 참상을 볼 수 있는 작품이기도 하다.

> 병자년 겨울 12월에 만주의 오랑캐가 갑자기 쳐들어와 주상은 남한산성으로 거둥하시고, 종묘사직의 신주 및 세자빈과 원손 모두가 강도에 들어갔다. 때마침 나는 통진의 임시 막사에 있었는데, 중씨 및 가족들과 의논하기를, "우리들은 대대로 녹봉을 받는 신하로 죽기가 싫어 살길을 찾는 것은 옳지 못하다." 하고는 마침내 서로 강도로 들어갔고, 중씨는 그날로 분사에 맨몸으로 나아갔다.[82]
>
> 정축년(1637) 정월 22일 아침. 포 소리가 강나루에서 크게 울리는 것이 들리자, 중씨가 말하기를, "오랑캐의 무리가 필시 이미 건너온 모양이다." 하며 재빨리 궁성으로 달려갔으나, 오랑캐가 이미 성 밖에 가득하여 들어갈 수가 없어서 되돌아왔다. 함께 계획을 정하였는데, 중씨는 오랑캐와 싸우려고 곧장 마니산 밖으로 향했으며, 나는 바다를 건너 피란할 계획을 하여 해안으로 향하려 했다. 중씨와는 그때 물결처럼 흩어지느라 오늘 서로 영원히 못 볼 슬픔을 겪었으니 통탄스러움을 금할 수 있겠는가.(협주: 「중씨순의록」에 자세히 보인다고 하나, 본 록은 잃어버려 전하지 않는다.)[83]

인조와 세자, 그리고 중신들이 남한산성으로 피신했다면, 세자빈[84]과

---

82) 丙子冬十二月。建虜猝至。上幸南漢山城。廟社及世子嬪元孫。皆入江都。時瀁在通津寓舍。與仲氏及諸家屬謀曰。吾儕是世祿之臣。不可逃死求生。遂相與入江都仲氏日詣分司呈身。

83) 丁丑正月二十二日朝。聞砲聲大震於江津仲氏曰。賊衆必已渡矣。疾馳赴宮城。賊已遍滿城外。不得入而退。與定計。仲氏則欲爲犯賊。卽向摩尼山外。瀁則爲蹈海之計。欲向海岸。與仲氏其時奔波。爲今日永訣之慟。可勝痛哉。詳見仲氏殉義錄云。本錄迭而不傳。

84) 소현세자의 빈궁. 아버지는 참의(參議) 강석기(姜碩期)이다. 소현세자는 1636년

원손, 봉림대군(鳳林大君)[85]을 비롯한 왕실의 사람들은 강화도로 피신하였다. 청병에 의해 강화도가 함락된 1637년 1월 22일, 난공불락의 섬이라 일컬어지던 강화도는 청군의 말발굽 아래에 철저히 짓밟혔다. 함락 직전의 강화도 상황은 그야말로 허술한 상태였다.[86] 이는 강화도가

병자호란 때 강화도로 옮겨 청나라에 항전하려 했으나, 청군의 빠른 남하로 인조와 함께 남한산성으로 들어가 항전하다가, 중과부적으로 삼전도(三田渡)에서 굴욕적인 항복을 하였다. 그 뒤 세자빈은 남편인 소현세자, 그리고 봉림대군(鳳林大君) 및 주전파 재신(宰臣)들과 같이 인질로 심양(瀋陽)에 갔다.

85) 훗날의 효종. 봉림대군은 조선 제17대 왕(재위 1649～1659)으로 본관은 전주(全州), 이름은 호(淏), 자는 정연(靜淵), 호는 죽오(竹梧)이다. 인조의 둘째 아들이며, 어머니는 인열왕후(仁烈王后)이다. 비는 우의정 장유(張維)의 딸 인선왕후(仁宣王后)이다. 1626년 봉림대군(鳳林大君)에 봉해졌다. 1636년 병자전쟁이 일어나자 인조의 명으로 아우 인평대군[본관은 전주(全州), 이름은 요(㴭), 자는 용함(用涵), 호는 송계(松溪). 인조의 셋째 아들이며 효종의 동생으로, 1628년 7세 때 인평대군에 봉해졌다. 1640년 볼모로 심양(瀋陽)에 갔다가 이듬해 돌아온 이후, 1650년부터 네 차례에 걸쳐 사은사가 되어 청나라에 다녀왔다. 글씨와 그림에도 뛰어났으며, 저서로는 『송계집(松溪集)』·『연행록(燕行錄)』·『산행록(山行錄)』 등이 있다.]과 함께 비빈 · 종실 및 남녀 양반 들을 이끌고 강화도로 피난했다. 이듬해 강화가 성립되자, 형 소현세자와 척화신 등과 함께 청나라에 볼모로 갔다. 청나라에 머무르는 동안 형 곁에서 형을 적극 보호했다. 청나라가 산해관을 공격할 때 세자의 동행을 강요하자 이를 극력 반대하고 자기를 대신 가게 해달라고 고집해 동행을 막았다. 그 뒤 서역(西域) 등을 공격할 때 세자와 동행해 그를 보호하였다. 청나라에서 많은 고생을 겪다가 8년 만인 1645년 2월에 소현세자가 먼저 돌아왔고, 그는 청나라에 머무르고 있었다. 그해 4월 세자가 갑자기 죽자 5월에 돌아와서 9월 27일에 세자로 책봉되었다. 1649년 인조가 죽자 창덕궁 인정문(仁政門)에서 즉위하였다.

86) 오랑캐가 군사를 나누어 강도(江都)를 범하겠다고 큰소리쳤다. 당시 얼음이 녹아 강이 차단되었으므로 사람들이 모두 허세로 떠벌린다고 여겼으나 제로(諸路)의 주사(舟師)를 징발하여 유수(留守) 장신(張紳)에게 통솔하도록 명하였다. 충청 수사(忠淸水使) 강진흔(姜晉昕)이 배를 거느리고 먼저 이르러 연미정(燕尾亭)을 지켰다. 장신은 광성진(廣成津)에서 배를 정비하였는데, 장비(裝備)를 미처 모두 싣지 못했다. 오랑캐 장수 구왕(九王)이 제영(諸營)의 군사 3만을 뽑아 거느리고 삼판선(三板船) 수십 척에 실은 뒤 갑곶진[甲串津]에 진격하여 주둔하면서 잇따

청병에 대비해 철저한 준비를 하기는커녕 제대로 싸워보지도 못하고 한 방에 모래성처럼 무너지는 후과를 가져왔다. 이를 보아 강화도의 피난민들의 목숨은 청군에게 내준 것과 다름이 없으며 여기에 있던 세자빈과 원손, 그리고 봉림대군을 비롯한 왕실의 안전도 보장받을 수 없는 상황이었다. 강화도의 함락은 어떤 의미로 보면 남한산성의 항복을 가속화시켰다고 볼 수도 있다.

24일 아침 앞으로 달아나 길가에 숨으며 처마 밑에 엎드려 있었다. 한낮에 계집종 춘시는 내가 굶주린 지 이미 이틀이나 된 것을 염려하여 죽을 쑤어 와서 먹으라고 했지만, 미처 다 먹기도 전에 벌써 산 위에서 오랑캐들이 왔다고 소리치고 있었다. 마침내 죄인처럼 머리를 풀고 숨을 죽이며 기다렸는데, 계집종도 황급히 달아나 다른 곳으로 갔다. 곧장 오랑캐의 기병이 돌격해 오는 소리가 들리더니, 집 앞에도 집 뒤에도 우글거리며 다투어 해괴한 소리를 질렀다. 갑자기 소리 높이 질렀다가는 잦아들게 하여 사람들의 귀를 놀라게 하고 당황케 한 것은 이른바 '군사들이 돌진할 때 일제히 지르는 함성'이라는 것이었다. 지금 와서 생각해도 간담이 떨어진다. 때로는 그 함성소리를

라 홍이포(紅夷砲)를 발사하니, 수군과 육군이 겁에 질려 감히 접근하지 못하였다. 적이 이 틈을 타 급히 강을 건넜는데, 장신 · 강진흔 · 김경징 · 이민구(李敏求) 등이 모두 멀리서 바라보고 도망쳤다. 장관(將官) 구원일(具元一)이 장신을 참(斬)하고 군사를 몰아 상륙한 뒤 결전을 벌이려 했으나 장신이 깨닫고 이를 막았으므로 구원일이 통곡하고 바다에 몸을 던져 죽었다. 중군(中軍) 황선신(黃善身)은 수백 명의 군사를 거느리고 나룻가 뒷산에 있었는데 적을 만나 패배하여 죽었다. 적이 성 밖의 높은 언덕에 나누어 주둔하였다. 중관(中官)이 원손(元孫)을 업고 나가 피했으며, 성에 있던 조사(朝士)도 일시에 도망해 흩어졌다. 봉림대군(鳳林大君)이 용사를 모집하여 출격(出擊)하였으나 대적하지 못한 채 더러는 죽기도 하고 더러는 상처를 입고 돌아 왔다. 얼마 뒤에 대병(大兵)이 성을 포위하였다.『인조실록』, 인조 15년 1월 22일 임술. (부분 발췌)

그치고 몰래 가까이 와서 살피다가 상당히 오래 지난 뒤에야 또 그 함성소리를 지른 것은 사람을 수색하며 약탈하는 오랑캐들의 미친 짓이었다. 오랑캐들이 마침내 울타리를 사이에 둔 집에까지 들이닥쳐서 한 늙은 할미를 찾아내고 마구 때렸는데, 비명 지르며 죽어 가는 소리는 나의 기운을 이미 죄다 빠지게 하였다. 드디어 내가 숨어 엎드려 있는 처마 밖에도 오랑캐들이 끊임없이 오갔는데, 오랑캐 한 놈이 문에 이르러 머뭇거리더니 막 들어오려고 하다가 끝내 들어오지 않았다. 그는 방에 가득히 어미를 찾는 아이들의 울음소리가 밖에까지 들리자, 사람이 없다고 여겼기 때문이었으리라. 때마침 오랑캐들이 소와 말을 제 마음대로 노략질을 하였는데, 우리가 숨은 처마의 밖에 있는 거적 풀을 소 한 마리가 먹으러 오고 있었다. 처음에는 오랑캐가 이미 알고서 처마를 허물고 우리들을 몰아내려는 것으로 생각하였다. 아내가 감히 엿보다가 그것이 소인 줄 알고는 안에서 소를 찔러 쫓아 버렸다. 오랜 뒤에 중씨가 장노(長奴) 막이(莫已)가 포로로 오랑캐 속에 뒤섞여 왔는데, 숨어 있는 처마에 가까이 와서 나직한 목소리로 말하기를, "나으리와 부인이 모두 오랑캐에게 사로잡혔습니다. 나으리는 이미 알몸이옵고 의복을 빼앗겼으며, 부인은 방금 말안장에 실려 사로잡혀 갔습니다." 하고는 마침내 더 말이 없었으니, 날은 이미 저녁이 되었다. 산 위와 산 아래의 오랑캐들이 잡아들인 사람과 약탈한 가축들이 길을 가득 메우며 가니, 멀고 가까운 곳에서 났던 울음소리를 어찌 차마 말할 수 있겠는가?[87]

---

87) 二十四日朝。前走匿於路邊伏簷下。其午時。家婢春時念我飢已二日也。炊粥來食。而未及食。已有山上之呼賊來矣。遂囚首潛息以待。則婢亦急走而他之矣。卽聞賊騎突至。充斥於家前家後。而爭爲駭怪之聲。斗高而低。驚惑人聽者。其所謂吶喊者歟。到今思之。心膽俱落。時或止其聲而潛向以察。久而後。又作其聲者。搜掠人之賊猘者歟。賊遂入於隔籬家。搜得一老嫗而亂撲之。呼死之聲。令我氣已盡矣。遂絡繹於所匿伏簷之外。而一賊至門趑趄。且有將入之狀而竟不入者。其以滿房呼母之兒啼聲徹於外。而謂其無人故歟。時被掠牛馬縱橫。有一牛來食

전란 중 일반 백성들이 겪은 피해와 고충은 이루 다 말할 수 없다. 「강도피화기사」의 작자 겸 주인공 정양은 병자전쟁 당시 강화도에서 직접 전란을 겪었기에 그 역시 일반 백성의 신분으로 전쟁의 참상을 가장 가까운 거리에서 체험하였다. 이 장면에서 작자는 처마 밑에 몸을 숨기고 있어서 눈으로는 직접 보지 못하였기 때문에 들려오는 소리를 통해 그 당시의 상황을 서술하고 있다. 우선, 청의 기병들이 일제히 함성을 지르며 몰려와 한 늙은 할미를 찾아내서 마구 구타하였는데, 죽어가는 비명 소리는 작자의 기운을 죄다 빠지게 할 정도였다. 그리고 수많은 아이들의 울며 어미 찾는 소리를 통해 그들의 어미는 이미 청병에 의해 해를 입었음을 보여준다. 작자는 들려오는 소리를 중심으로 당시의 참화를 서술하고 있는데, 이러한 서술 방식이 오히려 사실감을 더해주고 있다. 또한 작가는 고함 소리, 말발굽 소리, 징 소리, 노파를 때려죽이는 소리, 아기의 울음소리 등을 연속적으로 나열하여, 이를 통해 매우 긴박하였던 당시 상황을 보여주려고 하였다. 소리로 체험을 형상화한 이 부분은 생생한 현장감을 통해 전란의 참혹함을 그대로 보여준다. "잡아들인 사람과 약탈한 가축들이 길을 가득 메우며 가니"라는 표현은 포로가 된 조선 백성들이 마치도 짐승처럼 끌려가는 모습과 처참한 광경을 고스란히 보여주고 있다. 작자는 이처럼 전란 중에 자신이 목도한 백성들의 참상을 소상히 기록하고 있다. 다음은 정양 일가가 배를 타고 피란하는 도중에 적의 공격을 받게 되는 장면이다.

伏簷之外所苫草也。初謂賊已覺而毀簷出我等也。妻敢窺察其爲牛也。自內刺牛而逐之。久後仲氏長奴莫已被擄而雜於賊中來。近於伏簷而微聲告之曰。進賜室內。皆爲賊獲。進賜則已赤身被奪衣矣。室內則今方鞴載爲擄行矣。遂無更言。日已夕矣。山上山下之賊。驅掠人畜 駢塡而去。遠近哭聲。胡可忍也。

배를 저어서 내려가는데 미처 수십 걸음을 가지 못하여 조수가 이미 빠져나간 데다 무겁게 태워서 배는 또 바닥에 붙어버려 움직이지 못했다. 하늘의 별을 바라보니 새벽이 되었지만, 아침 조수는 아직도 멀었다. 때문에 마음속으로 말없이 기도하여 점쳐서 생체의 괘를 얻었는데, 그때 기쁜 마음이 든 것을 잊을 수가 없다. 다 함께 마니산 밖으로 가면서 오랑캐들이 쳐들어오지 않기를 바라는 한편, 조수가 오르기를 학수고대할 즈음에 아침 해가 이미 높이 떠 있었는데, 조수가 바다 어귀에 밀려들어 오니 밥 먹을 때에 마땅히 배를 띄워 건너면 되겠다고 생각했다. 갑자기 목장의 말 10여 필이 치달아 오니, 아내가 말하기를, "이 말들이 쫓긴 듯한 모양이니, 필시 오랑캐가 온 모양입니다." 하였다. 말한 지 얼마 되지 않아 과연 오랑캐 수십 명의 기마병들이 저 멀리서 배를 향해 달려들어 오자, 배 안에 가득했던 사람들은 세찬 물결처럼 바삐 달아나 바다 속으로 빠져 죽을 생각이었으나, 바다는 아직 수백 보나 먼 거리에 있었다. 때문에 오랑캐들이 그 사이 급히 이르러 마구 약탈하였으니, 마치 날아온 것 같았다. 어제만 해도 개펄이 정강이까지 빠지는 지경이었거늘 지금은 아침 추위 때문에 얼어붙었으니, 마치 하늘도 오랑캐를 도와주는 듯했다. 오랑캐들이 쳐들어왔을 때 스스로 생각건대 달아나서 바다에 빠져 죽을 수 없을 것으로 여겨, 제수와 아내와 함께 모두 목을 찔러 죽으려고 했으나 피만 온몸과 온 얼굴에 범벅이었으니, 그 자리가 마치 소를 잡은 곳 같았다. 나도 세 번이나 목을 찔렀지만 죽지 못했다.(협주: 목을 찔렀던 그 칼은 바로 송강공이 평소에 차셨던 것으로 중간에 어떤 사람이 가지고 있었다. 죽은 동생 정뢰가 마침 그 칼자루에 '송강'이란 글자가 새겨진 것을 보고 그 사람에게 청하여 돌려받았는데, 죽음에 임박해서 아내가 서 씨에게 주며 잘 간직하도록 하였다. 이때를 당하여 서 씨는 미처 어찌할 수 없는 위급한 상황을 구하는 데에 쓰기로 불현듯 생각하고 상자 속에서 칼을 꺼내어 몸에 지니고 있었다. 이때 세 사람이 차례로 사용한 것은 모두 이 칼이었다.) 오랑캐가 배에 오르고 내가 죽지 않은 것을 보자 다섯 발의 화살을 왼쪽 귀 위의 머리에 맞았을 때는 그 고통을 어렴풋이 기억할 수 있었으나, 왼쪽 눈에 맞았을 때와 왼쪽 손가락에 맞아 부러졌을 때는 모두 기억할 수가 없다. 그 후에 들으니, 첫 화살을 맞고는 죽는다고 아우성을 쳤으나 그 다음부터는 아무런 소리도 치지 못했기 때문에 오랑캐들은 종국에 소리 나는 화살을 쏘아 재차 맞히고서야 그만두었다고 한다. 눈은 효시에 명중되었는데, 명중되고는 즉시 눈꺼풀이 부어올라 얼굴을 가렸다.(협주: 부은 곳은 수개월 동안 침으로 치료하고 나니 차도가 있었다. 눈동자는 밤낮으로 찌르는 듯 아팠고 또 반년이라는 오랜 세월이 지난 뒤에야 영원히 실명하였다. 오늘에서야 생각하니, 뼈가 무너지고 움푹 패여 두 눈이 붙는 데까지 이르지 않은 것은 효시가 예리하지 못한 화살촉이었기 때문인 듯하다.)[88]

통진에 우거하고 있던 작자 정양이 가속과 더불어 강도로 들어가자마자 곧바로 강화 전역이 청병에게 넘어가게 되었고 작자 일행은 적을 피

88) 及至刺舡而下未數十步也。潮已退而載重。舟又膠而不能動矣。仰視天星向曙。早潮尙遠。故嘿禱於心而占得生體之卦。其時喜心迨不得能忘也。共向磨尼外。祈免賊來。而一邊苦待潮上之際。初日已高。潮入於海口。則計於食時當泛舟而濟矣。忽見牧場馬十餘馳逐而來。妻曰。此馬若被逐之狀。必是賊來也。言未久。果有賊數十騎超忽而來向於舟。滿舟之人奔波。爲走溺於海中之計。而海尙有數十百步之遠。故賊已突至而驅掠。如飛來然者。昨之泥淖沒脛之地。今以朝寒而氷堅。若有天助於賊也。賊來之初。自度不及走溺於海。而與嫂妻皆自刎以絶。則流血被體滿面。其坐若宰牛之地也。瀁則凡三刎而不能死也。其所刎之刀。乃松江公平日所佩。中間爲入所得。亡弟瀶適見其柄刻松江字。請於其人而還之。臨歿。授徐氏善藏之。當是時。徐氏忽念倉卒之用。取於篋而隨身矣。及是三人次第所用者。皆是刀也。賊登舟而見不死。連發五矢而害之也。其初中於左脅下。再中於左耳上頭腦之時。則粗可記其爲痛。而其爲中左眼中左指而折之。皆不可記也。其後聞其初被箭也。爲叫死之聲。而其後則不能也。故賊終發嚆矢再中而止云。眼則嚆之中也。中卽眼胞浮起掩面也。浮處針治數月而有差焉。眼睛則刺痛晝夜。又半年之久而永盲。爲今日之相。亦不至於壞陷合眶者。以嚆之無利鏃故歟。其被箭闔眼而死也。

해 마니산으로 피신하였다가 하룻밤을 지내고 다른 섬으로 피신하기 위해 배를 얻어 탔다. 여기서는 배를 움직일 수 없는 상황에서 청병이 갑자기 진격하자 배 위의 사람들이 속수무책으로 공격을 받는 참상을 적었다. 이런 상황에서 정양은 함께 있던 아내, 제수와 함께 자결을 하고자 했으나 결국 실패하고 화살 다섯 대를 맞는다. 이러한 극한 상황에서도 정양 자신과 아내는 운 좋게 살아난다. 이 기사에는 전란의 와중에 무참히 칼을 받아 죽는 사람과 적을 피해 바다에 몸을 던지는 사람, 주인을 돌보다 죽어가는 시종 등 무참히 짓밟힌 백성들의 참화가 여실하게 서술되며 전쟁으로 피폐해지고 초토화된 조선 국토와 백성들의 모습이 생생하게 재현되고 있다.

이 부분은 그 당시의 실상이긴 하지만 마치도 소설 속의 한 장면처럼 보여준다. 왜냐하면 작자가 화살을 맞은 당시의 심경이나 정신을 잃기 전까지의 보고 들은 바를 현장감 넘치게 그대로 적었기 때문이다.

> 화살에 맞아 눈을 감고 죽게 되었을 때, 보노라니 아내는 뉘어진 창 아래에서 거의 죽어 가고 만석 애기는 뱃속에서 뛰며 움직이고 있었다. 오랑캐가 또 나를 향하였을 때, 나는 마음속으로 '정씨의 핏줄이 여기서 끝나는 것이 애석하구나.' 라고 여겼다. 마침내 헐떡헐떡 숨이 끊어지려 하였으나 정신은 오히려 죽지 않고 또렷하였기 때문에 오랑캐가 끝내 내 머리를 자를까 봐 염려하였으니, 어찌 그 고통스러움을 참을 수 있었겠는가? 그리고 더욱 빨리 숨이 끊어지게 하려 해도 그럴 수가 없었다. 죽은 동생의 아이 곧 조카는 죽은 어미 곁에 서서 이엄을 쓰고 끈을 동여매고 있었기 때문에 오랑캐가 쉬 목숨을 빼앗지 못하고는 아이의 두 뺨을 마구 때렸다. 여종 팔생은 오랑캐가 처녀라며 환호성을 지르면서 두세 번 유혹하여 데려가려 했으나 즉시 따르지 않으니 칼로써 협박한 후에야 몰아갈 수 있었다.(협

주: 팔생은 어제 밤에 아내의 치마 속으로 숨어들어서 겨우 배에 탈 수 있었는데 아무도 알아차리지 못했었다.) 오랑캐들은 배 안에 남아 있던 의복들을 거두어 모아서 돌돌 뭉쳐 둘러멨으면서도 가지고 쉬 돌아가지 않았다. 때문에 오랑캐들이 돌아가지 않는 것이 더욱 걱정이었다. 오랑캐는 맞추었던 화살을 직접 뽑아서 거두어 갔고, 또 어깨에 둘러매었던 것을 풀게 해서 외할아버지와 외할머니의 신주 및 많은 가적들을 털어 가버렸다. 오랑캐는 또 나의 턱밑에까지 앞으로 바싹 다가와서, 입고 있는 꿰맨 옷을 벗겨놓고 희롱하여 말하기를, “대청에 오르라, 대청에 오르라.”고 하였다. 아마도 틀림없이 우리나라 사람들로서 오랑캐가 된 자들이었다. 또 귀마개를 벗겼다가 안에 피로 물들여 있는 것을 보고는 곁에 있던 오랑캐가 만류하며 말하기를, “옷을 입은 것이 모두 피로 물들었으니, 더 이상 관여할 것이 못 된다.” 하였다. 오랑캐는 마침내 그만두고는 도로 귀마개를 머리에 씌워주고 피로 물든 옷은 벗겨버리고 가슴을 풀어헤쳤다. 제수와 아내가 옷을 끝내 빼앗기지 않은 것은 당초에 바삐 달아났기 때문에 누더기 저고리와 치마를 입게 되었고, 목을 찌르는데 이르러서는 또한 곧바로 그 피를 뒤집어써서 먼저 온 얼굴에 피범벅이었기 때문에 옷도 모두 핏빛이었으니, 옷을 취할 수가 없어서 빼앗기는 것을 모면할 수가 있었던 것이리라.[89)]

89) 妻倚死於橫梁之下。而萬石兒跳動於腹中。又向我也。我心以爲可惜鄭種盡於斯矣。遂奄奄向盡。而精神猶不死。故慮賊終斷頭。則何可忍其痛乎。而尤欲速盡不可得也。亡弟兒。則立於其母之死傍。而着耳掩有其結纓。故賊未易奪也。亂批兒之兩頰也。八生婢。則賊呼以爲處女。而再三誘之使去而不卽聽從。則以劍向脅之後。得驅去也。八生昨夜入於妻之衣下而艱得上舟。不爲人覺。賊收合舟中不棄衣裝。圍結作擔。未易撤還。故尤悶其賊之不去也。賊手拔其所中箭而斂之。又解所肩帶外祖考妣神主。若所實家籍而拂而去之。賊又迫前於瀁之頷下。解衣結而戲之曰。上廳上廳云。必是我國人之已爲胡者也。又脫耳掩而見有血汚於內。傍有賊止之曰。衣着皆血汚。不足關也。賊遂已之。還着耳掩於頭。而衣則棄之。爲披襟也。嫂妻所着衣之竟不被奪者。當初奔波也。故着藍縷衣裳。而至刎也。亦

아내는 죽어가나 배 속의 아이가 뛰며 움직인다고 적은 것에서 생생한 현장감을 보여주는 동시에 참담한 전쟁의 진상을 상상할 수 있게 한다. 이 작품은 여타의 실기문학보다 작자의 오감으로 겪은 모든 것을 작품에 담았기 때문에 소설 못지않은 긴장감과 생동함을 부여하고 있다. 적들이 노략질하는 모습도 형상적으로 재현했으며 그 참상을 마치도 독자가 현장을 직접 보는 듯 설명했다. 청병들이 산을 휩쓸면서 강화도를 초토화시켰기에 백성들의 처참한 피해는 이루 다 말할 수 없었다. 청병들은 처녀들을 끌고 갔을 뿐만 아니라 재물을 싹쓸이해 간다. 청병들이 죽은 사람의 옷과 장신구를 비롯하여 자신들이 쏜 화살까지도 거두어 갔으며, 심지어 조상의 신주와 가적(家籍)까지도 재물로 여겨 가져간 대목에서 잘 나타난다. 이처럼 청병들이 노략질하는 모습을 구체적으로 낱낱이 서술하며 전쟁이 백성들에게 가져다준 고통을 호소하고 있음을 알 수 있다.

> 이때 해는 이미 서산으로 졌으나 몇몇 깃대는 여전히 길게 꽂혀 있는데, 북풍은 몹시도 차니 오한이 솔솔 들어 몸이 덜덜 떨려서 바지를 입으려 해도 입고 있었던 가죽바지는 이미 어젯밤 배에 올라탈 때 잃어버렸다. 신발을 신으려 해도 신고 있었던 미투리도 어제 개펄에서 잃어버렸다. 비록 돌아가서 하인들의 손에 죽으려 해도, 상해를 입은 쇠잔한 근력으로는 결코 개펄을 건너기가 어려웠다. 미처 몇 리를 가지 못하고 근력이 이미 다하자, 나는 아내를 불러 구원해 달라고 했고 아내도 또 나의 구원을 청하려 했으나 모두 구원을 받을 수가 없었다. 그 후에야 서로에게 말하기를, "내가 죽어도 그대에게 기대할 것이

急取其血。先汚於面。故衣亦皆血色矣。以其無可取而獲免者歟。

없고, 그대가 죽어도 역시 나에게 기대할 것이 없소. 모름지기 각기 스스로의 힘으로 살아나야만 할 뿐이오." 하였다. 건너가는 사이에 밤이 이미 어두컴컴하여 길을 잃고 그 방향조차 알 수 없었는데, 다행히 시체를 찾는 사람이(협주: 이때 빠져 죽은 사람이 많아서 시신들이 개펄 속에서 서로 바라보고 있었다.) 횃불을 밝히고 해안 기슭까지 나와 있었기 때문에 그곳을 돌아가야 할 곳으로 삼아 겨우 해안 기슭을 오를 수 있었고, 불꽃에 발을 쬐는데 발은 둘 다 개펄 속의 굴 껍데기(협주: 이른바 석화 껍데기이다.)에 의해 깨어지고 갈라지고 터져서 온통 피범벅이었다. 드디어 엎어지고 자빠지며 가서 주인집에 가까워지자 힘이 다하여 더 이상 걸을 수가 없었다. 밭고랑에서 앉아 쉬고 있었더니, 집에서 부리던 하인인 끝남과 검송이가 배를 구하려고 해변으로 우연히 가던 찰나 우리의 말소리를 듣고 왔는데, 검송이는 거의 죽어 가는 나의 꼴을 보고 울었다. 더운 물을 급히 구하기 위하여 곧 두 하인이 달려가더니 큰 바가지 하나를 들고 와서 마시게 했다. 하인 시손이 또한 와서 보고는 업고서 집에 이르렀는데, 곧 처음 처마 밑에 숨어 엎드려 있던 집이었다. 방 안에 내려놓고는 볏짚자리로 덮어주며 목숨이 다하기를 기다렸는데, 하인들은 밖에서 시체를 묻을 계획을 세우고 있었다고 한다. 아내는 억지로 기력을 차려서 비로소 죽을 먹고, 이어 박욱 외숙 등과 의논하기를, "화살 다섯 발을 맞았지만 다행히도 모두 얕게 들어가서(협주: 머리는 귀마개 뒤로 이른바 귀가 접혀서 틈이 난 곳으로부터 화살을 맞았다. 옆구리 아래는 옷의 주름을 겨드랑이 아래에 포개어 여러 겹이 있었으므로 화살이 들어갔어도 꿰뚫지는 못했던 것이다.) 살릴 방도를 바랄 수가 있습니다. 그리고 오늘 밤에는 목숨을 보전할 듯합니다만, 내일은 반드시 오랑캐가 올 것입니다. 계책을 장차 어찌해야 하겠습니까? 모름지기 큰 개를 잡아 죽여 그 피로 옷이나 덮은 것들을 칠하고 더럽혀서 해괴망측한 꼴을 만들어놓으면 요행히 죽음을 면할 수 있을 것입니다.(협주: 개는 통진에서부터 휩쓸려 강화까지 따라오고, 물결처럼 달아날 때도 또 따라온 것이었다.)" 하였다.

하인 시손이 밤중에 그 개를 죽여서 피를 칠하니, 아내의 계획대로 되었다. 그리고 나중에 와서는 개도 다시 살아나서 지금껏 아직 통진의 옛집에 살아 있다.[90]

여기서는 정양이 청병의 추격에서 벗어나 천신만고 끝에 겨우 목숨을 건져 아내와 함께 도망치는 장면을 기록하고 있다. 목숨을 보존할지 말지 모르는 절체절명의 상황에서 부부가 서로 의지하고 있지만 마음만 있을 뿐, 결코 도울 힘이 없어 안타까워하고 있다. 밤이 깊어 길을 잃고 방향조차 알 수 없는데, 시체를 찾는 사람의 횃불에 의해 해안 기슭에 올랐고 빠져 죽은 사람이 하도 많아 개펄 속에서 서로 바라보고 있을 정도로 그 수가 많았다. 발은 굴 껍데기에 의해 심하게 망가져 피투성이가 되고 수없이 넘어지며 간신히 목적지에 도착한다. 이는 청병의 피해

90) 時日已下山約數竿長。而陰風慘洌。寒戰灑灑。欲着袴。而所着皮袴。已失於昨夜入舟之際矣。欲穿鞋。則所穿芒鞋。又失於昨日泥中矣。雖欲歸死於奴輩手。而創殘筋力。決難跋涉於泥淖中矣。行未數里。筋力已盡。我則呼妻使之相救焉。妻則又欲我之相救。而皆不可得。而後相謂曰。我死無可望於君也。君死亦無望於我也。須各自力而已。跋涉之間。夜已沈沈。迷失其指向。幸有尋屍之人。時溺死者多。而相望於泥中也。明火於岸邊。故指以爲歸。菫得登岸而爆足於火焰。則足皆破殘於泥中蠣殼。所謂石花殼。而盡爲血矣。遂顚仆而行。近於主人家。力盡不復行也。坐歇於田間。則家奴末叱男檢松偶向海邊覓舟之際。聞我聲音而至。檢奴則泣余垂死狀也。急索湯水。則二奴走擧一大瓢而來飮之。試奴亦來見而負至家焉。卽初匿伏簷之家也。委棄於房中。覆以槁席而待盡。奴輩則自外爲瘞屍之計也云。妻能強作氣力。始得啖粥。而仍與旭叔等議曰。所被五箭。幸皆淺入。頭腦自耳掩後。所謂耳之積累間隔而彼箭也。脅下則拘衣襞積於腋下而有數重。故箭入不洞射也。可望生道。而今夜若獲全。則明必賊來矣。計將奈何。須宰殺厖狗。以其血汚衊於衣覆之物而爲可駭狀。則可以幸免也。狗則所眷於通津而隨至江華。奔波時又隨而來者也。試奴夜中殺其狗而漆血。如妻計焉。而後來狗亦再生。今尙在通津舊寓也。

를 한바탕 입은 조선 백성들이 다시금 목숨을 걸고 피난길에 오른 상황이다. 그 길에는 목숨을 잃고 널브러진 시체들이 가득했으며 그들을 찾아 나선 가족들 또한 어떤 심정일지는 가히 짐작할 수 있을 것이다.

> 아내가 갑자기 나가 배들이 외도에서 돌아와 가까운 나루터에 정박해 있다는 것을 듣고는, 늙은 하인 악수로 하여금 나루터에 가서 배를 세내도록 맡겼더니, 돌아와서는 배를 세내고 이미 실은 것이 있는데 다 조수가 이미 밀려오고 있다고 알려주었다. 지금 떠나지 않으면 건너기가 어려웠다. 이때 아내는 출산의 기미가 있고 나루의 물은 빠지고 있어서 어떡해서든 외도로 건너가려고 했다. 급히 배로 달려가고자 했지만, 하인 시손과 끝남은 때마침 미처 산에서 내려오지 않았고 날은 저물기 전이었다. 박욱 외숙이 먼저 도착하여 말하기를, "다섯 명의 오랑캐 기마병이 지금 5리쯤 되는 곳에 있는 신광일의 집에서 소를 잡아먹고 있다는데 어떻게 죽음을 무릅쓰고 배로 달려갈 수 있겠는가? 그렇지만 나의 생각으로는 이곳에 있으면서 적에게 죽임을 당하느니, 차라리 요행히 배가 있는 곳에 이르러 해산하는 것이 더 낫겠네." 하였다. 이어 나무를 엮어서 담구를 만들도록 하여, 끝남과 검송 두 하인으로 하여금 아내를 담구에 태워 급히 달려가게 하였다. 끝남과 검송이 비록 이미 달아나 갔지만, 지금도 그 공을 잊을 수가 없다. 겨우 강나루에 담구를 내려놓았으나 미처 배에 타지도 않아서 만석 애기가 태어나기에 이르러 거의 땅에 떨어지려고 했기 때문에, 아내는 단단히 참고서 일어나 달렸다. 급히 하인 시손으로 하여금 아내를 업고서 배를 타게 했는데, 미처 앉기도 전에 아이는 이미 태어났다. 배를 타기 전에 산머리가 지는 해를 이고 있는 것을 보니, 마치 금 쟁반 같았다. 태어났을 때는 이미 해가 지고 저물어 갔으니, 생각건대 유시인 것 같았다. 배 위에서의 출산을 뱃사람들은 크게 금기시하였다. 애기가 땅에 떨어지자, 처음 울었다. 뱃사공이 따져 물으니, 박욱 외숙이 거짓으로 말하고 진정시키기를, "안고 온 아이가 다치지 않았는가? 어찌 그리도 운단 말인가?" 하였다. 애기 엄마가 위급

> 할 때는 뜨거운 국과 밥을 보내는 것이 예사이나 얻을 수가 없어서 가만히 남녀 하인들에게 물었더니, 끝남이가 먹다 조금 남은 것이 있었다. 그리고 또 달큰한 물이 없어서 배 안을 찬찬히 살폈더니, 또 파는 달큰한 물이 항아리에 가득하게 있었다. 그래서 애단이가 목화 2자쯤 꺾어 한 바리의 물을 얻어서 살린 이후에, 내가 가지고 있던 것과 하인 시손이 산 위에서 얻은 것인 미역과 단간장 두 가지를 보내어 미역국을 끓이고 밥을 지어서 그 산모에게 보냈는데, 그 양이 지극히 적었으니 배불리 먹을 수 없었다.(협주: 이로부터 외도에 도착하여 정박하기 전까지는 다시 얻어먹을 수 없었고, 다음 날 오후가 되어서야 비로소 아주 적게 먹을 수 있었다.) 이른바 태의 껍질은 허둥지둥 하는 수 없어 바닷물에 던져버렸다. 그 밤은 배 안에서 보냈다.[91]

피란 당시, 아이를 배어 만삭이었던 작자의 아내는 청병의 해를 입고도 간신히 살아났으며 남편과 힘을 합쳐 겨우 목숨을 지탱하고 있는데, 이 와중에 갑자기 진통을 느끼게 된 것이다. 이에 배를 타기로 한 그들

91) 妻卽出突而聞有諸船之自外島來泊近津者。委令老奴岳守往雇其船。則歸告有雇載者而潮已上矣。今不去則難可濟矣。時妻有產候。頭水已下。而必欲過涉於外島也。亟欲走赴於船。而試奴末男時未下山。日未沒矣。旭叔先到言。賊五騎方在五里地申光一家。宰牛爲食云。何可冒死赴船乎。我決計以爲與其在此而爲賊害也。無寧徼幸得至於船所而解娩也。仍令縛木爲擔具。令末男撿松二奴。擔妻而疾走赴之。末男, 撿松雖已逃去。今不能忘其功也。纔下擔於津頭。未及上船也。萬石兒摧生。殆欲墜地。故妻堅忍而起走。急令試奴負以上船。未及坐。兒已生矣。其上船之前。見山頭戴落日如金盤矣。及生。已落日向昏。想酉時也。舟中解娩。舟人之大禁也。兒之墜地初啼也。篙師詰問之。則旭叔詭言之以鎭曰。抱來兒得無傷乎。何其啼也云。兒母急時饋熱湯飯。例也而不能得。潛問於婢僕間。則有末男所食餘少許也。而又無甘水。徐察於舟中。則又有所售之甘水滿瓮矣。愛丹折其木綿二尺許。而活得一鉢水而後。以漾之所帶試奴之得於山上而餉以甘藿甘醬二者。作湯飯而饋其母。其數至少。不得飽也。自此至到泊外島島前。不得更食。至明日年後。始少食也。所謂胎衣。則倉卒不得已投諸海潮而去也。其夜經過於舟中。

은 아내가 배 위에서 해산할 수 있도록 조처한다. 그런데 뱃사람들은 배 위에서의 해산을 꺼리는 상황이라 이 또한 비밀리에 이루어져야 했다. 바닷바람이 부는 차가운 배에서 애를 낳은 상황도 위급하지만 그 상황에서 산모에게 먹일 따뜻한 국밥도 없었고 마실 물조차 없었다. 이런 어려운 상황 속에서 정양의 하인들은 주인의 곁을 지키며 혼신의 힘을 모아 도움을 주고 있다.

> 이때 가도를 침범하려는 오랑캐의 선박이 강화도의 연미정에 와서 정박하였는데, 모든 섬을 수색하라는 말이 있었던 데다 임금께서 교동의 사민들로 하여금 오랑캐가 가는 길을 피해 달아나라는 교지를 내리기까지 했기 때문에 남쪽 해변의 외도로 달아나는 자들이 이루 다 헤아릴 수가 없었다. 강화도에서 홀로 살아남은 사람들도 또한 모두 마니산으로 달아나 숨었기 때문에, 원근의 사람들이 불안에 떨며 술렁였다. 그런데 갑자기 검은 옷을 입은 몇 사람이 말을 타고 덕포에서 전등사로 급히 달려왔기 때문에, 사람들은 모두 오랑캐가 쳐들어오는 것으로 여겼으나 숨을 수가 없었다. 친하고 믿는 승려들과 의논하며 생각건대, 지난번에 물결처럼 달아났는데도 이와 같은 지경에 이르렀던 것은 또한 그 계책이 없어서인데, 더러는 뒷간 밑에 쌓인 오물 속으로 빠져서 죽음을 모면하였으니, 이것을 제외하고는 다른 계책이 없었던 것이다. 잠시 후에 전해지기를, 검은 옷을 입은 자들은 오랑캐가 아니고 남한산성에 임금을 호종하였다가 온 자들로 그들의 부모 시신을 찾으러 이르렀다고 하였다.[92]

---

92) 時犯向椵島之賊船。來泊江都之燕尾亭。有搜括諸島之言。而自上至下令其喬桐士民奔避賊路之敎。故奔波於南邊外島者。不可勝記。江都孑遺之人。亦皆走竄於摩尼山間。故遠近洶懼。忽有黑衣數騎者。自德浦馳來向傳燈。故人皆謂賊來而無可匿矣。謀於親信僧輩。則以爲曩者奔波而至此者。亦無其計。或溺於廁下積穢中而獲免。除是無他計矣。俄傳黑衣者非其賊也。自南漢扈從而來者。尋其

이때는 2월 1일, 인조가 이미 삼전도에서 청태종에게 항복한 이틀 뒤였다. 청병은 드디어 조선 땅에서 철병하는데, 백성들의 피해를 조금이나마 줄이기 위해서 청병을 피해 달아나라고 명한다. 강화도는 일대 혼란에 빠지고 공포의 먹구름으로 뒤덮였다. 어떤 사람은 뒷간 밑에 쌓인 오물 속으로 빠져서 죽음을 모면하였는데, 비참한 것은 이 방법을 제외하고는 딱히 숨을 곳도, 또한 계책도 없었던 것이다. 강화도는 처음의 '천연요새', '난공불락의 성지(聖地)'로부터 18층 지옥의 아비규환의 세계로 탈바꿈했다. 이는 국가의 보호를 받지 못한 채 외세의 침공 앞에서 백성들은 그야말로 '독 안에 든 쥐'며 파리 목숨보다 못한 존재임을 극명하게 보여주는 대목이다.

4. 소결

전쟁 실기는 처음에 사학계의 관심을 받았지만 정사가 아닌 까닭에 크게 인기를 얻지 못했으며 문학계에서는 초기에는 비문학적 장르로 구분하다가 다시금 문학작품으로 부상되며 각광받게 되었다. 이는 유기룡이 기록문학이라는 범주를 새롭게 설정한 것과 무관하지 않다. 임진·병자 전쟁을 겪으면서 조선 국토는 초토화되었으며 전쟁에서 상처를 받은 사람들은 자신들이 겪었던 아픔과 전쟁의 시말을 기록의 형식으로 표현하였다. 실기는 말 그대로 사실에 대한 기록이다. 만일 사실만 적었다면 문학으로 성립되기 어렵지만 적는 이에 따라 사실에 대해 기록함

親戚而至也。

과 아울러 자신의 정감을 개재했다면 상황은 달라진다.

「책중일록」의 저자 이민환과 그 속의 여러 인물들은 급변하는 동아시아 국제 질서 속에 위치한 힘 없는 소국의 운명과 긴밀히 관련된 인물이다. 이런 국제 상황 속에서 조선은 광해군에 의해 실리 외교를 취했지만 이는 조선 전반의 주류 사상과는 이반된 행위였으며 그 까닭에 사르후전쟁에 참가하였다가 살아남은 모든 조선군 장수들은 살아 있는 동안 천부의 손가락질을 받았으며 사후에도 '오랑캐의 앞잡이'라는 오명을 뒤집어쓴 채로 수백 년 동안 부정의 인물로 자리매김되었다. 작품에서는 명의 서로군과 북로군이 후금에 격파된 장면, 동로군에 포함되었던 조선군의 좌 · 우 수영이 순식간에 무너진 모습, 그리고 김응하의 전사에 대해 상세하게 기록했으며 이를 목도한 조선군 사기가 바닥을 치면서 원수 강홍립이 더 이상의 희생을 막기 위해 투항한 경위를 자세히 기록하고 있다.

「강도일록」의 저자 신달도와 그 속의 여러 인물들은 모두 정묘전쟁의 주인공들이다. 작품은 정묘전쟁의 시말을 소상히 적고 있는데, 작자 자신이 척화를 주장했던 터라 자연히 강홍립을 비롯한 후금 투항자들에 대해 곱지 않은 시선으로 바라보고 있다. 후금군이 신속하게 진군하여 짧은 기간 동안 조선을 장악한 경위와, 이러한 상황에 따른 조선 조정의 '화친'에 대한 논의의 상황을 자세히 서술했다. 당시 좌의정을 맡았던 신흠과 비국당상 최명길을 비롯한 주화파와 정경세를 비롯한 척화파의 팽팽한 대립에 대해 서술하고 있으며, 평양 함락으로 비롯된 강화도 천도와 명과의 국교 단절과 후금과의 국교 수립을 둘러싼 본격적인 논쟁도 빼놓지 않았다. 여기서는 정묘전쟁의 발발 원인을 모문룡이 이안을 죽이려는 계책으로 후금이 속임을 당하게 되어 비롯된 조선의 천재지변으로 보고 있다.

「남한해위록」과 「강도피화기사」는 각각 병자전쟁 당시 임금과 조정이 피난처로 있었던 남한산성과 왕실을 포함한 조선의 다양한 신분 계층이 천하의 요새로 믿고 들어갔던 강화도를 제재로 하였다. 두 작품은 전반 병자전쟁의 면모를 통째로 보여준다고 해도 과언이 아니다. 저자들은 전쟁 발발 당시 각각 남한산성과 강화도에 체류해 있었으며, 폐부로 느낀 전쟁을 고스란히 기록하였다. 「남한해위록」은 남한산성의 상황을 객관적인 시각에서 가장 잘 보여준 작품이다. 책의 서술 동기에 대해 작자는 병자년의 참혹함을 후세에 알리기 위함이라 하였다. 그렇기 때문에 전란이 발생하게 된 연원으로부터 시작하여 자신이 몸소 체험한 전쟁의 실상, 다른 사람에게서 전해 들은 일에 대해서 정확히 밝히고 있다. 병자전쟁의 시작으로부터 왕실의 피난 상황, 남한산성 방어, 청군과의 소규모 전투, 남한산성 군량 부족, 청과의 강화 회담, 강화도 함락에 이은 인조의 항복, 세자와 대군 및 대신들이 청으로 압송되는 모습을 시간 순으로 기록했는데 이는 여진족이 후금이란 과도기를 거쳐 청을 개국하게 된 연원을 밝히고, 정묘전쟁 및 그 이후의 조선 · 후금의 관계, 주화파와 척화파의 대립 양상을 기록한 중요한 작품이다. 「강도피화기사」는 저자 정양이 몸소 피난을 하게 되면서 청군의 말발굽 아래서 겨우 목숨을 건진 체험을 담았다. 전란이 발발하면 그 누구보다도 일반 백성들이 겪는 피해는 더욱 극심하다. 이 작품은 일반 백성의 신분으로 전쟁을 체험한 후기이기도 하다.

17세기 조-청전쟁 제재 실기문학은 사르후전쟁 · 정묘전쟁 · 병자전쟁이란 부동한 세 전쟁에 대한 작자 개인의 전쟁 체험 기록이다. 상기 작품은 조-청전쟁이라는 역사적 사실과 작자 개인의 체험을 바탕으로 자신이 본 역사의 진상을 서술하였다. 때로는 그들이 보고 듣고 진실이라 믿었던 사실들이 오랜 시간을 거치다 보면 진실이 아닐 때도 있다. 이는 여러 가지 복합적인 요소의 작용으로 볼 수 있다. 하나의 진상이지만 서술자가 살았던 시대와 작자 개인의 시각과 가치관의 영향으로 말미암아 역사의 진실과 그들이 알고 있는 '진실' 사이에는 커다란 차이점이 존재한다. 이는 진상이 알려진 오늘날 그들이 집필한 작품들을 다시금 연구하는 까닭이라 생각한다. 그러나 부정할 수 없는 것은 그들은 솔직한 정감을 자기가 믿고 있는 '진상'을 바탕으로 그 나름 진실하면서도 사명감 있게 집필하여 읽는 이에게 감동을 준다는 것이다. 이는 역사의 진실 여부를 떠나, 서술자가 자신의 체험을 승화시켜 정감이 흐르는 문자로 표출한 까닭에 문학으로서의 가치를 인정받는 이유라 생각한다.

제3장

전기문학에 재현된 조-청전쟁의 양상

전기문학에 재현된 조-청전쟁의 양상

17, 18세기에 들어서면서 양난의 역사 변동 요인을 경험했던 문인들은 전(傳)을 자아의 현실 의식을 표현하는 문학 양식으로 수용하기에 이르렀다. 특히 전란으로 인한 유교적 도덕관념이 흐려졌던 이 시기에 도덕적 순교를 했던 인물들의 전이 다량 출현하는 것도 세교(世教)와 무관하지는 않았을 것이다.[1] 전기문학은 주인공에게 고정된 서술 시점을 견지하면서[2] 몇몇 사건이나 일화를 선택하여 이를 극적으로 구성하거나 간결하고도 강렬하게 묘사함으로써 한 사람의 일생을 상징화한다. 소설과 달리 다양한 시점과 목소리를 포용하지 못하기 때문에 복잡한 현상을 다각적으로 또 입체적으로 포착하지 못하고, 이는 결과적으로 하나의 시선에 종속되는 세계상을 만들어낼 수밖에 없다는 한계를 지닌다.

---

1) 金均泰, 『文集所載傳資料集』, 大邱: 啓明文化社, 1997, 154쪽.
2) 박희병, 「17세기 동아시아의 戰亂과 民衆의 삶－〈金英哲傳〉의 분석」, 『韓國 近代文學史의 爭點』, 창작과비평사, 1990, 36쪽.

또 몇몇 사건만을 가지고 짧은 분량으로 사람의 일생을 기술하는 방식은 서술의 효율성은 물론 문학적 효과의 극대화를 낳았다. 하지만 예화나 사건은 당연히 사가(서술자)의 가치판단과 선택에 따른 것이며, 선택되지 못한 요소들은 모두 버려진다. 전이 특정 이념이나 목적에 이용될 가능성이 많음을 의미한다. 한국 문학사에서도 이른 시기부터 전이 이념을 양식화하고 보급하는 수단으로 이용되었으며, 특히 조선조에 윤리적인 목적으로 대거 활용된 것은 좋은 본보기이다.[3]

조선조의 17세기 조-청전쟁 제재 전기문학에는 「김장군전(金將軍傳)」·「삼학사전(三學士傳)」·「민용암성전(閔龍巖埩傳)」이 있는데 이 작품의 주인공들은 각각 사르후전쟁 때 후금군과 결사 항전하다 죽게 된 김응하(金應河, 1580~1619)와 병자전쟁의 척화(斥和)의 책임을 물어 죽게 된 홍익한(洪翼漢, 1586~1637) · 윤집(尹集, 1606~1637) · 오달제(吳達濟, 1609~1637)와 역시 병자전쟁 시기 강화도에서 온 가족 13명이 자결로 정절을 지킨 민성(閔埩, 1586~1637)이다. 이들은 모두 비장한 죽음으로 후금(청)에 대응했는데 김응하는 전사하고 홍익한 · 윤집 · 오달제는 청과 설전을 벌이다 참형당하고 민성은 청에 의한 욕(辱)을 피하려고 일가 13명이 자결하였다.

아래에 상술한 세 작품을 통하여 이른바 조선의 장수 · 관료 · 재야 선비들이 어떻게 서로 각자의 방식으로 후금(청)과의 전쟁을 대면했으며 그 속에서 재현된 조-청전쟁에 대해 알아보고자 한다.

3) 이승수, 「深河戰役과 金將軍傳」, 『한국문학연구』, 고려대학교 민족문화연구원 한국문학연구소, 2003, 26~37쪽.

1. 사르후전쟁 제재 전기문학—전사한 영웅 김응하 장군

사르후전쟁에서 장렬하게 전사함으로 이름을 날린 김응하는 조선 시대 후반기 조선의 으뜸가는 명장으로 추앙되었다. 김응하가 사르후전쟁에서 이름을 떨친 이유는 조선군 좌영장으로 전쟁에 참가, 후금의 기습으로 그가 이끌던 군대가 궤멸하자 버드나무 아래에 기대어 활을 쏘고 검을 휘두르며 끝가지 분전하다가 전사하였기에 '재조지은' 사상이 주류를 이루던 조선 사회에서 대명의리와 우국충정의 표상으로 높이 평가되었기 때문이다. 김응하는 홍세태(洪世泰, 1653~1725)와 이재(李栽, 1657~1730), 두 사람에 의해 입전(立傳)되었는데 18세기 초까지의 김응하에 대한 작품[4]을 살펴보면 중인 신분의 홍세태를 제외하고는 모두 척화 · 배금 사상을 주도했던 인물들이다. 그런 까닭에 이 책은 이재의 「김장군응하전(金將軍應河傳)」이 아닌 홍세태의 「김장군전」을 텍스트로 하여 분석하고자 한다. 김응하는 사르후전쟁에서 후금군에 의한 조선군의 투항으로 수치심을 느꼈던 조선 사대부들에게 조선군의 자존심을 지킨 영웅으로 부상되면서 그의 위상은 강홍립을 비롯한 투항파들의 비난과 정반대된다. 아래에 김응하의 출신과 사환(仕宦)의 길을 살펴보도록 하겠다.

4) 洪翼漢(1586～1637), 「金將軍傳後敍」, 『花圃遺稿』; 趙絅(1586～1669), 「贈領議政金將軍神道碑銘」, 『龍洲遺稿』; 宋時烈(1607～1689), 「詔贈遼東伯金將軍墓碑」, 『宋子大全』; 洪世泰(1653～1725), 「金將軍傳」, 『柳下集』; 李栽(1657～1730), 「金將軍應河傳」, 『密菴集』. (이 중에서 조경과 이재는 남인이고 홍익한과 송시열은 서인이다.)

김 장군은 이름은 응하, 자는 경희이다. 신라 왕족의 후예로 고려 때의 명장 김방경(1212~1300)은 그의 먼 조상이다. 대대로 경주에서 살다가 나중에 강원도 철원으로 옮겼다. 응하는 10여 세에 부모를 모두 잃었는데, 전쟁 중이라 장사 지낼 곳을 찾지 못하고 울부짖자 어떤 이승이 이를 가엾게 여겨 장지를 정해주었다. 응하는 장사를 지내고 홀로 동생과 힘써 농사를 지으면서 자력으로 생활하였다. 자라매 용력이 남보다 뛰어났는데 일찍이 맨주먹으로 사나운 호랑이를 잡아 죽인 일이 있었는데, 이로 말미암아 사람들이 장군이라 일컫고 감히 이름을 부르지 못했다. 관찰사 박승종이 철원을 돌며 군대를 검열하고 무예 시험을 보자 응하가 말타기와 활쏘기에서 으뜸을 차지했다. 승종은 이를 크게 기특하게 여겼다. 응하는 얼마 지나지 않아 무과에 급제하여 북쪽의 변방을 지키고 왔으나 이름이 알려지지는 못했다.

병조판서 박승종이 일찍 선전관으로 임명했으나 질시하는 자가 있어 파직된 후 낙향했다. 외부인과 왕래하지 않고 일이 없을 때에는 읍의 자제들과 산골짜기에서 꿩과 토끼를 잡으며 홀로 즐기었다. 박승종이 호남으로 안찰하러 갈 때 응하를 군관으로 임명하였다. 그때 선조임금이 돌아가시고 광해는 상중이라 승종이 휘하의 장병들에게 술과 여자를 경계하라고 이르니, 따르는 자가 없었으나 오직 응하만이 자신을 잘 단속하여 삼가고 엄숙하였다. 낮에는 활쏘기를 익히고 밤에는 손자와 오자의 병서를 읽어서 승종이 그를 더욱 중하게 여겼다.[5]

---

5) 金将军名应河字景羲。新罗王之后高丽时有名将曰方庆。卽其远祖也。世居鸡林。后徙江原道铁原。应河年十余。父母俱殁兵荒中。无以营圹。行号道路。有异僧见而怜之。爲指其葬处。旣葬。独与小弱弟居。力田自给。旣长勇力絶人。尝手格杀猛虎。由是人谓之将军而不敢名。观察使朴承宗巡到铁原。大阅材勇。应河骑射冠军。承宗大奇之。未几中武擧。戍北边还。无所知名。承宗判本兵。始除宣传官。有不悦者汰之。应河卽日归鄉里。杜门无事。时与邑中子。击雉兎山谷间以自乐。及承宗出按湖南。辟应河军官。时宣庙新弃位。光海谅阴。承宗戒麾下酒色。莫有从者。而独应河律己谨严。昼习射夜读孙, 吴。承宗益重之。홍세태, 『柳下集』, 卷之九, 『한국문집총간』, 민족문화추진회.

여기에서 김응하의 출신을 살펴보면 신라 왕족의 후예이며 고려 명장 김방경이 먼 조상이라 하였다. 조상에 대해 이와 같이 서술함으로써 그의 출신을 고귀하게 하려는 의도로 보인다. 10여 세에 부모를 잃었으며 동생과 함께 생활하며 스스로 농사를 지은 것으로 보아 생활의 궁핍은 가히 상상할 수 있다. 그런데 용력이 출중하여 맨주먹으로 호랑이를 잡아 죽인 일이 있어 그 후로 장군이라 불렸으며 박승종의 발탁으로 등용되어 북쪽 변방을 지켰으나 이름을 날리지는 못했다. 이는 김응하의 불우한 유년과 뜻을 이루지 못한 장년에 대한 기술이다. 박승종에 의해 선전관으로 임명되었으나 파직되어 낙향한 바 있으며 그 사이 사냥으로 나날을 보내다가 역시 박승종이 호남으로 내려가면서 군관으로 임명했다. 국상 중이라 주색을 경계하라는 박승종의 명을 유독 김응하만 지키며 활쏘기를 연마하고 병법서를 익히는 등 선행으로 승종의 중시를 받았다. 이로부터 알 수 있는바 김응서는 장년에는 아무런 업적을 이루지 못한 무명소졸이라 볼 수 있다.

> 도체찰사 이항복이 응하의 장수로서의 재능이 있음을 듣고 경원부판관으로 천거하였고 그 후 삼수 군수, 북우후 등을 역임하면서 몇 해 동안 북쪽 변방에 있었다. 그때, 건주위의 오랑캐가 명나라를 침범하였다. 명나라 황제는 심히 걱정하여 양호에게 명을 내려 요동경략으로 삼았다. 무오년 가을에 오랑캐를 대거 토벌하면서 명나라는 아국에 원병을 요청하였다. 이에 조선은 강홍립을 도원수, 김경서를 부원수로 삼아 출정하였다. 선천 군수로 있던 응하는 조방장이 되어 좌영병을 거느리고 부원수 김경서의 휘하에 예속되었다.
>
> 응하가 그 체제로써는 자신의 뜻을 펼 수 없음을 간파하고 홀로 한 부문을 담당하겠다고 청하였다. 그가 기병을 내어 함길도로 들어가 곧바로 적들의 소굴을 공격하여 그 세를 분산시켜 놓겠다고 청하였

> 으나 허락받지 못했다.
>
> 출발에 앞서 식구들과 결별하며 사후의 일을 처치하도록 했다. 동생 응해가 함께 가려고 하자 응하는 형제가 함께 죽는 것은 무익하다고 제지시켰다. 아전에게 인신을 봉인하여 건네주면서 말하기를 내가 가면 반드시 목숨을 걸고 싸울 것이라 했다. 그는 또 서신으로 박승종에게 아들딸의 혼가를 부탁하였다.[6]

박승종 외에도 김응하는 이항복에 의해 천거된 바 있으며 경원부 판관을 거쳐 삼수 군수, 북우후 등을 역임하면서 몇 년 북쪽 변방에 있다가 사르후전쟁의 출정으로 조방장이 되어 좌영병을 거느리고 부원수 김경서의 휘하에 예속되었다. 작품에서는 응하가 그 직책은 자신의 뜻을 펼 수 없다고 판단하여 홀로 한 부문을 담당할 것을 청한 것으로 표현되었다. 이로부터 미루어 보아 김응하의 훗일의 행적은 그다지 놀라울 일이 아니다. 이는 김응하의 성격이 잘 드러나는 대목으로서 자신의 능력을 높이 평가하고 재주껏 크게 싸워 천하에 이름을 날리고자 하는 공명심의 발로라 할 수 있다. 명령에 살고 명령에 죽는 것이 군사가 지켜야 할 으뜸가는 군율이지만 자신이 맡은 직책에 불만을 품고 홀로 한 부문을 담당하여 큰 공을 세워보겠다는 생각은 이미 집단에서 이탈된 위험한 생각의 시작이기도 하다. 곧 이어 먼저 적들을 진공

6) 都体察使李恒福闻应河将帅才。奏荐爲庆源府判官。已而爲三水郡守北虞候。在北边者数岁。当是时。建虏张甚。侵犯上国。天子忧之。命杨镐经略辽广。戊午秋。大舉讨虏。征我兵。我以姜弘立爲都元帅。金景瑞副之。应河以宣川郡守。充助防将。领左营兵属景瑞。应河度见制不克展其志。请独当一面。奇兵出咸吉道。直捣贼窟。以分其势。不许。临发与家人诀。处置后事。弟应海欲随往。应河谓兄弟俱死无益也。止之。解印授郡吏曰。我往必死敌。又以书托朴承宗男女婚嫁。

하겠다는 청을 하게 되는데 이 역시 하나로 귀결되는 집단의 이익에는 저촉되는 행위였다. 죽음은 장수가 항상 봇짐처럼 등에 지고 다녀야 하는 것이지만, 이처럼 반드시 목숨을 걸고 싸울 것을 맹세하고 떠났으니 자신의 뜻을 이룰 수 없는 군령을 따를지 말지에 대해서는 미지수로 나타난다.

> 기미년 봄 2월에 병사들을 이끌고 강을 건너 서쪽으로 가서 명나라 도독 유정, 유격 장군 교일기와 만났다. 그들은 오랑캐 땅으로 들어가 삼백여 리를 이리저리 이동하며 싸워 십여 개의 보루를 격파하였다. 부차령 아래에 이르렀을 때 천병이 앞에서 가고 그 다음 우리의 좌영, 중영이 따르고 우영이 맨 뒤에서 나갔는데, 유정의 군량 원조가 끊겼다. 오랑캐들이 계략으로 명나라 병사들을 유인하자 겹겹으로 에워싼 포위망에 빠져 협공을 당했다. 유정은 있는 힘을 다해 싸우다가 죽고 교일기는 중영으로 도망갔다.
>
> 명나라 군대가 패하여 달아나고 적의 기병 5만~6만이 좌영 1리까지 진격해 왔다. 응하가 거느린 군사는 삼천도 못 미쳤다. 응하는 포병을 앞에 배치하고 강홍립에게 적의 수가 많아 후원이 없이는 아마도 당할 수 없다고 도움을 청하자, 홍립은 우영장 이일원을 보내 돕게 하였다. 응하는 이일원에게 우리는 보병이고 저들은 기병이니 진법상 거점을 바꾸어 언덕으로 옮기지 않으면 패한다고 하며 진을 옮길 것을 말하였으나 일원이 따르지 않았다. 오랑캐 기병 수천 명이 두 진 사이로 갑자기 돌진해 와서 진영은 둘로 갈라졌고 일원이 먼저 달아났고 적들의 유린과 학살로 우군은 궤멸되었다. 조금 후 오랑캐의 정예 기병이 좌영을 침범하자 아군이 포화를 퍼부어 적이 물러났다 다시 공격하기를 세 번이나 했다. 그때 교일기는 중영에 있었는데 진영에서 이를 지켜보다가 탄식하며 말하기를 보졸이 철기와 더불어 평지에서 당함이 능히 이와 같으니 천하의 굳센 병사이도다. 교일기가

강홍립에게 원조를 할 것을 권하였지만 군사들이 움직이지 않았다. 교일기는 홍립이 배반하려는 뜻이 있음을 알고 돌아서라고 호통치며 너에게 사로잡혀 적에게 끌려가지 않겠다고 크게 소리치며 뛰어올라 벼랑에 몸을 던져 죽었다. 전쟁은 이미 오랫동안 지속되었다.[7)]

여기서는 조선군이 명군과 회합한 후에 십여 개의 보루를 격파하였다고 서술한다. 부차령에 이르러 명군이 앞에, 조선의 좌영과 중영이 따르고 맨 뒤에 우영이 따랐는데 유정의 군량 원조가 끊겼다고 했다. 이는 실제 역사 사실과 부합되며 상세한 전투 과정에 대해서는 2장의 '사르후 전쟁 제재 실기문학' 부분을 참고하도록 하고 여기서는 약한다. 전사하기 전까지의 김응하의 전투 과정을 살펴보면 삼천도 안 되는 군사를 거느리고 후금의 수만의 철기군과 결전을 준비한다. 강홍립에게 구원병을 청하자 우영장 이일원을 보내 돕게 하였다. 조선군의 보병으로 청군의 기병과 접전하였다면 그 결과는 불 보듯 뻔한 일이다. 그러나 이 작품에서는 우영장 이일원이 김응하의 의견에 따르지 않아 패한 것으로 서술한다. 청군 기병 수천이 두 진 사이로 갑자기 돌진해 우군이 궤멸되었다고 하였는데 이는 명군이 무너진 후 병력에서나 지리에서나 모두 열

---

7) 己未春二月。率兵渡江而西。与天朝都督刘綎, 游击乔一琦会。入虏地三百余里。转战破十余堡。抵富车岭下。天兵前。我左营次之。中营又次之。右营殿而进。会綎饷援絶。虏诡汉卒装诱。随重围夹攻。綎力战死。一琦败犇我中营。天兵既败。虏去左营一里薄我。衆可五六万骑。而应河所领兵不满三千。应河令砲卒悉前行。使人告弘立曰贼衆多。孤军恐不可当。弘立令右营将李一元助之。应河谓一元曰我步彼骑。陈易地不便。急移兵据岸。不者败矣。一元不从。俄而虏骑数千突两阵间。阵截爲二。一元惧先遁。右军遂溃。贼尽蹂杀。已纵锐骑直犯左营。我军砲火齐发。贼却复进者三。时乔一琦在中营。从壁上观。叹曰。平地上步战铁骑如此。天下劲兵也。劝弘立救之。拥兵不动。一琦见弘立有反意。叱曰反竖。吾不爲汝缚与贼。大呼一跃。投絶崖而死。战既久。

세에 놓여 있었던 조선군의 패전이 결정된 상황이었다. 청군은 세 번의 공격을 거쳐 조선군을 격파했는데 교일기의 말을 빌려 조선군의 영용을 형용한다. 중영에 있던 교일기가 보졸과 철기가 평지에서 그만큼 싸운 것에 대해 조선군을 '천하의 굳센 병사'라고 탄복한다. 교일기가 강홍립에게 원조할 것을 권하였지만 군사들이 움직이지 않은 것도 사실이며 강홍립이 배반하려는 뜻이 있음을 알고 벼랑에 몸을 던져 죽은 것도 사실이다. 이 부분에서는 사르후전쟁의 장면을 대부분 사실적으로 재현했지만 청병의 수를 수천으로 묘사했는데 「책중일록」 중 위 문장에서 서술했던 부분에 의하면 적의 기병이 무려 2만~3만 기나 중영을 포위하며 압박해 왔고, 이에 강홍립의 명으로 조선군 사졸들을 격려하여 결사 항전만이 살 수 있는 길임을 깨우쳤으나 백에 한 명도 호응하는 자가 없었으며 중영에서 두 영과의 거리가 불과 1천 보밖에 되지 않았지만 그저 유린당하는 것을 보고 있었으며 정신을 잃는 자가 있는가 하면 어떤 자는 무기를 버리고 주저앉아 미동도 하지 않았다. 이런 부분에 대해서 작품은 언급하지 않았으며 출병하라는 교일기의 명을 강홍립이 따르지 않고 배반의 심리가 있었던 것으로 밀어버렸다.

> 갑자기 큰 바람이 일어나 모래 먼지가 사방을 가로막아 대포를 쏠 수가 없었다. 이때 오랑캐가 기습적으로 쳐들어와 전군이 다 죽었다. 오직 응하 홀로 말에서 내려 나무에 기대어 활시위를 당겨 적들을 쏘았다. 적들은 활시위 소리와 함께 거꾸러졌는데 죽은 자는 이루 헤아릴 수 없었다.
>
> 화살이 떨어지자 즉시 차고 있던 칼을 뽑아 오랑캐를 쳐서 죽인 것이 매우 많았지만 칼이 부러지자 다시 칠 수 없었다. 응하는 몸에 여러 겹의 갑옷을 입었지만 화살이 온몸에 빽빽이 박혀 고슴도치 털과

같아 적이 감히 가까이 오지 못했다. 한 적이 창을 등에다 찍고는 넘어진 곳에 가 보니 칼이 아직도 손에 있어 적은 그가 살아 있을까 두려워 감히 앞으로 더 나가지 못했다. 그때 졸사 한명이 화살을 받쳐 들고 옆에 있었고, 다른 한 명은 깃발을 들고 앞에 서 있었다. 응하가 죽자 군졸 두 사람도 같이 죽었다.

강홍립 등은 싸우지 않고 투항했다. 그 전에 강홍립이 출병했는데 광해의 밀지를 받았다. 그리고 통역관 하세국을 오랑캐의 진영으로 보냈었는데, 이번에는 오랑캐 병사가 먼저 통사를 불렀다. 응하는 이에 못 들은 척하고 더 힘을 내 전쟁을 치렀는데 마침 검을 쥐고 적병을 베려고 할 참이었다. 응하는 홍립과 경서를 크게 부르며 개돼지의 무리들이 오히려 적에게 의탁하는구나고 하였다.

응하가 죽자 오랑캐 무리는 서로 기뻐하며 또 서로 "버드나무 아래 장수가 가장 굳세고 용감했다. 조선에 다시 이와 같은 장수가 몇 사람 더 있다면 우리는 맞서 싸울 수 없을 것이다." 라고 말하며, 유하장군이라 불렀다. 오랑캐의 우두머리가 부하들을 시켜 시신들을 묻을 때 전사한 지 여러 달이 지났지만 응하만은 얼굴이 살았을 때처럼 생생했고 노기를 띠고 있었으며 오른 손에는 칼을 놓지 않고 있었다고 했다.

조정에서는 영의정으로 추증하고 용만에 묘비를 세웠으며, 명나라의 신종은 조서를 보내 그를 요동백에 봉하고 처자에게 백금을 내렸다. 묘비는 인조 5년에 용만의 묘비가 있는 것이 불편하다 하는 자들이 있어 철거했다.[8]

---

8) 大风忽起。尘沙四塞。砲火不得发。贼乃冲突横击。一军皆没。独应河下马倚大树立。弯弓射贼。应弦而倒。死者不可胜计。矢尽。即拔所佩剑。又击杀虏甚多。剑折不复击。应河身被重甲。矢集遍体。簇簇然猬毛然。莫敢近。有一贼背槊之。仆地。剑尚在手。贼恐其生。又莫敢前。时有卒史一人奉矢服在侧。又一人执帜前立。应河死。二人亦同死。弘立等不战而擧军降。先时弘立出师。光海授密旨。及入虏中。弘立潜遣通事河世国先之。至是虏来呼通事急。应河佯不闻。战益力。方其拔剑击贼也。大呼弘立, 景瑞曰。犬彘辈。反投贼乎。应河既死。虏衆相贺。且相谓曰柳下将最雄勇。朝鲜更有此数人。不可敌。遂谓之柳下将军。后虏酋使人

『황청개국방략(皇淸開國方略)』 권 6에서는 청군이 조명 연합군을 격파한 장면에 대해 "홍타이지가 이미 유정의 군대를 격파하고 병력을 주둔시키니 모든 패륵들이 이르렀다. 드디어 군사를 독려하여 강응건이 이끄는 명군과 조선군을 공격하자, 적은 일제히 화기를 발사했다. 갑자기 사나운 바람이 불어 모래와 자갈이 날리고 연기와 먼지가 적의 진영에 뒤덮이자 마치도 날이 저문 것 같았다. 이에 아군은 세를 모아 빗발처럼 화살을 날려 크게 파하였다."[9]고 묘사했다. 이는 작품에서 형용한 천기와 일치하다. 그 뒤 김응하의 분전과 전사에 대해 묘사하였으며 수없는 적을 무찔러 죽였고 또 김응하의 몸에는 고슴도치처럼 화살이 박혔으며 수없이 많은 화살을 맞아 몸은 망가졌고 등에 창을 맞고 죽었으나 적들이 두려워 가까이 가지 못했다고 하였다. 그리고 함께 전사한 졸사와 깃발을 든 병사의 죽음도 더불어 적었다.

작품은 또 김응하의 죽음과 관련하여 강홍립의 책임을 하나씩 나열하고 있는데 싸우지 않고 투항한 사실, 광해의 밀지, 통역관 하세국을 오랑캐의 진영에 보낸 것, 오랑캐와 밀통한 사실을 증거로 제출하며 죄목을 하나씩 가한다. 그리고 청군과 통하는 것을 모르는 척하고 전쟁을 강력하게 밀어붙이며 홍립과 경서를 크게 부르며 욕한다. 이는 그 어떤 경우에서든 지휘관의 지휘를 따르지 않고 사사로이 결정하여 군사들을 죽

堑诸尸。日久尸皆败。独应河面如生。勃勃有怒气。右手握剑不释云。事闻赠领议政。建庙碑龙湾。神宗皇帝下诏褒赠辽东伯。赐妻子白金。仁祖五年。议者以湾上庙碑有不便去之。

9) 甲申朔 : "四貝勒旣破劉綎兵, 方駐軍, 衆貝勒皆至, 遂復督兵攻康應乾, 所率明兵及朝鮮兵, 敵競發火器, 忽大風驟作, 走石揚沙, 煙塵反撲敵營, 昏冥晝晦, 我軍乘之, 飛矢雨發, 又大破之。" ('阿桂, 『皇淸開國方略』, 卷六, 己未 天命 三月; 『淸實錄』, 天命 四年 三月 甲肻'에도 같은 내용이 실렸음.)

음에로 내몬 무책임한 행위이며 궁극적으로는 군율을 어긴 행위이다. 군율을 어긴 장수는 예로부터 군율에 의해 참수형에 처하는 것이 관례인데 오직 김응하에게 발생한 이 일은 크게 미화되고 찬양되어 있다.

작자는 적들의 입을 빌려 주인공의 용맹에 대해 찬양하였으며 "조선에 다시 이와 같은 장수가 몇 사람 더 있다면 우리는 맞서 싸울 수 없을 것이다."라는 말로 그를 최대한 치하했다. 그리고 유하 장군으로 불린 일, 죽은 뒤에도 위엄이 살아 있는 기이한 상황을 서술했다. 이 부분은 소설화의 수법을 도입하여 김응하라는 인물의 비범함을 더 한층 강조시키기 위한 작가의 노력으로 보인다. 1619년(광해군 11년)에 비변사가 김응하의 장례를 위한 은전 지급 문제를 주청한 기록[10]이 있다. 그 내용을 보면 판사로 추증하였는데 이는 초기에 김응하의 죽음은 훗날처럼 부풀려지지 못했고 큰 중시를 받지 못하였음을 알 수 있다. 1620년(광해군 12년)에 이르러 확실히 김응하를 영의정으로 추정했지만 요동백으로 봉한 사실은 허구이다. 김응하를 요동백으로 봉했다고 한 역사 문서는 아주 많다. 더욱이 『광해군일기』에도 기재되었을 뿐만 아니라 그 뒤로 쭉 이

10) "김응하(金應河)의 처 윤 씨(尹氏)가 본사에 정장(呈狀)하였는데, '오는 5월 27일에 고향에서 초혼장(招魂葬)을 치르려고 하는데 조묘군(造墓軍) 및 역군의 양식을 마련할 길이 없으니 매우 민망하고 절박하다.'고 하였습니다. 김응하는 사막에서 힘껏 싸워 많은 적장을 죽였으며 후퇴하지 않고 죽어 명성이 천하에 났는데 표창하는 은전을 아직도 거행하지 않았으니, 충절을 현양하고 격려하는 의의를 잃었습니다. 지금 그의 처가 시복(矢復)한 혼(魂)으로 고향에 돌아가 장례를 치르려 하니 그 정성이 측은합니다. 조묘군 및 역군의 양식과 제수를 적당히 지급하여 보살피는 은전을 보이소서." 하니, 전교하기를, "아뢴 대로 하라. 이 사람을 어찌 지금까지 증직하지 않았는가? 〈후일의 정사에서〉 판서로 추증하고 그의 자손을 녹용(錄用)하라. 그리고 특별히 제수를 하사하여 충의의 혼령을 위로하도록 하라." 『광해군일기』, 광해군 11년 4월 26일 기묘.

어져 왔으며 『승정원일기』와 『일성록』에도 그와 같이 기재되어 있다. 여기에 대해 『몽예집(夢囈集)』에서는 "세상에서 말하기를, '김응하가 죽으니 명나라에서 요동백을 추봉하였다.' 하니 망녕된 말이다. 「충렬록」에 기록된 여러 사람의 만사와 전기에 모두 이런 내용이 없고, 명나라 사람이 지은 「충의록(忠義錄)」에도, '조선 장관 김응하 등에게도 휼전(恤典)을 주었다.' 하였으니 이것을 보아도 잘못임을 알 수 있다. 어떤 시골 선비가 조서를 모방한 것으로 그 글이 매우 상스럽고 졸렬하였는데, 조경남이 이것을 기록하여 드디어 잘못 전해졌다. 송시열이 응하의 신도비문을 지으면서 드디어 엄연히 요동백이라 일컬었으니 애석하다."[11]라고 하였는데 명실록과 청실록을 보아도 김응하를 요동백에 봉했다는 기록은 찾지 못했다. 명 황제가 사르후전쟁에서 전사한 조선군에게 내린 휼전의 내용을 살펴보면 경략 양호가 조선군을 구휼할 것을 청하여 임금의 명을 받들기를 "조선의 군사를 일으켜 힘을 보탠 일은 그 충의가 가상하다. 많은 장군과 병사들이 손상을 입어 짐은 심히 민측(憫惻)하도다. 각 부에서 의논하여 공적을 표창하여 구휼하도록 허락하며, 관원을 보내어 은을 가지고 가서 성은을 전하도록 하라. 북관제의(北關諸夷)들은 황제의 유시들을 전달하도록 하라."[12]는 내용만 있을 뿐, 다른 조서(詔書)는 없었다. 이를 보아 김응하가 요동백에 봉해졌다는 사실은 오전(誤傳)됨이 틀림없다.

11) 이긍익, 『폐주광해군고사본말』, 『연려실기술』 제21권, 민족문화추진회, 1988.

12) 經略楊鎬奏優恤朝鮮, 奉旨 : "朝鮮興師助順。忠義可嘉。且將士多有損傷, 朕心深爲憫惻, 準詔部議賜勒褒恤, 即譴官賫銀前去以示特恩, 北關諸夷亦令傳指宣諭。"『明實錄』, 卷五八二.

> 홍립은 항복하여 적들에게 이용당한 뒤 조선에 돌아왔다. 어떤 사람이 김응하가 버드나무에 기대어 적에게 활을 쏘고 있는데 강홍립 등은 포박되어 오랑캐에게 항복하는 모습이 그려진 그림이 있어 강홍립에게 보여주었다. 이를 본 홍립이 화를 내고 부끄러워하며 죽었다.
>
> 외사를 기록한 사람이 말하기를 김응하는 충성과 의리를 지킨 절개가 굳은 사나이다. 이렇게 훌륭한 인물이 일찍 등용되지 못했고, 등용되었어도 다른 사람의 밑에서 굽혀서 일했으니 실로 애석하도다. 응하에게 2만 군의 정예를 내주어 적들을 토벌하게 하였다면 오랑캐들은 능히 물리칠 수 있었을 것이다. 그런데 응하가 죽음으로써 우리 동쪽에 충성과 의리를 위해 목숨을 바친 신하가 있음을 천하에 알리고 사나운 기세가 아직도 남아 있으니 족히 오랑캐의 마음을 꺾을 것이다. 그리고 화살을 받쳐 든 자와 깃발을 지킨 자 또한 열사이니라. 응하가 죽고 27년 뒤, 명나라가 마침내 멸망하니 사람들은 더욱더 그리워하고 슬퍼하였다.[13]

여기서는 김응하의 충의를 극대화시키려는 까닭에 강홍립을 최대한 비굴하게 묘사하여 대조적으로 표현하고 있다. 그것은 강홍립이 김응하의 용전 모습과 자신의 포박당하고 항복하는 비굴한 모습을 그린 그림으로 보고 화를 내고 부끄러워하며 죽었다는 것이다. 김응하의 죽음으로 명에 대한 의리와 명분을 내세울 수 있게 되었으니 나라를 보존한 공이 있다고 했는데, 이것이 당시로서는 절박한 실정이었겠지만 마찬가지

13) 弘立既降。爲贼用后归。人有画应河倚柳射贼。弘立等面縛降虏状。以示弘立。弘立见之。恚愧而死。外史氏曰。应河忠义烈丈夫哉。惜乎。用之不早。而用又屈人下。向使二万精锐。属应河以讨贼者。虏可破也。然应河一死。使天下知我东有忠义死节之臣。猛气余烈。足以折虏心。而其奉矢执帜者亦烈士也。应河死后二十七年。大明遂亡。于是人益思而悲之。

로 몇몇 지사의 죽음을 충의(忠義)로 포양하여 이념의 주춧돌로 삼았던 후대의 태도를 보는 듯하다. 이이첨도, 이정구도 그렇게 말했으며 그러한 태도는 세월이 지나면서 더욱 선명해진다. 1798년 민종현은 김응하를 배신사절(陪臣死節)의 효시로 꼽았는데, 이미 당대부터 그러한 조짐을 보였던 것이다. 논찬은 김응하의 명성이 조선과 명에 두루 알려지고 그의 위업이 역사에 길이 빛나게 될 것이라는 찬사와, 형세만을 좇는 무변들의 세태, 구체적으로는 강홍립을 개돼지만도 못한 무리로 지탄하면서 끝을 맺는다.[14] 그리고 김응하를 충성과 의리의 화신으로 부각하고 일찍 등용되지 못하고 다른 사람의 밑에 있는 것을 애석하게 여기며 그에게 2만의 군사를 주었더라면 오랑캐를 능히 물리칠 수 있었을 것이라고 하였다. 이는 작자가 분석한 사르후전쟁의 패전 원인으로 볼 수 있는데 만일 김응하에게 지휘권이 있었더라면 능히 후금군을 물리치고 승리를 거둘 수 있었다는 것으로 분석된다. 김응하의 죽음은 명에 대한 의리를 내세울 수 있는 명분을 쥐었으며 조선의 자존심을 세운 것으로 각색하고 있다. 그리고 그 사나운 기세는 후금군의 적심을 꺾을 것이라 과대평가하고 있다. 응하가 죽고 27년 뒤에 명이 망한 것 역시 응하가 재능을 발휘하여 후금군을 꺾었더라면 명이 망하는 일이 없을 것이라는 식으로 표현되고 있다.

14) 이승수, 「深河戰役과 金將軍傳」, 『한국문학연구』, 고려대학교 민족문화연구원 한국문학연구소, 2003, 26~36쪽.

2. 병자전쟁 제재 전기문학

1) 설전으로 청과 맞선 척화 삼학사

'숭명배청' 사상과 효종의 북벌론(北伐論)을 적극 주장했던 우암(尤庵) 송시열(宋時烈, 1607~1689)이 살다 간 17세기 무렵은 조선이 임진 · 정묘 · 병자 전쟁을 치른 혼란한 시기였다. 송시열의 북벌론에 대하여 "백형(伯兄) 시희(時熹)가 인조(仁祖) 5년 정묘호란(丁卯胡亂) 때 살해된 원한으로 인한 사무친 복수심이 개인적인 동기가 되었고, 인조 14년 병자호란으로 겪어야 했던 국치를 설욕(雪辱)하겠다는 효종(孝宗)의 굳은 의지에 감동하여 이에 적극적으로 참여하게 된 것이 공적(公的)인 동기"[15] 라고 보는 견해도 있다. 그러나 형님이 피살됐다는 개인적 연고가 송시열의 '숭명배청' 사상의 전부의 이유는 아닐 것이다. 오랜 기간 동안 명과는 주종(主從) 관계를 이루어왔기에 명에 대해서는 불사이군(不事二君)의 의리(義理)를 지키기 위함도 있었을 것이다. 「삼학사전」은 바로 송시열의 이러한 사상에 입각하여 지어진 것으로 보인다. 「삼학사전」은 송시열 외에도 이재(李栽)와 황경원(黃景原)에 의해 각각 입전되었으나 송시열이 가장 먼저 입전한 집전(集傳)이다.

집전이란 그 미덕이나 사상, 행동 패턴, 혹은 인간 유형에 있어 비슷한 지향을 보이는 사람들을 하나의 주제 아래 묶어 다루는 방식으로 맨 뒤에 총평이 붙어 있는바 본 「삼학사전」은 이와 같은 전형적인 집전의

15) 洪淳昶, 「宋子의 北伐論과 民族意識」, 『尤菴思想研究論叢』, 태학사, 1992, 235쪽.

형식을 취하고 있다.[16] 이른바 삼학사(三學士)란 병자전쟁의 척화신으로 척화 삼학사 또는 병자 삼학사라고도 한다. 조선이 청에 항복하고 화의가 성립되자, 청에서는 전쟁의 책임을 척화론자에게 돌려 이들을 청에 압송할 것을 요구했다. 홍익한은 대표적인 척화론자로 평양에서 회군하는 청군에 잡혀 심양으로 압송됐으며 윤집과 오달제는 스스로 척화론자로 나섰다. 이 셋은 청의 회유와 협박에 굴하지 않고 척화의 대의를 끝까지 밝히다가 모두 처형당했으며 조선 조정에서는 홍익한에게 충정(忠正), 오달제에게는 충렬(忠烈), 윤집에게는 충정(忠貞)이라는 시호를 주었고 모두를 영의정으로 추증했다.

우선, 「삼학사전」에서 교대한 홍익한 · 윤집 · 오달제의 내력을 살펴보면 아래와 같다.

> ① 장령(掌令) 홍익한은 남양인(南陽人)으로 자는 백승(伯升)이다. 젊어서부터 총명하고 풍채가 빼어나며 효우(孝友)하고 충신(忠信)하였다. 매양 사서(史書)를 읽을 때마다 절의(節義)에 죽은 사람을 보면 반드시 낯빛을 고치고 마음으로 사모하였다. 광해군(光海君) 신유년(1621) 알성문과(謁聖文科)에 급제하였으나, 이때는 권세(權勢) 있는 집 자제(子弟)가 아니면 선임(選任)되지 못하던 터라, 시험을 주관한 자가 끝내 공을 빼 버렸지만 공은 태연하였다. 인조(仁祖) 갑자년(1624)에 상이 공주(公州)로 파천해 있으면서 정시문과(庭試文科)를 설시하였는데, 공이 여기에서 장원(狀元)하여 전례대로 전적(典籍)에 제수되었다. 감찰(監察)로 주청사(奏請使)의 서장관(書狀官)이 되어 명(明) 나라에 가서는 당저(當宁 현재 임금, 즉 인조를 말함)에게 고명(誥

16) 崔俊夏, 「尤庵 宋時烈의 '傳'文學 硏究」, 『우리말글』, 우리말글학회, 1993, 12~263쪽.

命)과 면복(冕服)을 내려줄 것을 주청하였는데, 일을 주관하는 자가 이를 저지시켜 일이 거의 성취되지 못할 뻔하였으나 끝내 소청(所請)을 달성하고 돌아오게 되었으니 실로 공이 주선(周旋)한 힘이었다. 대간(臺諫)이 하찮은 일로 사신(使臣) 일행들의 관직(官職)을 삭제할 것을 논의하였으나, 상이 멀리 항해(航海)해서 사명을 완수했다 하여 모두 서용(敍用)할 것을 명하였다. 공은 이로부터 시종(侍從)을 거쳐 고령 현감(高靈縣監)으로 나갔다.[17)]

② 교리(校理) 윤집은 남원인(南原人)으로 자(字)는 성백(成伯)인데 만력 병오년(1606, 선조 39년)에 태어났다. 13세 되던 해에 아버지 형갑(衡甲)이 별세하자, 백형(伯兄)인 계(棨)가 문행(文行)을 가르쳐서 독실하고 지극하여 게으르지 않았다. 천계[天啓, 명희종(明熹宗)의 연호] 정묘년(1627, 인조 5년)에 생원시(生員試)에 합격하고 신미년(1631, 인조 9년) 문과(文科)에 급제하여 괴원(槐院)에 예속되고 이어 시강원(侍講院)에 옮겨져서 설서(說書)가 되었다. 또 사국(史局)의 천거가 있었으나 들어가지 못하고 사서(司書)에 승진되었다. 상(喪)을 마치고는 사간원정언(司諫院正言)이 되었는데, 윤계는 이때 이조(吏曹)의 낭관(郎官)이 되어 형제가 서로 경계하기를, "우리들이 남보다 뛰어난 것이 없는데도 함께 청반(淸班)에 들었으니, 이것이 매우 두려운 것이다." 하였다. 이윽고 홍문관(弘文館)의 수찬(修撰) · 교리(校理)가 되고, 헌납(獻納) · 이조(吏曹)의 낭관(郎官)을 거쳐 성균관직강(成均館直講)이 되어 영남(嶺南)에서 시사(試士)하였으니, 이때가 병자년 9월

17) 洪翼漢。南陽人。字伯升。自少聰明秀發。孝友忠信。每讀史見死節義者。則必色動而心慕焉。光海辛酉。中謁聖科。時非權勢家子弟。則不得與選。主試者竟拔去。公亦夷然也。仁廟甲子。上幸公州。設庭試。公爲壯元。例受典籍。以監察。充奏請使書狀。請當宁誥命冕服。主事者沮遏。事幾不諧。竟得準請而歸。實公周旋之力也。臺諫以微事論。削一行人官職。上以其涉海竣事。悉命還敍。公由是由侍從出爲高靈縣監。송시열,『宋子大全』, 卷二百十四, 한국문집총간, 민족문화추진회.(이 작품은 민족문화추진회의 번역문을 인용하였음을 밝힘.)

이었다. 미처 복명(復命)하기도 전에 도중(道中)에서 헌납에 제수되었고, 겨울에 다시 교리(校理)가 되었다.[18)]

③ 수찬(修撰) 오달제(吳達濟)의 자는 계휘(季輝)이고 해주인(海州人)이다. 19세에 정묘년(1627, 인조 5년)의 사마시(司馬試)에 합격하였고, 26세 때 문과에 장원하여 성균관전적(成均館典籍)으로부터 병조좌랑(兵曹佐郎), 시강원사서(侍講院司書), 사간원정언(司諫院正言), 사헌부지평(司憲府持平), 홍문관(弘文館) 수찬(修撰) · 교리(校理)를 역임하고, 병자년(1636, 인조 14년) 5월에 부교리(副校理)가 되었다.[19)]

①, ②, ③은 각각 작품의 입전 대상인 홍익한 · 윤집 · 오달제에 대한 소개이다. 이로부터 세 사람은 모두 과거를 보아 합격했음을 알 수 있다. 병자년 그들의 나이를 살펴보면 홍익한이 51세이고 윤집이 31세, 그리고 오달제는 불과 28세였다. 벼슬길에 오른 시간을 보더라도 모두 인조반정 이후였으며 그들의 관직 사헌부장령과 홍문관 교리 · 수찬 등은 모두 언관(言官)임을 알 수 있다.

다음, 그들이 올린 상소에 대해 보기로 하겠다.

① 정묘년(1627, 인조 5년)에 강홍립(姜弘立)이 노(虜)의 선도(先導)가 되어 우리 국경(國境)을 침범하자, 공이 현병(縣兵)을 거느리고 적

---

18) 尹集南原人。字成伯。生於萬曆丙午。生十三歲。其考衡甲沒。伯兄棨。教以文行。篤至不懈。天啓丁卯。中生員。辛未。擢文科。隷槐院。移侍講院爲說書。又有史局薦。未入而陞司書。憂吉。拜司諫院正言。棨時爲 天曹郎。兄弟相戒曰。吾等無以逾人。而俱玷淸班。此甚可懼者也。尋爲弘文館修撰, 校理。歷獻納, 吏曹郎。以成均直講。試士于嶺南。時丙子九月也。未及復命。路拜獻納。冬復爲校理。

19) 吳達濟字季輝。海州人。年十九。中丁卯司馬。二十六。文科壯元。由成均典籍。歷兵曹佐郎, 侍講院司書, 司諫院正言, 司憲府持平, 弘文館修撰˙校理。丙子五月。爲副校理。

을 토벌하기 위해 불철주야 달려갔으나, 조정이 벌써 노와 강화(講和)하여 노는 철수해서 돌아갔고 강홍립은 그대로 우리 조정에 유치되었다. 공은 이때 정언(正言)이 되어, 노에게 항복해서 고국(故國)을 배반하여 해친 강홍립의 죄를 엄히 다스릴 것을 청하였다. 병자년(1636, 인조 14년) 봄, 장령(掌令)에 제수되었는데, 이때 노가 사신을 보내와서 참호(僭號)의 일을 논의하자 공이 소(疏)를 올렸는데 그 대략은 다음과 같다.

신이 일전에 의주 부윤(義州府尹) 이준(李浚)의 장계(狀啓)를 보니, 바로 금한[金汗, 후금(後金) 곧 청(淸)의 태조(太祖) 누르하치를 말함]이 황제(皇帝)라 자칭한 일이었습니다. 그래서 이준이 하늘에는 두 개의 태양이 없다는 등의 말로 그들을 물리쳤으므로, 신은 자신도 모르게 기뻐서 한없이 펄펄 뛰면서 우리 조정의 예의(禮義)와 명분(名分)이 너무도 빛남을 더욱 알게 되었습니다. 활[弓]을 가진 하찮은 무부(武夫)도 오히려 스스로 지킬 줄을 알아 이처럼 늠름하게 굴하지 않고 항거하였는데, 하물며 성상(聖上)의 묘당(廟堂)에 있는 제신(諸臣)들이야 어찌 한 무부(武夫)만 못하겠습니까.

신은 세상에 막 태어났을 때부터 대명 천자(大明天子)가 있다고만 들었을 뿐입니다. 지금 이 노(虜)의 말은 어찌하여 이 지경에 이르렀습니까. 이전에 적신(賊臣, 강홍립을 말함)이 오랑캐를 이끌고 갑자기 들이닥치므로, 대가(大駕)가 파천하여 그들과 강화(講和)하였으니, 이것이 비록 부득이한 사정에서 나온 것이기는 하나, 만일 그때에 강홍립의 머리를 먼저 효시(梟示)하여 우리의 당당한 대의(大義)를 일성(日星)처럼 밝게 내세웠더라면 융적(戎狄)이 아무리 이리 같은 악독한 무리들이라 할지라도 어찌 우리 조정의 아름다운 예의에 감동하여 흠모하지 않겠습니까. 이런 계책은 내지 못하고 오직 강홍립을 얻은 것만을 다행으로 여겨 그를 의지하여 안위(安危)의 기틀로 삼았으니, 저들이 우리를 오랑캐로 만들고 신첩(臣妾)으로 만들려는 것이 실로 이 때문입니다.

신은 참제(僭帝)의 설(說)을 듣고부터 담(膽)이 찢어질 듯하고 기(氣)가 꺾인 듯하여, 차라리 노중련(魯仲連)처럼 죽어서 차마 그 말이 내 귀를 더럽히도록 하지 않고 싶었습니다. 우리나라는 비록 궁벽한 바닷가에 있지만, 본디부터 예의의 나라로 천하에 알려져서 천하가 소중화(小中華)라 일컬었고, 열성(列聖)들이 서로 이어서 대대로 번직(藩職)을 닦아, 사대(事大)하는 일편단심이 정성스럽고도 근실하였습니다. 지금에 와서 노(虜)를 받들어 구차하게 눈앞의 안일(安逸)만 도모한다면 비록 시간은 조금 연장된다 할지라도, 조종(祖宗)에게는 어찌하며 천하 후세에는 어찌하겠습니까.

또 듣건대, 호차[胡差, 청(淸) 나라의 사신(使臣)]가 대동한 무리는 절반이나 새로 귀부(歸附)한 서달(西㺚)이었다고 하니, 대저 서달은 우리에게 진작 교빙(交聘)의 예(禮)도 없었는데 어찌 빈접(儐接)할 도리가 있겠습니까. 거절하고 받아들이지 않았어야 옳은데도, 그들이 경내(境內)에 들어온 지 여러 날이 되었지만 묘당(廟堂)에서 전혀 한마디 말도 없었으니, 신은 그 묘당에 처해 있는 자가 어떤 사람인지를 모르겠습니다. 평상시부터 이미 직무를 게을리해 오다가 재앙이 눈앞에 닥친 오늘날에도 태연하게 움직이지 않으니, 이는 군부(君父)가 모욕당하는 것을 보는 감정이 오인(吳人)과 월인(越人)이 서로 적대시한 것보다 심합니다. 그렇다면 노인(虜人)이 우리를 모욕하는 것은 실로 우리 묘당에서 초래한 것입니다. 아, 사태가 이미 급박하게 되어 무릇 혈기(血氣)가 있는 자는 모두 분격하여 팔을 걷어붙이고 간이 떨리는 지경인데도, 원수(元帥)는 산릉(山陵)에 한가로이 앉아 있고, 성명(聖明)께서는 묵묵히 구중궁궐에 거처하시어 한 가지 일도 규획(規劃)하신 것이 없으니 신은 그 이유를 모르겠습니다.[20]

---

20) 丁卯。姜弘立導虜犯境。公領縣兵。晨夜赴亂。則朝廷已與虜講和。虜撤歸。因留弘立于我矣。公爲正言。請治弘立降虜反噬之罪。丙子春。拜掌令。時虜遣使來議僭號事。公上疏其略曰。臣日接義州府尹李浚狀啓。卽金汗稱帝事也。浚能以天無二日等語攘却之。臣不覺曲踊距踊者三百。而益知我朝禮義名分炳炳不昧。猶

홍익한은 정묘전쟁 당시 후금군이 국경을 침범하자 현병을 이끌고 대항하려 하였으나 조정이 후금과 화의를 맺은 뒤였다. 이에 강홍립의 죄를 다스릴 것을 주청하였으며 병자년에는 용골대와 마부대를 참하라는 상소를 올린 바 있다. 위 문장은 홍타이지가 황제를 칭한 사건에 대해 올린 소인데 세상에 태어났을 때부터 대명 천자(大明天子)가 있다고만 들었을 뿐이라며 정묘전쟁의 예를 들며 응당 강홍립을 효시하여 조선의 대의를 내세워야 했었다고 강조한다. 참제(僭帝)의 설을 들을지언정 노중련처럼 죽어서 말이 귀를 더럽히도록 하지 않고 싶었다고 한다. 조선을 예의의 나라이며 소중화라 일컬었고, 사대하는 일편단심에 대해 강조한다. 그리고 청에 의해 모욕당하는 것을 조정의 중신들이 초래한 일이라며 원수는 산릉에 한가로이 앉아 있고, 임금은 구중궁궐에 있으면서 아무것도 규획하지 않음을 책망한다.

使操弓武夫能知自守。而抗厲不撓。若是凜凜。況於聖上廟堂諸臣。豈下於一武弁哉。臣自墮地之初。只聞有大明天子耳。今此虜言。奚爲而至哉。向者賊臣引寇猝至。乘輿播越。乞和爲好。雖出於不得已。而苟於其時先梟弘立之首。使我堂堂大義。昭揭如日星。則戎狄雖豺狼。豈無感聳欽艶我禮義之爲美乎。計不出此。惟以得弘立爲幸。而倚以爲安危之機。彼其欲左衽我臣妾我者。實由是耳。臣自聞僭帝之說。膽欲裂而氣欲短。寧爲魯連之死而不忍使其言汚耳也。我國雖僻在海隅。素以禮義聞於天下。天下稱之以小中華。而列聖相承。世修藩職。事大一心。恪且勤矣。今以奉虜偸安。縱得晷刻之淹。其於祖宗何。天下後世何。且聞胡差所帶者。半是新附之西㺚。夫西㺚之於我。旣無交聘之禮。則奚有儐接之道拒而不受可也。而入境有日。訖無廟堂之一言。臣未知其處廟堂者何人也。旣已恬嬉於平昔。而今此朝夕禍迫之日。猶且晏然不動。其視君父之受侮。不翅吳越人之尋常。然則虜人之侮我。實是廟堂之所召也。嗚呼。事已急矣。凡有血氣者。莫不扼腕顫膽。而元戎閒坐於山陵。聖明淵默而深居。寂無一事之規畫。臣不識其所以然也。

② 이때 화의(和議)가 다시 행해졌는데, 최명길(崔鳴吉)이 실상 그 일을 주관하면서 정인(正人)들이 그 사이에 반론(反論)을 제기하는 것을 싫어했다. 그래서 모의(謀議)가 누설되지 않게 하기 위해 일을 주달(奏達)할 때에는 승지(承旨)와 사관(史官)을 물리칠 것을 청하였다. 공은 이 말을 듣고 분개하게 여겨 소(疏)를 올렸는데, 그 대략에, “요즘 일종의 사특하고 해괴망측한 말이 있어 위로 천총(天聰)을 가리고 아래로 인망(人望)을 끊어버리니, 장차 천지가 캄캄해지고 의리(義理)가 단절되어 나라가 나라 꼴이 되지 못하고 사람이 사람 꼴이 되지 못하게 될 것입니다. 대저 화의가 국가(國家)를 망치고 종팽(宗祊)을 단절시킨 것이 오늘날에만 있는 일은 아니나, 이제처럼 심한 적은 없었습니다. 천조(天祖)는 우리나라에 대해 바로 부모(父母)이고, 노적(奴賊)은 우리나라에 대해 바로 부모의 원수입니다. 신자(臣子)가 된 사람으로서 부모의 원수와 형제가 되기를 약속하고 부모는 돌아본 체도 하지 않고 태연하여 부끄럽게 여기지 않아서야 되겠습니까. 더구나 임진왜란(壬辰倭亂) 때의 일로 말하면, 아무리 미세한 일까지도 모두 황제의 힘이었으니 우리나라로서는 잠시도 그 은혜를 잊기 어렵습니다. 지난번 노(虜)가 경사(京師)를 침범하여 황릉(皇陵)을 더럽혀, 놀란 마음 뼈에 사무치고 비참한 소식 차마 들을 수 없었습니다. 차라리 나라와 함께 쓰러질지언정 의리를 구차하게 보전할 수는 없습니다. 돌아보건대 군대가 약하고 힘이 미약하여 비록 다 종정(從征)하지는 못하지만, 어찌 차마 이런 때에 화의를 제창할 수 있겠습니까. 지난날에 성명(聖明)께서 혁연히 분발하시어 의(義)를 들어, 그들을 척절(斥絕)하여 중외(中外)에 포고(布告)하고 천조에 상주하시니, 우리 동토(東土) 수천 리가 거의 오랑캐를 면하게 되었습니다. 뜻밖에 요즈음 권면하는 칙서(勅書)가 내리자마자 사의(邪議)가 곧이어 일어나니, 인심(人心)의 분개함을 다시 어떻게 해야 하겠습니까. 더구나 승지(承旨)와 시신(侍臣)을 물리쳐야 한다는 말은 아, 너무 심합니다. 나랏일을 꾀하는 말은 귀엣말이 아니고, 군신 간에는 밀어(密語)를 할

의리가 없는 것이니, 묻는 말이나 대답하는 말이 진정 의(義)에 입각한 것이라면 비록 천만 명이 듣는다 할지라도 무엇이 해롭겠습니까. 그러나 만일 의가 아니라면 깊은 방구석이라 할지라도 부끄러울 것이니 하늘이야 속일 수 있겠습니까.

이제 안으로는 조정과 밖으로는 백성들이 모두 최명길을 씹어 먹으려고 하는 판인데, 전하께서는 구중궁궐에 깊숙이 계시어 혼자만 모르십니다. 오달제의 소[21]는 실로 공론에서 나온 것인데 곧바로 엄

---

21) 수찬 오달제가 상소하기를, "지난번 최명길이 사신을 보내어 서신을 통하자는 의논을 화의(和議)를 거절한 후에 발론했고, 또 삼사의 공론이 이미 제기되었는데도 오히려 국가의 사체(事體)는 생각지 않고 상의 의중만 믿고서 경연 석상에서 등대한 날 감히 황당한 말을 진달하여 위로는 성상의 귀를 현혹시키고 공의(公議)를 견제하였으며, 심지어는 대론(臺論)이 제기되었더라도 한편으로 사신을 들여보내야 한다고 말을 하였습니다. 아, '한 마디의 말이 나라를 망친다.'는 것은 이를 두고 말한 것인가 봅니다. 그 말의 전도됨이 몹시 해괴합니다. 옥당(玉堂)이 대면하여 책망하고 중론이 격분하여 일어나기까지 하였으니, 명길은 의당 황공해하고 위축되어 물의를 기다리는 것이 도리일 텐데, 오히려 태연하게 차자를 올려 이치에 어긋나는 논리를 다시 전개하여 오히려 강화하는 일이 끊기기라도 할까 두려워하면서 의리가 어떠한지는 돌아보지 않았습니다. 대체로 대각(臺閣)의 의논은 체면이 몹시 중한 것입니다. 비록 대신의 지위에 있더라도 감히 대항하지 못하고 책임을 지고 사직하여 불안한 뜻을 보이는 것인데, 명길은 어떤 사람이기에 유독 공론을 두려워하지 않음이 이처럼 극도에 이른단 말입니까. 방자하고 거리낌 없는 죄를 바로잡지 아니할 수 없습니다. 신이 이런 의향을 본관(本館)이 함께 모인 자리에서 여러 번 발론하였으나 끝내 의견의 일치를 보지 못하였습니다. 신이 이미 발론했으나 견제가 이와 같으니 신을 파직하소서." 하였는데, 상이 답하지 않았다. 이어 하교하기를, "대체로 사람이 잘못이 있으면 그 잘못된 것만 책망하는 것은 옳지만 만약 경중을 살피지 않고 또 지위의 높고 낮은 것을 가리지 않고 기회를 틈타 마음 내키는 대로 매도하는 것은 몹시 옳지 못한 것이다. 판윤 최명길은 1품 중신으로 사직에 공이 있는 사람이다. 그의 말이 설사 맞지 않는 것이 있더라도 절대로 멸시하고 욕을 해서는 아니 되는 것인데, 젖비린내 나는 어린 사람도 모욕을 주니, 오늘날 국가 풍습은 과연 한심스럽다 하겠다. 오달제를 우선 파직하라." 하였다. 정원과 헌부가 함께, 파직하라는 명을 도로 거두도록 주청하였으나, 상이 끝내 듣지 않았다. 살펴보건대, 달제가 차자를 올려 명길을 논박하려고 하자 교리 김광혁

한 꾸지람을 받았으니, 뇌정(雷霆) 같은 전하의 노여움 아래 꺾이지 않을 자가 어디 있겠습니까. 심지어 이민구(李敏求)는 간장[諫長, 대사간(大司諫)을 가리킴.]의 높은 관직에 있으면서도 공론을 구제하지 않고 흐리멍덩하게 인피(引避)하여 전계(前啓)를 갑자기 정지하였으니, 기타 신진 후배들이 더러운 습속에 붙좇은 것은 괴이할 것도 없습니다. 명길(鳴吉)의 차자(箚子)는 매우 장황하여 천청(天聽)을 현혹시키되 드디어 주호(朱胡) 두 현인(賢人) 및 우리나라 다소의 명현(名賢)을 들어 그들과 화의를 주장했다고 지적하여 구실을 삼았습니다. 또 지난날 오랑캐를 척절(斥絕)했던 것은 성상(聖上)의 허물이라고 지적하고, 심지어는 '허물을 고치기를 꺼리지 말아야 한다.' 고까지 말하였으며, 또 이어서 '생령(生靈)이 도탄(塗炭)에 빠지면 종사(宗社)에도 제사를 지내지 못하게 됩니다.' 하여, 그 변환(變幻)하는 언사(言辭)가 성상의 마음을 요동시켰습니다. 대저 밖으로 강한 구적(寇賊)의 형세를 끼고서 안으로 자기 임금을 협박하는 일을 차마 할 수 있겠습니까. 그리고 대론(臺論)이 비록 일어났다 하더라도 한쪽으로 청나라에 글을 보내는 것도 불가한 것이 아니라고 하였으니, 조정을 조정으로 보지 않고 대각(臺閣)을 대각으로 보지 않은 것이 어찌 이 지경에 이르렀단 말입니까. 이 말은 전하의 나라를 망치고도 남음이 있는 말인데도, 전하께서는 그의 죄(罪)를 바로잡지 않을 뿐만 아니라 도

은 "이 논핵은 없을 수 없다." 하여 몹시 힘을 주어 말했는데, 그 후에 말하기를 "나의 처가 명길의 처와 족분(族分)이 있으니 혐의가 있어 논의에 참석할 수 없다." 하였고, 수찬 이도는 처음에는 함께 상의하였으나 뒤에는 병을 칭탁하고 오지 않으니, 달제가 분개하여 마침내 상소하여 대항한 것이다. 달제가 후일 화를 당한 것은 실로 여기에서 말미암은 것이다. 이도의 부정함은 참으로 논할 것도 없지만, 광혁은 평소 기개가 있다고 일컬어진 사람으로 명길에 대해서도 인정하지 않았는데, 상의 뜻이 명길에게 향한 것을 알아차리고 또 홍처후 등이 명길을 논핵하였다가 견책당한 것을 보고는 당초의 소견을 바꾸어 억지로 법밖의 일로 인혐하니, 물의가 그르게 여겼다. 『인조실록』, 인조 14년 병자 10월 1일 임신.

리어 그의 말을 들어줌으로써 합계(合啓)가 한창 치성하였지만 국서(國書)가 이미 강(江)을 건너가버렸습니다. 아, 국가에서 대간(臺諫)을 설치하였으나 또한 어디에 쓰겠습니까." 이다.[22]

이는 청과의 주화론에 반발하는 상소이다. 작품에서는 최명길이 청과의 화의를 도모하는 일을 주관하게 되었는데 반론을 제기하는 것을 싫어하며 그에 관한 일을 주달할 때에는 승지와 사관을 물리쳤다고 하였다. 이에 윤집이 분개하여 최명길 일파를 천총을 가리고 인망을 끊는 무리로 규정하고, 그들이 제창하는 화의가 국가를 망치고 종사를 단절시키는 행위라고 하였다. 그리고 명을 부모의 나라로, 청을 부모의 원수

---

22) 崔鳴吉實主其事。惡正人齟齬其間。不欲其謀議宣洩。奏事時請去承旨, 史官。公聞之憤惋。上疏其略曰。近有一種邪佞怪慝之言。上蔽天聰。下絶人望。將使天地晦塞。義理斁絶。國不得爲國。人不得爲人。夫和議之亡人國家。覆人宗祊。匪今斯今。而未有如今日之甚者也。天朝之於我國。乃父母也。奴賊之於我國。卽父母之仇讎也。爲人臣子者。其可與父母之仇讎。約爲兄弟。而置父母於相忘之域。恬然不以爲恥乎。而況壬辰之事。秋毫皆帝力。其在我國。食息難忘。而頃者虜逼京師。震汚皇陵。驚心痛骨。慘不忍聞。寧以國斃。義不可苟全。而顧兵弱力微。雖未能悉賦從征。亦何忍更以和議。倡之於此時乎。往日聖明。赫然奮發。據義斥絶。布告中外。轉奏天朝。環東土數千里。庶免其被髮左衽矣。不圖玆者獎紉纔降。邪議旋發。人心之憤。當復如何。又況承旨侍臣。亦可屛去云者。噫噫亦太甚矣。謀國非附耳之言。君臣無密語之義。所言所答。如其義也。雖使千萬人參聽。亦何傷乎。如非義也。屋漏猶愧。天可欺乎。今內而朝廷。外而民庶。皆欲食其肉。殿下深居九重。獨未之知耳。吳達濟之疏。實出於公論。而旋被嚴譴。雷霆之下。莫不摧折。至如李敏求。以秩高諫長。不恤公論。朦朧引避。遽停前啓。其他新進後輩。依阿淟涊。無足怪也。鳴吉箚子。許多張皇。熒惑天聽。遂擧朱, 胡兩賢及我國多少名賢。指爲主和。以資口實。且以頃日之斥絶。指爲聖上之過。至以勿憚改爲言。繼之曰。生靈塗炭。宗社不血食。言辭變幻。震搖聖心。夫外挾強寇之勢。以內劫其主。是可忍耶。且臺論雖發。一邊送書。未爲不可云者。何其不有朝廷。不有臺閣。至於此極也。是言亦足以亡殿下之國。而殿下非惟不能正其罪。乃反用其言。合啓方張。而國書已渡江。嗚呼。國家之置臺諫。亦奚用哉。

로, 청과의 화의를 비루하다고 하면서 '재조지은'을 재삼 강조한다. 그리고 아무리 최명길 일파가 모의가 누설되지 않게 비밀리에 행하여도 하늘은 속일 수 없다며 조정과 백성들이 모두 최명길을 씹어 먹으려고 하는 판인데 임금만 모를 뿐이라며 격분한다. 그리고 임금의 노여움 아래 꺾이어 이민구가 전계를 정지하는 등 흐리멍덩한 태도를 비판하였다. 그리고 최명길의 매국 모의를 임금이 간파하지 못하고 따르고 있음을 간하고 있다.

> ③ "대각(臺閣)이란 공론(公論)이 있는 곳입니다. 공론이 한 번 나오면 비록 임금의 지존(至尊)으로도 위협하지 못하며 대신(大臣)의 중한 위치로도 막을 수 없는 법인데, 하물며 집요하게 임금의 뜻을 영합(迎合)하는 일개 험신(憸臣, 간사하여 아첨을 잘하는 신하)으로 감히 공론(公論)과 서로 맞설 수 있겠습니까. 지난번에 조정에서 이미 화의를 척절(斥絕)한 뒤에 최명길(崔鳴吉)이 사신을 노(虜)에 보내자는 뜻을 내었으니, 그의 간사하고 기만적인 의논은 진실로 가증스러운 것인데, 다만 재택(財擇, 재단하여 채택함)하여 취사(取捨)하는 권한이 군상(君上)에게 있기 때문에 조정에서 차치하고 논하지 않았던 것입니다. 그 후에 대간이 묘당의 모책(謀策)을 그르다고 여겨 다투어 서로 인피(引避)하고 의논이 매우 격렬해지자 옥당(玉堂)에서도 의(義)를 빙거하여 논변(論辨)하였으니, 이야말로 삼사(三司)의 공론이 이미 나온 것입니다. 그런데도 명길(鳴吉)은 상의(上意)의 제재(所在)만 믿고 국가의 사세(事勢)는 생각하지도 않은 채 등대(登對)하던 날에 감히 기만적이고 위협적인 말을 진술하여, 위로는 천청(天聽)을 혹란(惑亂)시키고 아래로는 공의(公議)를 위협으로 제재하였으며, 심지어 '대론(臺論)이 비록 나왔다 하더라도 한쪽으로는 사신(使臣)을 보내야 합니다.' 고까지 하였으니, 예부터 대론을 돌아보지 않고 제 뜻대로 직행(直行)하는 술책으로 그 군상(君上)을 인도한 자가 어디에 있

었습니까.

이윽고 옥당으로부터 면척(面斥)을 당하고 군의(群議)가 다투어 변론하기에 이르러서는, 의당 위축하여 두렵고 부끄러운 태도를 갖고서 물의(物議)가 정해지는 것을 기다려야 할 것인데도 오히려 또 거만하게 차자(箚子)를 올려 오직 화의가 이루어지지 못할까 걱정하였으니, 그 방자하여 꺼림이 없는 죄는 바로잡지 않을 수 없습니다." 하였다.[23]

여기서는 공론의 지엄함에 대해 강조하면서 최명길의 화의를 간사하고 기만적인 의논이라 하고 가증스럽다고 하였다. 그러면서 그간 있었던 조정의 공론에 대해 시비를 가리며 최명길이 임금의 뜻만 믿고 국가의 사세를 생각하지 않으며 위로는 천청(天聽)을 혹란시키고 아래로는 공의를 위협으로 제재하였다고 비판한다. 그럼에도 불구하고 최명길이 차자(箚子)를 올려 [24] 화의가 이루어지지 못할까 봐 걱정을 했던 행동들

---

23) 公上疏曰。臺閣者。公論之所在也。公論一發則雖以人主之尊。不能脅持。大臣之重。不能沮遏。況以執拗逢君之一憸臣。而敢與公論相爭乎。頃者崔鳴吉。以送使通虜之意。發於朝廷絶和之後。其議論之邪遁。固已可惡。而第以財擇取舍之柄在於君上。故朝廷置而不論矣。厥後臺諫以廟謨爲非。爭相引避。議論甚峻。玉堂亦據義論辨。是三司之公論旣已發矣。而鳴吉恃上意之所在。不念國家之事勢。乃於登對之日。敢陳誑嚇之說。上以惑亂天聽。下以威制公議。至以臺論雖發。一邊送使爲言。自古安有以不恤臺論。率意直行之術。導其君上者乎。及至玉堂面斥。群議爭辨。則所當縮伏愧懼。以俟物議之所定。而猶且偃然陳箚。惟恐和事之不成。其縱恣無忌之罪。不可不正。

24) 판윤 최명길이 상차하기를, "요즈음 대각(臺閣)에서는 사람마다 모두 척화(斥和)를 주장하고 있으나 유독 간원의 차자만은 언론이 몹시 정당하고 방략(方略)이 채택할 만하니, 대중을 따라 부화뇌동하는 데 비길 것이 아닌 듯 싶습니다. 참으로 묘당의 뜻이 오로지 척화에 있다면 회계하는 말을 어찌 모두 몽롱하게 엄호하여 한 가지도 시행함이 없게 한단 말입니까. 이것은 원래 정산(定算)은 없고 다만 지연시키기 위한 계책에 불과할 뿐입니다. 대체로 간원의 의논을 받아들

을 방자하며 바로잡아야 할 죄라고 비판한다.

①, ②, ③은 척화파인 삼학사가 주화파 최명길에 대해 비판한 것이다. 이는 조선 조정의 척화론과 주화론의 피 터지는 대결의 한 장면이다. 삼학사를 포함한 척화론자들은 명을 섬기고 청을 배척하는 것을 으뜸가는 의리로 꼽으며 심지어 목숨까지 내놓았다. 그들은 대명과의 의

여 나가 싸우거나 물러가 지킬 계책을 결정하지 못하고, 또 신의 말을 받아들여 병화를 완화시킬 계책을 세우지 않으니, 하루아침에 노기(虜騎)가 휘몰아 오면 체신(體臣)은 강도로 들어가 지키고 수신(帥臣)은 정방(正方)에 물러가 있으면서 청북(淸北)의 여러 고을은 버리어 도적에게 주는 수밖에 없을 것입니다. 그렇게 되면 필시 안주성만 홀로 온전할 수 없어서 생령이 어육이 되고 종사가 파천(播遷)하게 될 것이니, 이런 지경에 이르면 그 잘못은 누가 책임을 지겠습니까. 신의 어리석은 생각으로는, 대가(大駕)가 진주(進駐)하는 것은 경솔히 의논할 수 없으나 체신과 수신은 모두 평안도에 개부(開府)하고 병사(兵使)도 의주에 들어가 거처하여, 진격만 있고 퇴각은 없다는 것을 제장(諸將)들과 약속하는 것이, 전수(戰守)의 상도(常道)에 부합되는 것으로 여겨집니다. 그리고 심양(瀋陽)에 서찰을 보내어 군신의 대의를 모두 진달하고 이어 추신(秋信)을 보내지 못한 이유를 말하여 한편으론 오랑캐의 정황을 탐색하고 또 한편으론 저편의 답서를 관찰하여, 저편이 다른 생각이 없고 그대로 형제의 예를 쓰면, 호 씨(胡氏)가 논한 것을 따라 우선 전약(前約)을 지키고 안으로 정사를 닦아서 후일을 도모해 후진(後晋)의 전철을 밟지 않도록 힘쓰고, 만일 그렇지 않다면 용만(龍灣)을 고수하여 성을 등지고 한바탕 싸워서 안위(安危)를 변상(邊上)에서 결정하는 것이 혹 만전지책은 되지 못하더라도 대책 없이 망하기를 기다리는 것보다는 낫다고 여겨집니다. 이것을 놓아두고 도모하지 않고 한결같이 우물쭈물하여, 나아가 싸우자고 말하고 싶으나 의구심이 없지 않고, 기미할 계책을 말하고 싶으나 또 비방하는 소리를 들을까 두려워하여 이러지도 못하고 저러지도 못하여 진퇴가 분명치 않은 것입니다. 강물이 얼게 되면 화가 목전에 닥칠 것이니 소위 '너의 의논이 결정될 때는 나는 벌써 강을 건넌다.'는 말과 불행히도 가까우니, 신은 매우 통탄스럽습니다. 지금은 이미 늦기는 하였으나 그래도 해볼 만하니, 삼가 바라건대 전하께서는 신의 이번 차자를 묘당에 내리시어 혹 지난번처럼 묻어두지 말고, 속히 의논하고 복계하여 후회하는 일이 없게 하면 몹시 다행이겠습니다." 하였는데, 차자가 들어갔으나 답하지 않았다. 『인조실록』, 인조 14년 병자 9월 5일 병오.

리론을 내세우면서 청과의 그 어떤 교섭도 모두 부정하고 반대했다. 이들은 정묘전쟁에서의 굴복으로부터 시작하여 그 후 조선이 자강하지 못한 것을 모두 주화파의 책임으로 돌리고 이를 종용한 임금에 대해서도 비판을 가했다. 척화론은 주로 삼학사와 같은 삼사(三司)의 언관들에 의해 제기되었는데, 대표적인 주화파 최명길은 그들의 공격 대상이 되었다. 최명길은 형세를 따지지 않고 주자학 명분론과 의리론만을 내세우는 삼사 언론의 무책임성에 대해 강하게 비판하고 그에 물 젖은 당시 관료들과 유생들의 한계에 대해서 설파하였다.

삼학사를 포함한 척화론은 주자학 명분론과 의리론을 국가의 존립 그 자체보다 중시하는 입장이었다면 주화론은 민생을 보호하고 국가의 존립을 우선으로 하는 약소국가의 대비책이었다. 주화론과 척화론의 대결은 정묘전쟁과 병자전쟁이란 2회에 걸친 조-청전쟁에서 일제히 힘을 모아 청을 대적할 수 없었던 조선 조정 내부의 자아난투극이었으며 조-청전쟁에서의 중요한 부분인 정신(사상)적 전쟁이기도 하다. 「삼학사전」은 바로 척화파 입장의 시각에서 주화파와의 대결을 서술했으며 이는 조-청전쟁 중 사상 전쟁에 대한 역사의 재현이기도 하다.

그 다음, 척화신으로 청에 끌려갔을 때의 대응과 죽음을 보기로 하자.

> ① 12월 13일에 노(虜)에 대한 경보(警報)가 갑자기 이르렀는데, 이때 평양부 서윤(平壤府庶尹)이 결원(缺員)되었으므로 최명길이 체찰사(體察使) 김류(金瑬)에게 말하기를, "화의를 배척하여 노의 침범을 초래한 사람은 바로 홍익한(洪翼漢)이다. 지금 홍익한을 두고 누구에게 서로(西路)의 직임(職任)을 맡길 것인가." 하고는, 드디어 평양부 서윤을 제수하여 빨리 부임하기를 재촉하였다. 많은 사람이 와서 공을 위문(慰問)하였으나 공은 조금도 언짢은 기색이 없이, "나라를 위

해 몸을 바치는 것이 내 평소의 마음이다." 하자, 듣는 자가 감탄하였다. (…중략…) 정하(庭下)에 이르러서는 우뚝 외따로 서자, 여러 호인(胡人)들이 모두 일어서서 공을 관찰하였다. 칸이 공의 결박을 풀게 하고는 공에게, "네가 왜 무릎을 꿇지 않고 이같이 거만하게 서 있느냐?" 하자, 공이, "이 무릎을 어찌 너에게 꿇을 수 있겠느냐." 하였다. 칸이 "너는 왜 먼저 맹약(盟約)을 위배하고 화의(和議)를 배척하여, 우리 두 나라가 틈이 벌어지게 하였느냐?" 하자, 공이 "너는 우리나라와 형제(兄弟)가 되기로 약속을 해놓고 도리어 황제를 자칭하여 우리를 신하로 삼으려고 하였으니 맹약을 위배한 실수가 과연 너에게 있는 것이냐, 우리에게 있는 것이냐?" 하니, 칸이 말이 막혀 한참 동안 있다가, "네가 이미 으뜸으로 화약(和約)을 배척하였으니, 그 뜻은 반드시 우리 무리를 섬멸하는 데 있을 것이다. 그런데 우리 대군(大軍)이 나갔을 때에 어째서 맞아 싸우지 않고 도리어 우리에게 사로잡혀 왔느냐?" 하므로, 공이, "내가 잡고 있는 것은 다만 대의(大義)뿐이다. 성패(成敗)와 존망(存亡)은 논할 필요가 없다. 만일 우리나라 신민(臣民)들이 한결같이 나의 뜻과 같았다면 너의 나라는 벌써 망했을 것이다." 하고는 곧 옷을 벗어 땅에 던지고 벌거벗은 채로 말하기를 "듣건대, 너의 나라는 형살(刑殺)할 때에 반드시 마디마디 저며서 죽인다고 하던데 왜 빨리 이 형벌을 시행하지 않느냐?" 하였다. 그러고는 공이 붓을 찾아 종이에다 쓰기를 "대명 조선국(大明朝鮮國) 유신[縲臣, 옥(獄)에 갇힌 신하] 홍익한(洪翼漢)은 척화(斥和)한 사실의 내용을 분명하게 진술할 수 있으나, 언어가 서로 익숙하지 못하니 문자(文字)로 써서 고(告)하겠다. 대저 사해(四海)의 안이 모두 형제가 될 수는 있으나, 천하에 두 아비를 가진 자식은 없는 것이다. 조선(朝鮮)은 본디 예의(禮義)를 숭상하였고, 간신(諫臣)은 오직 직절(直截)을 풍도(風度)로 삼기 때문에 지난해 봄에 마침 언책(言責)의 직임을 받고 나서, 너의 나라가 장차 맹약(盟約)을 어기고 칭제(稱帝)하려 한다는 말을 듣고는 마음속으로 이렇게 생각하였다. 만일 맹약을 어긴다면 이는 형제의 의(義)를 어그러뜨리는 것이요, 만일 칭제를 한다면 이는 천자가 둘이 되는 셈이다. 한집안에 어찌 형제의 의를 어그러뜨릴 수 있으며, 천지 사이에 어찌 두 천자가 있을 수 있겠느냐. 더구나 너의 나라는 조선에 대해 새로 교린(交隣)의 맹약이 있었으나 너의 나라가 먼저 배신하였고, 대명(大明)은 조선에 대해 옛날부터 자소(字小, 사랑하여 돌보아 줌)해준 은택이 있어 더욱 깊이 결탁되었는데, 깊이 결탁된 큰 은택을 잊어버리고 먼저 배신한 공약(空約)을 지킨다면 이치에 매우 어긋나고 사리에 매우 부당하다. 그러므로 이 의논을 으뜸으로 건의하여 예의를 지키려 한 것은 바로 신하의 직책이다. 어찌 다른 의도가 있겠느냐. 다만 신자(臣子)의 분의(分義)는 의당 충효(忠孝)를 극진히 할 뿐인데, 위로 군친(君親)이 있지만 모두 부호(扶護)하여 안전(安全)하게 해드리지 못하여, 지금 왕세자(王世子)와 대군(大君)이 모두 포로가 되어 있고 노모(老母)의 존몰(存沒)마저도 모르는 실정이다. 진실로 함부로 진술한 소(疏) 한 장으로 말미암아 가정과 나라가 이처럼 화패(禍敗)를 당하였으니, 충효의 도(道)가 전혀 없어진 셈이 되었다. 스스로 나의 죄를 생각하면 죽어야지 용서받을 수 없는 몸이니, 비록 만 번 주륙(誅戮)을 당할지라도 실로 달게 생각하는 바이다. 나는 여기서 죽더라도 넋은 하늘을 날아 고국(故國)으로 돌아가 노닌다면 이보다 상쾌할 일이 또 있겠느냐. 이 밖에는 다시 할 말이 없으니 오직 어서 빨리 죽기만을 바랄 뿐이다."

(…중략…) 공은 만력(萬曆) 병술년(1586, 선조 19년)에 태어났는데 죽을 때는 나이 52세였다.[25)]

---

25) 十二月十三日。虜警猝至。時平壤缺庶尹。鳴吉謂體察使金瑬曰。斥和以致虜者洪翼漢也。今西路之任。捨此其誰。遂除授促行。人多來弔。而公略無幾微色曰。殉國死敵。素心也。聞者嗟嘆。……及至庭下。屹然特立。群胡皆起立聳觀。汗使解其縛。謂曰。汝何不跪而倨傲若是。公曰。此膝豈可屈於汝乎。汗曰。汝何先背盟約而斥和。使兩國成釁乎。公曰。汝與我國旣約爲兄弟。而反欲稱帝臣我。背約之失。其在汝乎。其在我乎。汗辭塞良久曰。汝旣首斥和約。則其志必欲殲滅我類

여기서 홍익한이 홍타이지와 논쟁하는 장면은 줄곧 첨예한 갈등으로 이루어진 전편 문장에서도 단연 고조에 이른 대목이다. 청태종 앞에 끌려간 홍익한은 무릎을 꿇을 수 없다며 당당하게 맞선다. 말이 통하지 않는 터라 글로 써서 "대저 사해의 안이 모두 형제가 될 수는 있으나 천하에 두 아비를 가진 자식은 없는 것이다."라며 대명의리를 강하게 주장하여 나선다. 홍타이지가 자기를 황제로 인정하지 않는 까닭을 묻자 명의 반적(反賊)이 어찌 황제가 될 수 있겠냐며 강하게 꾸짖는다. 그리고 의를 위해 죽는 일을 달갑게 받아들이며 몸은 이국 타향에서 죽어도 넋은 하늘을 날아 고국으로 돌아가 노닐 것이라고 하면서 빨리 죽기를 청한다. 그는 52세의 나이에 최후를 맞이한다. 그리고 가족들의 죽음도 장렬했다. 욕을 당하지 않으려던 계비 허 씨에게 적군이 칼을 휘두르자 전처 소생의 아들 수원(晬元)이 몸으로 가려 대신 죽고 허 씨는 물에 뛰어들어 자살하고, 수원의 부인은 목을 찔러 자결한다. 작은 아들 수인(晬寅)

矣。大軍之出。何不迎擊。反爲我所擒乎。公曰。我之所執者。只大義而已。成敗存亡。不須論也。若使我國臣民一如我志。則爾國之亡。已無日矣。卽解衣投地。裸裎而言曰。聞爾國刑殺。必以臠咼云。何不速行臠咼乎。仍索筆書紙曰。大明朝鮮國縲臣洪翼漢斥和事意。歷歷可陳。而語音不相慣曉。當以文墨控白焉。夫四海之內皆可爲兄弟。而天下無兩父之子矣。朝鮮本以禮義相尙。諫臣惟以直截爲風。故上年春。適受言責之任。聞爾國將渝盟稱帝。心以爲若果渝盟。則是悖兄弟也。若果稱帝。則是二天子也。門庭之內。寧有悖兄弟哉。覆載之間。寧有二天子哉。況爾國之於朝鮮。新有交隣之約而先背之。大明之於朝鮮。舊有字小之恩而深結之。則忘深結之大恩。守先背之空約。於理甚不近。於事甚不當。故首建此議。欲守禮義者。是臣職耳。豈有他哉。但臣子分義。當盡忠孝而已。上有君親。俱不得扶護而安全之。今王世子大君皆爲俘。老母存沒亦不知。良由一疏之浪陳。以致家國之禍敗。揆諸忠孝之道。掃地蔑蔑矣。自究乃罪。可殺罔赦。雖萬被誅戮。實所甘心。血一釁鼓。魂去飛天。歸遊故國。快哉快哉。此外更無所言。惟願速死速死。……公生于萬曆丙戌十一月二十二日。死時年五十二。

은 전날에 이미 죽었고 어머니와 두 딸만 겨우 목숨을 부지한다.

② 노가 있는 곳에 이르자, 적장(賊將) 용골타(龍骨打)가 나와서 맞이하므로 명길이 이공에게서 건대(巾帶)를 벗기고 몸소 영접한 다음, 용골타는 다시 안으로 들어갔다. 이윽고 용골타가 다시 나와서 칸[汗]의 말로 힐문하기를 "너희들이 만일 우리를 두려울 것이 없다고 여겼다면, 대군(大軍)이 나갔을 때 왜 나와서 싸우지 않고 도리어 이토록 궁박(窮迫)하게 되었느냐?" 하자, 이공이 "우리나라는 대명(大明)을 섬겨온 지 벌써 3백 년이나 되었으므로 온 나라의 신민(臣民)이 모두 대명이 있는 줄만 알 뿐이다. 너희 나라가 이미 대호[大號, 제호(帝號)를 말함.]를 참칭(僭稱)하였으니, 의리상 끊어야 할 바이기 때문에 우리나라가 초봄에 이미 의리를 들어 너희 나라를 척절(斥絕)하였던 것인데, 얼마 안 되어 다시 신사(信使)를 통한 것은 매우 옳지 못한 일이었다. 이 때문에 우리들은 과감히 쟁론하였으니, 우리들이 쟁론한 것은 오직 대의(大義)일 뿐이요 승패(勝敗)와 존망(存亡)은 꼭 논하지 않는다." 하니, 용골타가 묵묵히 있다가 결박(結縛)을 풀어서 진중(陣中)에 구치(拘置)하도록 하고는 명길에게 말하기를 "이 무리들은 바로 나의 원수인데 이제 이렇게 결박해 왔으니, 모두가 공(公)께서 마음을 다하여 밝게 핵실해낸 소치입니다." 하고, 인하여 주식(酒食)을 제공하고 초구(貂裘)를 상(賞)으로 주었다. 명길은 돌아와서 말하기를 "오(吳)와 윤(尹)이 만일 내가 시킨 대로만 하였다면 거의 무사할 수 있었는데, 진전(陣前)에 이르러 대답한 말이 서로 어긋났으니 반드시 이는 두려워서 그렇게 된 것이다." 하므로, 듣는 자가 침을 뱉고 비웃었다. (…중략…)

5월 24일에 질관(質館)의 재신(宰臣) 남이웅(南以雄)·박노(朴櫓)·박황(朴潢) 등이 서장(書狀)을 작성하였는데, 그 서장은 다음과 같다.

"지난 4월 19일에 용장(龍將, 용골타를 말함)이 신등(臣等) 3인과 겸보덕(兼輔德) 신(臣) 이명웅(李命雄)을 초대하여 함께 좌정(坐定)한 자리에서 윤집 · 오달제를 그 앞에 끌어내놓고 말을 전하기를 '이 사람들의 죄는 의당 죽어야 하나, 특별히 인명(人命)의 귀중함을 생각하여 온전히 살려서 처자를 데리고 들어와 이곳에서 살도록 허락하려 하였지만 윤집은 「난리 뒤에 처자들의 생사도 모르겠다.」 하고 오달제는 「이제까지 죽음을 각오하고 여기에 온 내가 만일에 살아서 돌아가면 우리 임금과 늙은 어머니를 다시 뵙게 될 것이니, 만일 이렇게 된다면 사는 것이 도리어 죽는 것만 못하다.」 하여, 그들이 온전하게 살리려는 은혜를 생각지 않고 이렇게 반항하니 이제는 더 이상 용서할 수가 없소.' 하였습니다. 그래서 신등은 대답하기를 '이 사람들은 연소한 사람들로서 군친(君親)에 대한 생각만 간절하여 이처럼 망발(妄發)하였지만, 만일 끝내 온전히 살려 준다면 어찌 천재(千載)의 미사(美事)가 아니겠소.' 하면서 두세 번이나 간청하였으나 끝내 윤집 · 오달제는 죽음을 면치 못했습니다."[26]

오달제와 윤집은 청태종을 대면하지 못했다. 청군 진영에서도 심양에

---

26) 賊將龍骨打出迎之。鳴吉以二公去其巾帶而反接之。然後龍胡還入。已而復出以汗言詰問曰。汝等若以我爲不足畏。則大軍之來。何不出戰而反窮蹙若是乎。二公曰。我國服事大明。今已三百年矣。一國臣民。知有大明而已。爾國旣僭大號。則義所當絶。故我國於春初。旣已據義斥絶。而曾未幾時。復通信使。甚不可也。是以我等果爭之。我等所爭者。惟大義而已。勝敗存亡。不須論也。龍胡默然。使解其縛。拘置陣中。謂鳴吉曰。此輩乃我之讎。而今玆縛來。無非公盡心明覈之致。因饋酒食。賞以貂裘。鳴吉歸言曰。吳, 尹若如我指導則可保無事。而及至陣前。所答相左。必是畏怯而然。聞者唾噱焉。(一本無自鳴吉歸言至聞者唾噱焉三十七字。)……五月二十四日。質館宰臣南以雄, 朴櫓, 朴潢等成貼書狀曰。去四月十九日。龍將等招臣等三人及兼輔德臣李命雄坐定。引出尹集, 吳達濟於前。傳言曰。此人等罪宜死。而特以人命之重。欲爲全活。許令率妻孥入來。仍居此處。則尹集以爲妻子亂後不知存沒。吳達濟則以爲至今忍死到此者。萬一生還復見吾君與老母。若果如此。則生不如死。渠等不念全活之恩。抗言如是。今不可復貸矣。臣等答以此人等俱以年少。只切君親之念。妄發如此。若終始曲全。則豈非千載美事。再三懇諭而終不得免。

서도 용골대가 황제를 대신하여 이들에게 항복을 권하고 있다. 두 사람은 불과 서른의 나이였으며, 나이가 이토록 어린 이들이 조선의 척화파의 대표 주자라고 하기엔 큰 무리가 따른다. 그러나 그 둘은 척화신으로 자청하여 나선 까닭에 죽음으로 이름을 세우고자 함이었다. 척화파는 자수하라는 명에 김상헌 · 정온 등이 나서긴 했지만 결국 윤집과 오달제 두 사람이 가게 된 것이다. 작품에서는 최명길이 자주 등장하는데 두 사람의 건대를 벗겨 용골대를 영접한 이도, 용골대한테서 두 원수를 포박해 온 것을 칭찬받고 상까지 하사받은 이도 모두 최명길이었다. 이는 삼학사를 죽음으로 내몬 자가 곧 최명길이란 뜻으로 표현되는 대목이다. 두 사람 역시 홍익한과 마찬가지로 명과의 의리를 내세우며 청이 황제국을 선포한 일을 질타한다. 남이웅 · 박노 · 박황 등이 서장(書狀)을 작성하였는데, 윤집 · 오달제에게 특별히 인명의 귀중함을 생각하여 처자를 데리고 들어와 이곳에서 살도록 허락하려 하였지만, 두 사람은 각각 핑계를 대면서 거절한다. 그 이유는 살아서 돌아가는 것이 수치스러운 일이기에 죽기보다도 못하다는 것이었다. 그렇게 윤집 · 오달제는 끝내 젊은 나이에 형장의 이슬로 사라지고 말았다.

①, ②는 삼학사가 청과 대항하는 가운데서 죽음을 맞이하게 된 과정이다. 「삼학사전」에는 척화파인 삼학사와 저촉되는 두 가지 적대적 세력이 존재한다. 첫째는 명을 중심으로 한 책봉 조공 체제를 어지럽히는 청나라이며 둘째는 그런 청나라를 인정하려는 주화파 세력이다. 작품은 청태종과 홍익한의 대립을 통해 참칭(僭稱)한 황제(皇帝)와 황명(皇明)의 배신(陪臣) 사이의 대결을, 최명길과 오달제 · 윤집의 대립을 통해 주화파와 척화파의 대결을 중점적으로 그려냈다. 홍익한과 최명길, 오달제 · 윤집과 용골대의 대결이 없는 것은 아니지만 송시열은 전자의 구도

에 더욱 무게를 싣고 있다.[27)]

또 다른 「삼학사전」을 지었던 이재는 삼학사의 죽음을 공자의 살신성인(殺身成仁)과 맹자가 말한 "죽는 것보다 싫어하는 것이 있어 환난을 피하지 않았다."고 보았다. 홍익한의 가족이 모두 죽어 절개를 지킨 것과 윤집의 집안이 대대로 죽음으로써 충을 다하는 것을 기이하다고 하였다. 병자전쟁에서 이길 수 있는 길이 있었는데, 나라를 팔아 목숨을 연명한 몇몇 사람 때문에 그렇게 하지 못해 안타깝다고 했다. 힘이 약해 어쩔 수 없었다는 방어 논리에서 한 발 더 나아가, 반격할 가능성이 있었다고 지적했다. 남한산성 안에 식량이 많아 여러 달을 지탱할 수 있었으니 이때 임금과 신하가 힘써 싸울 것을 맹세하여 함락시키지 못할 뜻을 보이고, 좋은 장수에 경기병을 딸려 보내어 우렁차게 심양으로 짓쳐 들어가면 빈집이나 다름없는 곳이 얼마나 버텼겠냐고 한탄했다. 이쪽에서 원정군의 보급로를 끊어버리고, 봄이 되어 땅에 물이 솟으면 (적의 기병이) 오래 버티지 못했을 것이라고 아쉬워했다.[28)]

---

27) 宋時烈, 「三節遺稿序」, 『宋子大全』.(김성룡, 「송시열 산문의 권위적 성격에 대한 연구」, 『한국한문학연구』, 1998, 21~258쪽에서 전재.)

28) 嗚呼, 丙子之變, 尙忍言哉。天地易位, 冠屨倒置, 爲宗社莫大羞辱, 迺主國計者, 靡然以忘羞忍辱, 乞憐於寇讐之戒狄爲得計。天經地義人事之紀, 掃地盡矣。可勝痛哉。時則有若三學; 士者, 奮然特立其間, 欲以隻手障狂瀾, 旣不可得, 則就死地如騖, 及其處死之際, 從容靜暇, 無一毫怨悔意。雖古之顏常山·楊通判, 殆無以過之, 豈所謂不畏義死, 不榮幸生, 烈丈夫者非也。孔子曰 : "志士仁人, 殺身以成仁。" 孟子曰 : "所惡有心於死, 故患有所不避也。" 三學士有之矣。洪之闔門全節, 尹之連世死事, 又何其異也。抑吾聞之, 南漢受圍雖久, 城中芻茭糧穀猶可支數月, 若君臣上下, 誓心戮力, 爲堅守不可拔之勢, 命一上將, 以輕卒銳兵, 聲言直擣瀋陽, 彼旣空國而來, 狼顧必不敢久留, 我乃乘其疲弊, 絶其歸路, 可使隻輪不返, 況春水將生, 其勢自不能久, 信斯言也。當日賣國偸生一二人之罪, 又豈可勝道哉。李栽, 『密庵集』. (김일환, 「고난의 역사를 기억하기 – 三學士傳과 三學士碑를 중심

이렇게 사대부들은 삼학사의 죽음은 순전히 주화파 최명길의 죄이며 충분히 승산 있는 싸움이었음에도 불구하고 남한산성이 함락된 것은 조정에서 적극적으로 청과 맞서지 않았기에 비롯된 것으로 여겼다.

2) 집단 자살로 청군의 굴욕을 피한 민성 일가

「민용암성전」은 우암 송시열의 작품으로, 병자전쟁 당시 강화도가 함락되자 가족들과 함께 마니산 천등사(天燈寺)에 올라가 자결한 민성(閔垶)의 인물 전기이다. 민성은 과거를 포기하고 문사(文史)에는 방종하고 명예와 절개를 지키는 데 매우 힘을 썼다고 한다. 그의 10세조 민유(閔愉)는 고려가 망할 줄 알고 퇴거하여 조선에서 벼슬을 하지 않고 살다가 그대로 죽었다고 전(傳)에서는 소개한다. 슬하에 네 아들과 네 딸을 두었는데 자녀들의 훈계에 힘썼다고 한다.

작품은 병자전쟁이 발발하여 민성 일가가 피난처로 강화도에 들어간 사실, 강화도가 함락되자 가솔들을 이끌고 천등사에 올라가 자결한 사실과 그 죽음의 장렬함을 주된 서사의 축으로 하여 서술하고 있다.

> 숭정 병자년(1636, 인조 14년)에 조정에서 의(義)를 들어 북로(北虜)를 척절(斥絕)하자, 사람들이 모두 금방 병화(兵禍)를 입을 줄을 알았다. 재만(載萬)의 큰 누이는 조 씨(趙氏)의 아내가 되었는데, 재만에게 말하기를, "만일 병란(兵亂)이 있게 되면 아우는 어느 곳으로 피하겠는가?"

으로」, 『한국문학연구집』, 동국대학교 한국문학연구소, 2003, 26~70쪽에서 전재.)

하자, 재만이 "나는 가난하고 몸까지 병든 데다 처자 권속이 매우 많아서 먼 곳으로 피난하기 어려우니, 강도(江都)를 두고 어디로 가겠습니까?" 하였다. 누이가 "강도는 아주 안전한 곳은 아니니 어찌하겠는가?" 하므로 재만이 "당금 국가(國家)가 믿는 곳은 강도입니다. 우리 집은 대대로 국은(國恩)을 받아 이미 임금의 녹(祿)을 먹어 왔으니 의리상 당연히 존망(存亡)을 함께해야 합니다. 그리고 강도가 만일 무너진다면 국사(國事)는 더 이상 가망이 없는 것입니다. 그런 판에 살기만 하면 또한 무엇하겠습니까." 하였다.

이해 겨울에 적병(賊兵)이 과연 대거 침입해 오므로, 대가(大駕)가 남한산성(南漢山城)으로 들어가자, 재만은 가속을 이끌고 강도로 들어가 아들과 함께 의병(義兵)에 예속되었다.[29)]

상기 누이와의 대화로부터 민성은 조정이 청을 배척하여 전쟁이 일어날 것이라는 사실을 미리 알고 있은 것으로 나타난다. 그리고 전쟁의 피난처를 강도로 선택하고자 한다. 이는 강도가 고려로부터 시작해서 몽골의 침입을 막아내고 정묘년에 이르러 후금이 침입했을 때에도 임금을 포함한 조정의 으뜸가는 피난처였기 때문이다. 그들은 대대로 국은을 받았다고 하면서 국가와 존망을 같이 하는 일을 당연하게 생각하고 있다. 여기서부터 민성은 강화도가 함락될 시, 이미 자결의 각오를 하고 있었음을 알 수 있다. 정작 청군이 쳐들어오게 되자 계획대로 가속을 이

29) 崇禎丙子。朝廷以義斥絶北虜。人知朝夕被兵。載萬長姊爲趙氏婦。謂載萬曰。脫有兵亂。弟避於何地耶。曰。吾貧且病。家累甚多。難以致遠。捨江都何往乎。姊曰。江都非萬全奈何。曰。卽今國家所恃者江都也。吾家世受國恩。自在胎息中已食君祿。義當與之存亡也。且江都若破。則國事無復可望矣。生亦何爲乎。是冬。賊兵果大至。大駕入南漢。載萬挈家屬入江都。與子屬義旅。송시열,『宋子大全』, 卷二百十四,『한국문집총간』, 민족문화추진회.(이 작품은 민족문화추진회의 번역문을 인용하였음을 밝힘.)

끌고 강화도로 들어갔으며 아들과 함께 의병이 되었다. 작자는 우선, 민성의 미래를 내다보는 식견에 대해 제시하고, 나라와 함께 생사를 다짐하는 고결함을 통해 민성의 안목과 인품에 대해 말하고 있다.

> 정축년(1637, 인조 15년) 1월 21일에 적이 육지로 배를 끌고 들어와 갑곶 동쪽 언덕에 이르자, 재만은 여러 아들과 노복을 모조리 거느리고 목적지로 나가 지켰다.
>
> 23일 아침에 적선이 곧 건너오려 하는데, 우리 쪽은 방어하는 배가 한 척도 없었다. 잠시 후에 유수(留守) 장신(張紳)이 수사를 거느리고 당도하자 사람들이 모두 기뻐서 어쩔 줄을 몰라 했다. 그런데 장신이 기(旗)를 뉘고 북소리를 중지하므로 재만이 "이는 반드시 싸울 뜻이 없는 것이다." 하였는데, 과연 장신은 배를 버리고 도주하였다. 어떤 사람이 재만에게 "어찌할 방도가 없습니다. 내가 보니 배 한 척이 안변에 걸려 있었는데, 우리들이 힘을 합해 강으로 끌고 들어간다면 도망칠 수가 있겠습니다." 하자, 재만이 "사부(士夫)가 의병(義兵)의 이름을 띠고서, 일이 급하다 하여 먼저 도망쳐서야 되겠는가." 하였다. 그 말이 채 끝나기도 전에 의장(儀將)은 도망가서 군사들이 모두 궤산(潰散)되었으므로, 재만이 가속(家屬)에게 말을 전하기를 "일은 비록 급하게 되었지만 반드시 나의 지휘(指揮)를 기다려서 움직일 것이요, 경망하게 행동하지 말아야 한다." 하고, 또 세 아들을 돌아보고 말하기를 "행조(行朝)가 어떻게 되었는지 소식을 듣지 못했고, 또 강역(疆域)이 얼마나 남았는지도 모르겠다. 아마도 팔도(八道)가 모두 더러운 오랑캐의 땅이 되었을 것인데, 이제 탄환만 한 한 섬[島]이 또 이런 곤경에 처했으니 비록 생명을 보존한들 어디로 가겠느냐." 하고, 이어 "우선 우소(寓所)로 돌아가서 가속과 함께 처리해야겠다." 하였다.[30]

30) 丁丑正月二十一日。賊曳船于陸地。至甲串東岸。載萬盡率諸子及奴僕。出信地把守。二十三日朝。賊船將渡。而我船無一隻防禦。俄而留守張紳。率舟師至。人

인조 15년 1월 23일, 작품에서는 강화도가 함락된 정확한 일자를 적고 있다. 강화도 함락의 자세한 과정에 대해서는 위 문장에서 충분히 논의하였기에 여기서는 약한다. 드디어 강도에 청군이 쳐들어오게 되자 유수 장신이 배를 끌고 왔기에 사람들이 그나마 의탁할 마음이 생겼는데 그가 기를 눕히고 북소리를 중지하는 것을 보아 민성은 장신이 싸울 뜻이 없음을 간파한다. 비록 배 한 척이 안변에 걸려 있었으나 함께 타고 살길을 도모하자는 제의를 거절한다. 혼자 살고자 그런 일을 할 수 없다는 것이 민성의 뜻이었다. 그리고 의병들에게 싸울 결심을 내보이는데 의병장이 도망치고 의병들은 각자가 살길을 찾아 도망치면서 해산되고 만다. 그 와중에 임금의 안위를 걱정하며 조선의 강토가 청군의 손아귀에 넘어갔을 것이라는 짐작을 하고 있다. 그러면서 더 도망칠 곳도 없고 강도를 보존하기도 어려우니 드디어 평소에 생각해두었던 자결로써 순절을 지키는 일을 행하기로 결심한다. 이런 결정을 내린 이유는 강도도 머지않아 청군의 손아귀에 넘어가게 되어 그 후에 발생하게 될 참화를 미리 예측했기 때문이다.

> 그런데 집에 당도하기 전에 복부(僕夫)가 맞이하면서 "여러 내주께서 이미 여러 족친을 따라 마니산으로 향하였습니다." 하므로, 재만이 크게 놀라 "왜 내 말을 듣지 않았단 말이냐." 하고 즉시 뒤따라 대

皆喜躍。已而紳偃旗止鼓。載萬曰。此必無戰意也。紳果棄船走。或謂載萬曰。事無可爲者。我見一隻船罣在岸邊。吾輩並力曳入于江則可以走矣。載萬曰。士夫以義旅爲名。事急先逃可乎。言未訖。義將去而師徒遂潰。載萬傳言於家屬曰。事雖急。必待吾指揮。愼勿輕動也。顧謂三子曰。已不聞行朝消息如何。又未知疆域餘存者幾何。八路想盡爲腥膻之地。而今此彈丸一島又如此。雖獲保存。將安歸乎。乃曰。姑還寓所。與家屬處之耳。

청교에 이르러 가속들을 만났다. 서로 이끌고 덕포에 당도하여 말하기를 "오늘날의 의리는 오직 정결한 방도를 택하여 조용히 죽을 뿐이다." 하였다. 어떤 이가 "우선 여기에 머물러 있다가 다행히 지나가는 배를 만나면 그나마 온전하게 살아날 수 있을 것입니다." 하자, 지박(之鈚)이 "비록 그런 요행을 만난다 할지라도 인심을 헤아리기가 어렵습니다. 배에 오른 뒤에 살육과 약탈의 우환이라도 있으면 어찌하려 합니까?" 하고 또 말하기를 "여기서 검도까지의 거리가 멀지 않으니, 조수가 물러간 뒤에는 비록 배가 없어도 건널 수 있을 것입니다." 하니, 재만이 "그런 진창을 건너는 즈음에 적기가 갑자기 쳐들어오면 비록 스스로 죽으려 해도 되지 않을 것이다. 또 도로에 분주하면서 구차하게 요행을 바라는 것은 본디 나의 뜻이 아니다." 하였다.[31]

민성의 생각이 위에서 설명한 바와 같다고 해도 가문의 모든 사람들이 그와 생각을 똑같이 하여 죽음을 미리 결심할 수는 없는 법이다. 그의 아내는 족친들과 함께 살길을 찾아 마니산으로 먼저 향했다고 했는데 민성은 이를 크게 나무람을 한다. 여러 아들딸들이 살 방도와 요행을 한 가지씩 이야기하자 이를 모두 반대한다. 어떤 이가 말하기를 배가 지나가게 되면 살 수 있지 않을까 하고 말하니 인심을 헤아리기 어렵다며 배 위에서 발생하게 될 살육과 약탈의 우환에 대해 근심한다. 그리고 조

31) 未至。僕夫迎謂曰。諸內主已隨諸族。向摩尼山矣。載萬大驚曰。是何不聽吾言也。卽追及於大青橋。相携至德浦曰。今日之義。惟向潔淨處從容就死而已。或言姑且留此。幸逢過去船則庶幾生全矣。之鈚曰。雖或遇此僥倖。人心難測。上船之後有殺掠之患。奈何。又曰。此去劍島不遠。潮退之後。則雖無船。亦可以跋涉矣。載萬曰。跋涉泥濘之際。賊騎猝至則雖欲死。不可得也。且奔走道路。苟冀倖免。本非吾志也。

수가 물러간 뒤에 맨발로 건널 수 있지 않겠냐고 하니 청군이 갑자기 쳐들어오면 죽자고 해도 죽을 수 없음을 강조하며 구차하게 요행을 바랄 수 없다고 한다. 이러한 추측은 그야말로 신통하게 강화도의 참사와 꼭 들어맞는다. 위 문장에서 충분히 논의한 정양의 「강도피화기사」에는 여기에서 말하는 모든 가능성이 전부 펼쳐진 바 있다. 이는 송시열이 정양과 같은 시대에 살았으며 문학 교류도 있었던 까닭에 여러모로 강화도의 상세하고 세밀한 부분까지 모두 접한 바 있었기에 가능했다. 분주하게 요행을 바라며 목숨을 부지하고 싶지 않음은 혼신의 힘을 다하여 탈출을 시도하고 갖은 방법으로 목숨을 부지한 정양과는 극과 극을 이룬 선택이다.

마침내 가족들과 함께 천등사(天登寺)로 향하였다. 재만의 큰딸인 최 씨의 아내가 "천등사로 가는 것은 좋은 계책이 아닙니다." 하자, 재만이 "왜 그렇단 말이냐?" 하니, 그가 "그대로 덕포(德浦)에 있으면 비록 배를 만나지 못할지라도, 적이 이르면 서로 이끌고 물로 빠져서 함께 죽기가 차라리 편리한데, 이제 이렇게 공연한 고생을 하는 것은 무슨 이유입니까?" 하므로, 재만이 "참으로 죽을 각오가 굳게 결심되었다면 어디로 가도 안 될 것이 없다. 하필 물뿐이겠느냐." 하였다. 드디어 절에 당도하여 법당에 올라 죽 늘어앉은 다음, 처녀 세 사람에게 각기 비녀를 꽂고 시집간 부인의 의복을 입도록 하였다. 이때에 피난 온 사서(士庶, 사대부와 서인)들이 절 안에 가득 찼으므로, 재만이 그 시끄러움을 싫어하여 종에게 "조용한 곳을 찾아보아라." 하자, 종이 "절 뒤에 서너 칸 되는 토우(土宇)가 있습니다." 하므로, 즉시 그곳으로 옮겨 가 모두 앉아 있었다. 여러 아들이 "이 어린아이들을 어떻게 할까요?" 하자, 재만이 "모두 서자(庶姊)에게 붙여서 내보내는 것이 옳다." 하고, 즉시 서자에게 "우리들은 곧 죽을 겁니다. 자씨는 연로하여 반드시 욕도 당하지 않을 것이고 또 죽임도 당하지 않을 것이니, 모름지기 여러 비복들과 함께 이 어린아이들을 업고 나가십시오. 다행히 모두 살아남는다면 자씨의 공이 어찌 크지 않겠습니까. 자씨는 꼭 그대로 잘하십시오." 하니, 자씨가 "의리상 함께 죽어야 마땅한데 어찌 차마 혼자만 살아남겠느냐." 하고, 굳이 거절하여 듣지 않다가 강력히 권한 다음에야 승낙하므로, 즉시 그 아이들의 부모를 시켜 각기 사조(四祖 아버지 · 할아버지 · 증조부 · 고조부)와 아이들의 생년월일시(生年月日時) 및 그들의 이름을 적어 달라 하여 의대에 차게 하였다. 또 옷 속과 그들의 피부에 기록하여 표식으로 삼아 자씨에게 주었다.[32]

강화도가 곧 함락될 것을 알게 된 민성은 피란하여 목숨을 보존할 대신에 가족들과 함께 한곳에서 지조 있게 자결을 하는 방식을 취하게 된다. 적이 오면 함께 물에 빠져 죽자는 딸의 제의가 있었지만 민성은 한곳에서 조용히 죽는 것이 낫다고 판단한다. 죽기 전에 미혼인 세 딸에게 가례 삼아 비녀를 꽂아주고 자씨에게 부탁하여 아이들이 살아남기를 희망하며 조상과 사주를 적어 아이들을 살려 보내는 대목을 살펴보면 어린아이라 욕을 보지는 않겠다는 이유를 제쳐놓고, 가문의 후사를 보존

32) 遂同向天登寺。載萬長女崔氏婦曰。此來非計也。載萬曰。何也。曰。仍在德浦則雖不遇船。賊至相携投水。甚便於同死。今徒爾辛苦何也。載萬曰。苟能死計堅決。無往不可。遂至寺。升法堂列坐。使處子三人幷笄。各服其衣服。時避亂士庶彌滿寺中。載萬厭其紛擾。謂奴曰。討一靜處。奴曰。寺後有三四間土宇矣。卽移就皆坐。諸子曰。此稚兒輩 何以處之。載萬曰。皆付庶姊出送可也。卽謂其庶姊曰。吾等卽將死矣。姊年老。必不見汚。且不見殺。須與諸婢僕。負此幼稚而出。幸而得全。姊之功豈不大哉。姊其勉之。姊曰。義當同死。豈忍獨生。堅拒不聽。強而後可。卽令兒輩父母。各書四祖及生年月日時及其名。佩其衣帶。且書于衣裏及其肌膚以識之以授姊。

하기 위한 몸부림이라 할 수 있다. 아무리 자씨가 늙고 어지러워 욕을 당하지 않더라도 늙고 힘없는 여인이 한 목숨 홀로 보존하기도 어려운 난리에 몇 명의 아이를 돌보며 무사하리란 생각은 어불성설이다. 앞에서 민성이 말했듯이 여러 가지 살 방도가 모두 불가하다고 하면서도 유독 아이들에게만 집착을 하는 것은 역시 후사를 남겨 가문의 대가 끊기지 않기를 바라는 것으로 가부장적 사회의 산물이라 하겠다.

> 이윽고 또 그의 첩인 우 씨에게 "너는 사족(士族)이 아니므로 반드시 죽지 않을 것이니, 이 자씨를 따라 갈 수 있겠다." 하자, 그 첩이 "제가 어찌 차마 주군을 버리고 살아남기를 탐내겠습니까. 설사 살아남기를 탐내는 마음이 있다 할지라도 나이 젊은 여인이 혼자서 어디로 간단 말입니까." 하므로, 재만이 "나는 네가 죽기를 아깝게 여길 줄 알았는데 너의 뜻이 이와 같으니 어찌 너의 뜻을 억지로 빼앗을 수 있겠느냐." 하였다. 최 씨의 아내가 된 큰딸이 나가서 그의 딸아이를 비복(婢僕)에게 부탁하는 즈음에 눈물을 줄줄 흘리므로 지박이 "자씨는 왜 우십니까? 혹 죽기를 슬퍼한 것이 아닙니까?" 하자, 최 씨의 아내가 눈물을 닦고 대답하기를 "죽음을 슬퍼한 것이 아니라, 자모 사이의 지극한 정을 스스로 어찌할 수 없어서이다." 하였다. 그리고는 마침내 각기 띠고 있던 흰 면건을 풀어 모두 스스로 우내(宇內)에서 목을 매었다. 재만은 자결에 임하여 종에게 말하기를 "어찌 우리를 선영에 수장하기를 바라겠느냐. 한집안 식구 10여 명이 이 한곳에 함께 있어야 거의 지하에서라도 서로 의지할 수 있으리니, 우리들이 죽은 뒤에는 즉시 이 토우를 헐어서 덮어버리고 너희들은 각기 나가서 살기를 도모해야 한다." 하고, 또 한 폭의 흰 명주 수건에 글을 써주면서 "가지고 있다가 지옥에게 주든지 아니면 홍에게 주어라." 하였는데, 홍은 곧 지박의 아들이다. 그 두 사람은 모두 딴 곳에서 피난하고 있었기 때문에 한 말이었다. 그 글은 대체로 치명(治命, 맑은 정신으

로 하는 유언)이었을 터이나, 그 종이 적에게 사로잡혔기 때문에 그 글이 전해지지 못하였다. 맨 처음에 비(婢) 대향(代香)이 지박에게 달려와서 말하기를 "한때에 모두 돌아가시면 그 누가 시신(屍身)을 가려 드리겠습니까. 시신을 가린 다음에 돌아가셔도 늦지 않겠습니다." 하자, 지박이 대답하기를 "내가 어찌 차마 부친(父親)이 돌아가시는 것을 눈으로 볼 수 있겠느냐." 하고, 드디어 그의 아버지보다 먼저 목을 매어 죽었다. 아이들을 등에 업고 나간 비복들이 모두 약탈당하여 최씨의 딸아이도 죽었다. 다만 재만의 자씨와 늙은 여종만이 죽음을 면하여 선원리에 이르게 되었는데 자씨는 한집안이 과연 모두 죽었다는 소식을 듣고 통곡하면서, "어찌 차마 혼자만 살겠느냐." 하고는, 드디어 등에 업힌 아이를 늙은 여종에게 주면서 "너는 이 아이를 데리고 있다가 일가(一家)의 살아남은 자를 찾아서 붙여주어라." 하고는, 또한 마침내 자결하였다. 이리하여 대체로 일가의 죽은 자가 13인이나 되었으니, 재만 및 그의 서자와 지박, 그리고 지박의 아내 이 씨, 지핵과 그의 아내 김 씨, 지익과 그의 아내 유 씨, 장녀인 최여준의 아내, 그 다음 처녀 세 사람과 첩 우 씨이다.[33)]

---

33) 旣又顧謂其妾禹姓曰。汝非士族。不必死也。可以隨姊去矣。妾曰。吾豈忍舍主君而偸生乎。設有偸生之意。年少女人。獨將安之。曰我以汝爲愛死耳。汝志如此則何可奪也。崔婦出付其女之際。潸然出涕。之釙曰。姊何泣也。無乃慼死乎。崔婦拭淚而答曰。非死之慼也。子母至情。自不能不爾也。遂各解所帶白綿巾。皆自經於宇內。載萬臨決。謂奴曰。豈望收葬先壟乎。一家十餘人同此一處。庶得相依於地下。我輩死後。卽毁此宇以掩之。汝輩各出圖生可也。且授一幅白紬書曰。持以授之鈺。否則授涤。涤卽之釙之子也。二人皆避兵于別處故云爾。其書蓋其治命而其奴被虜。故不得傳焉。始。婢代香趨謂之釙曰。一時皆死則誰將掩尸。掩尸之後死未晩也。答曰。吾豈忍目見父親之亡乎。遂先其父而經焉。婢僕之負兒輩出者。皆見掠。而崔女死焉。獨姊與老婢得免。獲至仙源里。姊聞一家果皆死之。痛哭曰。何忍獨生。遂以所負兒授老婢曰。汝以此尋一家之餘存者而付之。亦遂自決。蓋一家死者十三人。載萬及庶姊。之釙及其妻李氏。之釛及其妻金氏。之釴及其妻柳氏。長女崔汝峻妻。其次處子三人。妾禹姓也。

민성은 첩 우 씨가 사족이 아니기에 굳이 죽지 않아도 된다고 한다. 그리고 자씨에게 아이를 맡겨 보내게 된 것도, 비록 누이기는 하지만 서녀(庶女)인 까닭으로 사족이라 할 수 없기에 한집안이 모두 자결하여도 자씨만은 그를 피해 갈 수 있었던 것이다. 이는 또 한 번 민성의 사대부 의식이 강조되는 대목이다. 큰딸이 딸아이를 비복에게 맡기며 우는 모습은 의를 지키기 위해 자결에만 집중되어 단조롭고 억지스러웠던 작품의 분위기에 조금이나마 감동적인 장면을 선사한다. 이를 통해 전쟁이란 무시무시한 폭력 앞에서도 변함없는 인간의 골육지정을 재삼 느끼게 한다. 아이들을 데리고 살길을 떠난 비복들은 모두 약탈당하고 최 씨의 딸도 죽게 된다. 민성의 아들이 아버지 죽음을 보는 것이 불효라 여겨 자신이 먼저 목을 매고 나머지 아들들과 며느리, 딸들, 첩 도합 13명이 자결하는 사건이 발생했다. 이는 남녀노소 불문하고 전쟁이란 천재지변에서 모든 목숨은 바람 앞에 초불과 같은 존재이며 죽음이란 봇짐은 어느 누구나 지고 다녀야 할 숙명임을 보여준다.

> 재만의 숙부 인전의 첩도 천등사로 가서 함께 죽기를 약속하였으나 그렇게 하지 못하고, 여러 시체 가운데 엎드려 있다가 살아 나와 그때의 시말을 다음과 같이 자상하게 말하였다.
>
> "재만이 첩 우 씨를 내보내려고 할 때, 우 씨는 태연하게 담소하면서 종을 시켜 밥을 짓게 하여 자기도 먹고 다른 사람에게도 권하였으며, 인하여 말하기를 '주군께서 나를 사족이 아니라 하여 내가 죽기를 아깝게 여길까 의심하시니, 청컨대 나의 뜻을 먼저 드러내겠습니다.' 하였다. 그리고서 그가 나머지 12인보다 가장 먼저 죽었다."
>
> 재만의 아버지 인백은 문학과 덕행이 있었는데, 호는 태천이고 우계 선생(牛溪先生 성혼)에게서 수학하였으며, 책훈되어 여양군에 봉해졌다. 조부인 사권은 벼슬이 부정에 이르렀는데, 임진왜란 때에 선

> 묘가 서쪽으로 행행하려 하자, 사권이 대가의 앞에 엎드려 청하기를 "종묘사직이 이 지경에 이르렀는데, 대가가 이를 버리고 떠나서야 되겠습니까. 바라건대 죽기로써 지키고 떠나지 마소서." 하니, 상이 좌우를 돌아보고 "이 일을 어찌해야 하겠느냐?" 하였으나, 시신이 "국가의 큰 계책이 이미 결정되었는데, 어찌 일개 미관의 말로 인해 중지할 수 있겠습니까." 하므로, 상이 드디어 길을 떠났다. 외조인 현령 정희린은 온양인인데, 고행이 있어 율곡이 그를 대관으로 천거하려 하였으나, 마침 율곡 선생이 졸하여 그 일을 이루지 못하였다. 대체로 그의 가세는 기개를 숭상하고 절의를 숭봉하며 행검을 닦아서, 비록 부녀자나 어린아이들도 견문이 풍부하였다. 모두 의리에 죽기를 마치 아주 낙원으로 가는 것처럼 여겼기 때문에 당시 의리에 죽은 집안이 워낙 많았지만, 민 일가만큼 순전하게 죽은 가족은 없었다. 김홍보의 아내가 된, 재만의 종매도 강도로 들어갔다가 적을 만났으나, 항거하여 욕을 당하지 않고 끊임없이 적을 꾸짖다가 죽었다.[34]

여기서는 첩의 행동으로부터 민성 일가 자결의 의(義)에 대해 더 큰 의미를 부여하고자 하는 노력을 볼 수 있다. 첩이란 천한 신분임에도 죽음을 태연하게 맞이하고 밥까지 지어서 먹는 등 행동을 통해, 민성의 천한

34) 載萬叔父仁佺之妾。亦往天登。約與同死而不果。伏於衆尸中得脫。詳語其顚末曰。當載萬之使禹姓出去也。禹談笑自如。使婢炊飯自喫。亦勸諸人。仍曰。主君以我爲非士族而疑我惜死。請先暴我志也。故其死最先於十二人云。載萬父仁伯。能文有行。號苔泉。受學於牛溪先生。策勳封驪陽君。祖思權。官副正。壬辰倭變。宣廟將西幸。思權伏駕前請曰。宗社在此。大駕其可棄此乎。請效死勿去。上顧左右曰。何如。侍臣曰。國家大計已決。豈可以一微官之言而止哉。上遂行。外祖縣令鄭姬隣。溫陽人。有高行。栗谷將薦爲臺官。會先生卒。遂不果。蓋其家世尙氣槩。崇節義。礪行檢。雖其婦孺。習熟見聞。皆視其死。如赴樂地。當時死義之家固多。而無如閔氏一家之純者也。載萬從妹爲金弘輔妻者。亦入江都遇賊。拒不受汚。罵賊不絶口而死。

신분의 첩도 이러할진대, 다른 사람들은 더 말할 나위 없다는 뜻으로 보인다. 더욱이 첩의 죽음과 민성의 자식에게 행한 행동을 작자 송시열은 아래와 같이 평가하고 있다.

> 그의 첩 우 씨는 천한 사람이었으나, 주군의 말 한마디에 격동되어 맨 먼저 죽어서 그의 뜻을 밝혔으니 더욱 사람들의 미칠 바가 아니다. 당시 사대부의 부녀들은 오욕을 달게 받았고, 심지어 귀가 · 대족들의 경우도 추한 소문이 전파되어 심지어는 사람의 입에 담지 못할 일이 있었다. 그들의 평소에는 우 씨를 하찮은 벌레보다 천하게 여겼겠지만, 이제 성취한 절개로 본다면 도리어 사람과 짐승의 차이보다 더 현격하게 되었다. 병이의 마음이야 어찌 귀천을 가지고 논하겠는가. 그리고 재만은 자기의 딸인 처녀 셋을 모두 비녀를 꽂고 죽게 하였으니, 옛날 송나라의 형주(衡州) 윤곡(尹穀)은 성이 함락되었을 때에 자기 아들에게 관(冠)을 씌워주면서 "너로 하여금 관디를 하고 지하에 가서 선인을 뵙도록 하려 한다." 하였으니, 죽음에 임해서도 전혀 두려워하거나 허둥지둥함이 없이 일거일동을 예법대로 한 것은 예와 지금이 똑같은 것이다.[35]

이를 보면 작가는 절의와 부합되는 행동을 의도적으로 나열하며 민성 일가의 의에 대해서 최대한 크게 부각하려 하고 있다. 세 처녀 딸에게 비녀를 꽂아준 후 죽게 한 일은 윤곡이 아들에게 관을 씌워주며 선인

---

35) 其妾禹姓。賤者也。激於主君之一言。首先取死。以明其志。尤非人之所能及也。當時士夫婦女。甘受汚辱。至有貴家大族醜說流播。至使人不欲言者。其平日視禹。不翅壤蟲。而顧今所就。反不翅人獸之懸。秉彝之天。其可以貴賤論哉。載萬使其處女三人。皆笄而死。昔宋之尹衡州穀城陷。冠其子曰。欲令冠帶而見先人於地下。臨死而無恇怯錯亂。從容於禮法者。其事古今一轍也。

을 만나게 하려 했던 행동과 일치하다. 윤곡은 남송의 사람으로 원이 침입하였을 때 담주를 지키다가 성이 함락되자 온 가족을 이끌고 분신자살한 인물이다.[36] 작자는 민성의 죽음을 통하여 도탄에 빠진 나라에 대한 사대부의 책임은 논하지 않았고 모든 것을 자결로 의를 지켰다는 모습에 관심을 두고 의도적인 서술을 하고 있다. 지아비로서, 아버지로서의 사람 냄새라곤 한 군데도 보이지 않고 오로지 처음부터 끝까지 '의'에만 초점이 맞추어져 있었던 것이다. 그리고 사대부의 부녀들이 욕을 달게 받았고 귀가·대족들도 추한 소문이 퍼졌다고 하며 이를 사람의 입에 담지 못할 일이라고 하였다. 이들은 무능한 조정에 의해 보호를 받지 못한 까닭에 상처를 받았던 피해자였지만 짐승보다도 못한 존재로 대하며 분개하여 비판하고 있다. 이 부분 또한 작자가 말하고자 하는 사대부 의식의 중요한 부분이라 할 수 있는데 작자의 의식대로라면 사대부는 자신의 책임은 지키지 않고 전란이 발생하면 도탄에 빠진 나라를 구하지 말고 너나 할 것 없이 민성을 따라 배워 죽음만 선택하여 명예를 지켜야 한다는 식인데, 과연 그의 논리대로라면 나라는 누가 지킨다는 것인지 작품은 일절 교대하지 않았다.

3. 소결

「김장군전」·「삼학사전」·「민용암성전」은 조-청전쟁을 제재로 한 전기문학이다. 이 작품의 주인공들은 모두 그 당시에 일컬었던 '의'를 지킨

36) 「尹穀列傳」,『宋史』, 卷四五五.

인물로 그 시기, 나아가 그 후 수백 년 동안 영웅으로 추존되면서 만인의 칭송을 받았다.

「김장군전」의 주인공 김응하에 대해, 이승수는 「深河戰役과 金將軍傳」에서 "1619년 3월 12일 직후 조선 조정은 김응하를 선택함으로 인해서 강홍립 및 투항한 1만 장병이 버려졌다. 이념과 명분을 선택함으로 인해서 수많은 전쟁 체험과 정보와 기억들이 버려졌다. 김응하만을 선택함으로 인해서 함께 전사한 군졸이 버려졌고, 위대한 행적만을 선택함으로 인해서 인간적인 고민이나 갈등이 버려졌다. 이렇게 버려진 것이 바로 「김장군전」의 성공에 가려져 있는 손실이다. 오늘날 다시 「김장군전」을 검토하는 것은 바로 후자를 주목하기 위해서이다. 바람직한 전후처리의 문제는 차치하고, 역사적 경험을 활용하려 할 때 과연 어떤 것이 의미 있는 사료가 될까"[37]라는 물음을 던졌다. 필자는 이승수의 이와 같은 의견에 전적으로 동의한다. 작품 속의 김응하는 그야말로 신적인 존재이다. 사실, 군인으로서의 김응하는 상관의 명을 어긴 죄인이다. 이는 군율을 어긴 자로서 참수형을 당할 중죄이지만, 상관이 강홍립인 까닭에 오히려 더더욱 의로운 행위로 규정짓고 영웅으로 각색되기에 이른다.

김응하가 전쟁터에서 후금의 철기군과 영용하게 싸우다 죽은 영웅이라면 「삼학사전」과 「민용암성전」의 주인공들은 각각 청 황제를 비롯한 세력에 굴복하지 않고 혈전으로 적과 맞서 죽음을 자초한 인물들과 청의 침공에 욕을 피하기 위해 일가 열세 명이 자결한, 이른바 그 당시에

37) 이승수, 「深河戰役과 金將軍傳」, 『한국문학연구』, 동국대학교 한국문학연구소, 2003, 26~37쪽.

일컬었던 '의'를 지킨 인물들이다. 삼학사와 민성이 영웅의 신단에 오르게 된 것은 바로 송시열이 지은 상기 두 작품에 힘입어서이다. 물론 작품에서 전기를 쓴 동기를 유족의 청탁 때문이라 밝혔지만 이는 송시열의 정치적 수단으로 이용될 가능성도 배제할 수 없다고 생각한다. 이는 「삼학사전」에서 주인공인 삼학사 외에도 김상헌과 정온 등 척화파의 대표를 등장시켰으며 목숨을 끊어 절개를 지킨 김상용, 그리고 윤선거와 홍익한 가족들의 비장한 죽음까지 덧붙인 반면에 주화파인 최명길에 대해서는 졸렬하고 용속한 청의 앞잡이로 묘사하고 있는 대목에서 보아낼 수 있다. 그리고 「민용암성전」에서 민성 일가의 집단 자살을 고도로 집중시켜 서술하고, 이를 큰 '의'로 내세우며 윤리의식을 극도로 찬미하는 행위 역시 이를 더 한층 증명해주고 있다.

상기 작품의 성격을 살펴본다면, 작품을 입전한 작가의 의식과 신분 및 입전 동기와 갈라놓을 수 없다. 「김장군전」의 작가 홍세태는 일생을 불우하게 살다가 결국은 뜻을 이루지 못한 인물이다. 탁월한 시재를 가졌음에도 몰락한 가문의 자제인 까닭에 중인의 신분으로 일생을 살아갔다. 그가 입전한 인물들은 각각 유술부 · 김응하 · 김영철로, 모두 비극적인 삶을 살아간 인물들이다. 위항 문인이었던 작자는 바로 자기와 비슷한 처지의 인물들을 선택하여 입전한다. 그들을 통해 홍세태 의식은 표출되고 있다. 「삼학사전」에서 정승이었던 허적(許積, 1610~1680)이 윤집과 오달제를 일컬어 "경박하여 이름 내기를 좋아한다."는 대목이 나온 것을 미루어 볼 때, 집전 이전의 삼학사는 그다지 칭송받는 인물은 아니었던 것으로 사료된다. 실제로도 삼학사의 죽음에 대한 정확한 날짜가 알려진 것은 1790년 북경에 갔던 박제가가 유리창을 들렀다가 『황청개국방략』을 발견하고 거기서 삼학사의 대목을 베껴 가서 조선에 알린 때부터이다. 죽음의 시간이 알려지지 않은 까닭에 삼학사의 행적 또한 제대로 알려지지 않았다. 「민용암성전」은 시종일관 민성 일가의 자결 행적만 강조하고 전란의 참상에 대해서는 거의 서술하지 않았다. 이런 의도적인 서술은 이념에 대한 강조를 극도로 과하게 하였으므로 오늘날의 독자에게 아무런 감동도 주지 못한다. 비록 전이라는 장르의 특수성으로 말미암아 비롯된 것이라 하여도 송시열의 집전 목적에 대해 다시 한 번 의구심을 품지 않을 수 없다. 송시열은 노론의 영수요, 북벌의 선두 주자이다. 이경석(李景奭, 1595~1671)이 1668년(현종 9년)에 이르러 궤장(几杖)을 하사받았는데 이에 송시열이 축문을 보내 표면적으로는 축하해주면서 '수이강(壽而强)'이라는 말을 넣어 송의 손적(孫覿)이 흠종을 따라 금에 잡혀간 후에도 아부해 잘 먹고 잘살았다는 것을 빗대어 이경석도 청나라에 아부한 것을 비난하였다. 이는 이경석이 삼전도비(三田渡碑), 즉 대청황제공덕비(大淸皇帝功德碑) 비문을 지은 것을 비난한 것이다. 이듬해인 1669년, 송시열이 이 사실을 털어놓으면서 격렬한 논쟁이 시작되었다. 「민용암성전」의 창작 시기는 밝히지 않았으나 「삼학사전」의 창작 시기만 살펴보더라도 2년 뒤인 신해년(1671, 현종 12년)으로 두 작품은 송시열의 정치적 목적에 이용되었음을 증명할 수 있는 단서라 하겠다.

제4장

한시문학에 표현된 조-청전쟁의 상흔

한시문학에 표현된 조-청전쟁의 상흔

한 치 앞을 내다볼 수 없는 전쟁 시대에 시인들이 그 현실에 대해 고도의 문학적 표현과 절제된 시어로 역사의 방향성 및 구체적 전망을 함축성 있게 표현하기는 어려울 것이다. 이로 말미암아 사르후전쟁 · 정묘전쟁 · 병자전쟁에 대한 전쟁 체험을 시화한 작품은 양적으로 많지 않으며, 그런 시편들에서 많이는 개인적 감정을 격렬하게 표출하거나 사실을 기록하는 데 치우치고 있다. 이는 전쟁이란 상황이 낳은 특수한 결과이며, 이런 표현 방법은 전반 17세기 조-청전쟁 제재 한시에서 주류를 이루고 있다. 위 장절들을 통하여 17세기 초 조-청전쟁 체험을 실기 · 전이란 장르를 통해 다양하게 살펴보았다. 각자가 자신의 위치에서 자신들이 듣고 보고 느꼈던 바를 바탕으로 전쟁의 참상을 알리고 전쟁의 발발 원인을 알리는 데 충실했다. 그럼 시인들이 몸소 겪었던 이런 경험들이 어떻게 한시로 표현되었는가를 알고자 하는 것이 본 장절이 연구하고자 하는 취지인데, 주제와 작가층 면에서 아래와 같은 선택을 하였다. 사르후전쟁 제재 한시는 김응하 장군을 애도하는 시편이 주를 이루기에 이를 다루기로 하였으며, 정묘전쟁 제재 한시는 강경한 척화파의 한 사람이었던 정온의 시편을 선택했으며, 병자전쟁 제재 한시는 왕실의 종친이었지만 은둔 생활을 했던 이응희(李應禧)와 조여벽(趙汝璧), 그리고 조경(趙絅)이 주고받은 시가를 선택했다.

1. 사르후전쟁 제재 한시—가구(假構)된 전쟁신에 대한 애도

위 장절에서 충분히 다룬 바 있는 김응하는 사르후전쟁에서 유일하게 영웅으로 부상된 인물이다. 사르후전쟁 제재 한시에는 김응하를 애도하는 만시(挽詩)가 주를 이루었는데, 사르후전쟁을 경험했던 시인들의 작품 중 김응하 장군 애도시가 모두 아홉 수이다. 그중에서 장유와 조경의 시편을 분석하기로 한다.

아래에 장유(張維)[1]의 칠언율시 「김 장군 응하를 애도한 시 두 수(哀金將軍應河二首)」를 보기로 하자

김 장군 응하를 애도한 시 두 수(哀金將軍應河二首)[2]

① 태양도 빛을 잃은 사막의 전진(戰塵)　　大漠煙塵白日黃

1) 장유(張維, 1587～1638)는 조선의 문신이다. 자는 지국(持國), 호는 계곡(谿谷)·묵소(默所)이며 본관은 덕수(德水)이다. 효종비 인선왕후의 아버지로 관직은 우의정에 이르렀고, 사후 영의정에 추증되고 신풍부원군에 추봉되었다. 1623년 인조반정에 가담하여 정사공신(靖社功臣)이 되었다. 천문·지리·의술·병서·그림·글씨에 능통했고, 특히 문장에 뛰어나 신흠·이정구, 이식과 더불어 조선 중기 4대 문장가인 월상계택(月象谿澤) 4대가로 꼽혔다.

2) 張維, 『谿谷先生集』, 卷三十.(번역문은 민족문화추진회 번역본을 인용하였음.)

기진맥진 싸우다가 장군이 전사하였도다	將軍力盡死沙場
충성스런 그 혼백 원학과 같이할 리 있나	忠魂定不群猿鶴[3]
무서운 귀신 되어 견양을 죽이리라	厲鬼猶應殺犬羊[4]
사해의 영웅들 모두 눈물 뿌리고	四海英雄皆涕淚
구중궁궐 영광스런 포장(褒章)도 있었어라	九重褒贈有輝光[5]
강변을 배회하는 상심한 초객	傷心楚客江潭上
이소의 국상편 읊조리며 애도하네	漫把離騷吊國殤

시에서는 김응하 장군이 먼지에 가려 태양도 빛을 잃은 황폐한 사막에서 혼신의 힘을 다해 싸우다 전사하였으며 그의 충성스런 혼백은 필시 죽은 전사들과는 달리 무서운 귀신이 되어 후금의 무리들을 모조리 쓸어 죽일 것이라 저주한다. 장군의 죽음에 세상 사람들이 모두 슬퍼하고 조정에서는 영의정으로 추숭하며 곳곳에 사당을 세워 장군을 기념하고 있음을 알리고 있으며 고향에 돌아오지 못해 상심할 장군을 생각하자 굴원이 떠올라 이소를 읊조리며 애도의 마음을 전하고 있음을 보여준다.

② 이제 막 펼치려다 사막에 묻힌 장한 그 뜻	壯志初將大漠呑
사수보단 그래도 임금의 은혜 보답했네	死綏[6]差足答君恩

3) 원학(猿鶴) : 전사한 일반 장사(將士)들을 말한다. 『예문유취(藝文類聚)』 권93 주(注)에 "주목왕(周穆王)이 남정(南征)했을 때 군대가 전멸하였는데 장사들은 원숭이와 학이 되고 일반 백성들은 벌레와 모래가 되었다." 하였다.

4) 견양(犬羊): 상대방 적군을 얕잡아 부르는 말이다.

5) 구중궁궐……있었어라 : 영의정에 추증(追贈)함과 동시에 각지에 사당을 세워 제향하게 하였다. 『海東名臣錄』.

6) 사수(死綏) : 군대를 후퇴시켜 패장(敗將)으로 치죄(治罪)되는 것을 말한다. 『사마법(司馬法)』에 '將軍死綏'라 하였다.

고군분투 끝에 함몰된 군대	鼓衰矢盡三軍沒
비 오고 음침한 날 원귀(寃鬼)들의 호곡(號哭) 소리	雨濕天陰萬鬼寃
듣자니 이능도 무릎을 꿇었다 하는데	聞道李陵猶屈膝[7]
가련타 선진처럼 머리라도 돌아오지	可憐先軫[8]未歸元
우리 조정 이제 와선 한스럽게들 여긴다오	如今廟算多遺恨
장군 위해 일찌감치 착문을 해 주지 못한 것을	不爲將軍早鑿門[9]

시에서는 큰 뜻을 펼치지 못하고 일찍 죽은 김응하 장군이 군대를 후퇴시켜 패장이 된 강홍립과 달리 성은에 보답했다고 말하고 있다. 고군으로 전쟁을 했기에 군대가 전멸되었으니 비 오는 날에는 원귀들의 한 맺힌 울음소기가 들려온다고 하였다. 또한 김응하 장군을 한나라 맹장 이능과 비기면서, 그렇게도 용맹했고 한무제의 총애를 받던 명장도 흉노군에 포위되자 굴복하고 말았는데 장군은 끝까지 싸워 충의를 지켰으니 만고의 영웅으로 칭송하고 있음이다. 선진의 머리처럼 장군의 시체를 돌려받지 못했으니 조정에서 모두가 장군을 위해 착문을 해주지 못한 것에 대한 애통함을 읊조리고 있다.

---

7) 듣자니…… 하는데 : 조선군 도원수 강홍립(姜弘立)이 후금의 군대에 항복한 것을 말한다. 이능(李陵)은 한무제(漢武帝) 때 흉노와 싸우다 선우(單于)에게 항복한 장군 이름이다.

8) 선진(先軫) : 춘추 시대 진(晉)나라 대부의 이름이다. 『춘추좌씨전(春秋左氏傳)』 희공(僖公) 33년에 "선진이 갑주(甲冑)를 벗고 적(狄)의 군대에 뛰어 들어가 죽자, 적인(狄人)이 그의 머리를 돌려주었는데 얼굴이 마치 살아 있는 사람과 같았다." 하였다.

9) 장군 위해……것을 : 총사령관인 도원수에 임명해 보낼 것을 그랬다는 말이다. 착문(鑿門)은 옛날 군대의 지휘자를 출정시킬 때 흉문(凶門)인 북쪽 문을 허물고 나가게 하면서 필사(必死)의 결의를 다지게 했던 일종의 의식이다. 『淮南子 · 兵略訓』.

다음은 조경(趙絅)[10]의 「김 장군을 애도하다(哀金將軍)」 세 수를 보면 아래와 같다.

「김 장군을 애도하다(哀金將軍)」[11]

① 적을 향해 활을 당기는 8만의 병사들	仰敵控弦八萬兵
태연한 신기에 진운이 평정되었네	自如神氣陣雲平
큰 활을 당기니 수많은 적들이 거꾸러지고	大黃彎月千人倒
장한 넋 온전한 천성 죽음마저 가벼이 여기네	壯魄全天一死輕
이름은 동한의 지주석처럼 우뚝하고	名聳東韓砥柱石
의리는 서한의 아부영처럼 분명하네	義明西漢亞夫營
수양의 영령은 지금껏 남아 있는데	睢陽[12]終古精靈在

10) 본관은 한양(漢陽)이고 자는 일장(日章), 호는 용주(龍洲) · 주봉(柱峯)이다. 윤근수(尹根壽)의 문인으로 김상헌(金尙憲) · 이정구(李廷龜) 등과 교유했다. 1612년(광해군 4년) 사마시에 합격했으나, 광해군의 대북 정권하에서 과거를 포기, 거창에 물러가 살았다. 인조반정 후 유일(遺逸)로 천거 받아 형조좌랑 · 목천 현감 등을 지냈고, 1626년(인조 4년) 정시 문과에 장원, 정언(正言)을 거쳐 지평 · 교리 · 헌납 등을 역임했다. 이 무렵 서인계 공신(功臣)이 조정의 여론을 무시하며 정국을 좌우하자, 정경세(鄭經世) · 이준(李埈) 등과 함께 맞서며 남인의 맹장으로 활약했다. 특히 지평으로 있으면서 같이 공부했던 김상헌과 좌의정 홍서봉(洪瑞鳳)을 탄핵하여 조야(朝野)의 지원을 받았다. 1630년 이조좌랑이 되었으며, 이조정랑을 거쳐 1636년에는 사간을 지냈다. 병자전쟁이 일어나 화전(和戰) 양론이 분분할 때 강화론을 주장하는 대신들을 강경하게 논박하며 척화론(斥和論)을 주장했다. 이듬해 집의로서 일본에 군사를 청하여 청나라 군대를 격파하자고 상소했으나 실현되지 못했다.

11) 趙絅, 『龍洲先生遺稿』, 卷二.

12) 수양은 장순(張巡)이 안녹산(安祿山)의 난리에 싸우다가 적에게 잡혀 죽은 수양성(睢陽城)을 말한다. 장순은 신기(神氣)가 강개(慷慨)하여 매번 적과 전투를 벌일 때 고함을 질러 군사들에게 맹세를 하는 바람에 눈자위가 찢어지고 피가 흘렀으며 이가 다 부스러졌는데, 성이 함락된 뒤에 적장 윤자기(尹子奇)가 왜 그렇게 했느냐고 묻자, 장순은 "내가 기운으로는 역적을 삼키고도 남지만 힘이 미치

윗자리 비워두고 구천에서 즐거이 맞이하리　虛左相迎樂九京

시에서는 좌영장이 되어 참전한 김응하가 유정의 3만 군대가 전멸되어 자결하자 고군분투하며 후금군과 싸우는 태연한 모습을 형용하고 있다. 수만 명의 후금군을 향해 활을 당겨 수많은 적들을 섬멸시켰으며 난세에 처했음에도 끝까지 충의를 지킨 김응하에 대한 비유라 하겠다. 장군으로서의 '의'는 마치도 한나라의 명장인 주아부와 같았으며 당나라의 명장 장순(張巡)의 영혼과 함께 구천에서 벗이 되기를 바라는 소망을 전하고 있다.

② 거록의 싸움에서 제후들은 성벽 위에서 관망했는데　鉅鹿諸侯壁上觀
장군은 어찌 남들이 어려워하는 것을 쉽게 생각하는가　將軍何獨易人難
다만 군명으로 주 왕실 높이는 것만 알았을 뿐　但知君命尊周室
흉노가 쌓아 놓은 말안장을 두려워하지 않았네　不畏匈奴積馬鞍
활 솜씨 버들잎을 쏘면 반드시 중첩되어 놀라게 했고　箭道驚楊中必疊
막야검은 주석을 쳐도 칼날은 도리어 남아 있었네　莫邪當柱刃還殘
만약 남팔을 다시 저승에서 만나더라도　若逢南八重泉下

지 못할 뿐이다."라고 대답했다. 마침내 윤자기가 칼로 장순의 입을 찢어 보니 남아 있는 이가 두세 개에 불과했다. 이에 장순이, "나는 임금을 위하여 의롭게 죽는다만, 너희들은 역적에게 붙었으니 짐승 같은 놈들이다. 어찌 오래 가겠는가."라고 꾸짖었다. 결국 장순은 윤자기에게 죽음을 당하였다. 「張巡列傳」, 『舊唐書』, 卷一八七下.

같은 시대에 하란 같은 역적이 있음을 함께 한하노라
共恨同時有賀蘭

시에서는 항우가 거록에서 진나라 군대를 공략할 때 제후들이 성벽 위에서 관망했던 고사를 인용하여 김응하를 거록에서 힘겨운 싸움을 혼자 했던 항우에 비유하고 강홍립을 성벽 위에서 관망하던 제후에 비유하여 난국에 있는 김응하를 지원하지 않았음을 비판하고 있다. 군주의 명이 높고 귀한 줄 알고 적의 병마가 많음을 무서워하지 않았던 김응하의 충의와 용맹에 대한 찬사가 이어지며 백발백중의 활솜씨, 그리고 신묘한 검술을 높이 평가하며 혈전을 벌이고 있는 김응하 부대를 구원하지 않고 관망하기만 했던 강홍립을 '하란진명'과 같은 소인에 비유하여 조롱하고 있는 것이다.

③ 충의와 용기가 당당하기를 쓰러지지 아니하고 義勇堂堂死不殫
처음으로 동한의 남아기개 세상에 알렸도다 始知男子出東韓
위용은 큰 사막에서 생겨나는 법, 봄기운 화창하게 변하는구나
威生大漠陽和變
핏줄기 높고 먼 하늘에 뿌려져 태양으로 가는 소리 들리는구나
血射長空白日殷
명나라 사신이 금 싣고 황제 도우러 급히 떠나고 漢使載金催帝奬
조선 사람 위패 들고 강변으로 가네 邦人爲廟聳江干
이능과 위율의 상황을 지금과 같다 말하지 마라 莫言陵律今如此
누군들 장군의 대장단을 거절할 수 있으랴 誰却將軍大將壇

시에서는 김응하 장군의 충의와 용기에 처음으로 조선의 대장부의 기개가 세상에 알려졌으며 큰 사막에서 떨쳤던 장군의 위용에 사막에도

화창한 봄기운이 찾아온다고 하였다. 장군의 전사한 모습에 대해서는 핏줄기가 길게 뿌려지면서 저 먼 태양에까지 가게 되었다며 그 장면을 장중하게 묘사하고 있다. 명나라 사신이 금을 싣고 가는 것은 김응하를 포상하라는 명 황제의 명령 때문이고 조선 사람이 들고 가는 위패는 김응하 장군을 기르기 위한 조정의 독려라 하겠다. 또한 이능과 위율이 부딪쳤던 상황보다 김응하의 처지가 더 위태로웠기에 대장단에 서게 됨에 반대할 사람이 없을 것이라는 확신을 보여주고 있다.

장유의 ①은 김응하의 전사 장면을 묘사하며 원귀가 되어 후금의 무리들을 모조리 쓸어 죽일 것에 대한 저주로 고향에 돌아오지 못함에 대한 애석함이며 ②는 큰 뜻을 펼치지 못하고 일찍 죽은 김응하 장군의 죽음에 대한 슬픔이고 장군의 시체를 돌려받지 못한 애통함이다. 조경의 ③은 고군분투하며 후금군과 싸우는 태연한 모습과 영용무쌍한 모습, 그리고 의에 대한 찬미와 명복을 빌고 있음이며, ②는 김응하의 용력에 대한 찬송과 강홍립의 졸렬함에 대한 비난이고 김응하의 충의와 용맹에 대한 지속적 찬사이며 백발백중의 활솜씨, 그리고 신묘한 검술에 대한 구가이며, ③ 역시 김응하 장군의 충의와 용기에 대한 찬미와 명 황제의 포상과 조정에서의 독려에 대한 긍지감의 표현이다.

그 외에 김응하 장군을 애도한 시들로, 이명한의 오언율시 「김 장군 응하를 애도하다(哀金將軍應河)」[13]와 박미의 칠언율시 「김응하 장군을 애도하다(哀金將軍應河)」[14]와 송영구의 칠언고시 「만 김 장군 응하 ○기미(挽金將軍 應河○己未)」[15]와 심동귀의 칠언고시 「김 장군 애도의 장편,

13) 李明漢, 『白洲集』, 卷五.

14) 朴瀰, 『汾西集』, 卷四.

15) 宋英耇, 『瓢翁先生遺稿』, 卷二.

차안성관운(哀金將軍長篇 次安聖觀韻)」[16]이 있다.

2. 정묘전쟁 제재 한시

1) 반발하는 노신(老臣)들의 충천하는 울분

정온(鄭蘊)은 조청 관계에서 시종 척화의 입장에 섰던 인물이다. 실질적으로 대청 결전 주장을 폈던 그는 임금에게는 '국군사사직(國君死社稷)'을 강요했고 자신에 대해서는 '대부사관수(大夫死官守)'를 실천하기 위해 노력했던 인물이다. 1627년(인조 5년) 정묘전쟁이 일어나자 행재소로 왕을 호종하면서 강화에 대한 반발의 표현으로 아래와 같은 다섯 수의 오언율시를 남긴 바 있다.

① 행재소로 가면서(達行在)[17]

세상살이 어찌 이리 비색하여	生世何屯否
빈번하게 난리에 곡을 하는가	頻年哭亂離
금강의 이슬에 옷을 적시고	衣沾錦江露
용진의 진흙에 발길이 빠졌어라	迹陷甬津泥
임금은 성주(聖主)시니 이런 일 없어야 하겠으나	主聖宜無此
신하가 어진지는 내 알 수 없도다	臣良也未知
어떤 사람이 또 일을 알아서	何人又解事

16) 沈東龜, 『晴峯集』, 卷五.

17) 鄭蘊, 『桐溪集』, 卷一.(이하 다섯 수의 정온의 한시 번역문은 민족문화추진회 번역본을 인용하였음을 밝힌다.)

강화를 해야 한다 주장하는가 唱議講和爲

여기서는 시인의 세상살이에 대한 한탄과 자주 받는 침입으로 울음이 그칠 새 없음을 괴로워하며 임금이 성군이지만 신하가 어질지 않아 강화를 주장하며 일을 그르침에 대한 통탄이다. 즉 주화파들이 임금의 눈과 귀를 가려 임금으로 하여금 잘못된 선택을 하게 했다는 통렬한 비판이다.

② 화의가 거의 이루어졌다는 말을 듣고(聞和議幾成)[18]

오랑캐가 국경을 넘고부터 虜騎踰關閾
왕께선 험한 길에 곤욕이신데 皇輿困露泥
게을리 조는 사수가 많고 慵眠多射手
느림보 포수가 전부더라 緩步盡砲兒
천참은 무엇 하러 지킬 것인가 天塹何須守
근왕병도 추종할 일이 없어라 勤王不必追
이제는 일찍 고향으로 돌아가서 惟當早歸去
베틀에 가득한 실이나 짜야겠네 促織滿機絲

정묘년 후금군이 조선의 국경을 넘어서부터 인조는 속수무책으로 있다가 결국 왕실과 중신들을 거느리고 강화도에 들어간다. 후금이 침입해도 뛰어난 장수들과 용감한 병졸들이 앞장서서 나라를 지키지 않고 군무에 태만하여 일전을 불사하겠다는 의지를 보이지 않음을 한탄한다. 화의가 이루어진 마당에 근왕병도 추종할 일이 없으니 이제는 다시 낙향하여 은거해버리겠다는 실망한 노신의 씁쓸한 심정을 토로했다.

18) 鄭蘊, 『桐溪集』, 卷一.

③ 오랑캐 사신이 회맹하러 온다는 소문을 듣고(聞胡差以莅盟事來)[19]

임금님은 몽진이란 모욕을 당했어도	主有蒙塵辱
신하는 목숨 바친 사람이 없더라	臣無效死人
회맹을 요구하니 우이가 부끄럽고	要盟愧牛耳[20]
비린내는 궁궐을 엄습하는고야	腥臭襲楓宸
바다에는 시름찬 구름이 많고	海國多愁靄
서울에는 나쁜 기운이 넘치네	京都溢惡氛
조정에는 육식자가 많기도 하다만	滿朝多肉食[21]
이 난국을 타개할 자 누구란 말인가	誰辦濟時屯

여기서는 인조가 어쩔 수 없이 강화도에 몽진을 떠났음에도 불구하고 목숨을 끊어 치욕을 씻으려는 신하가 없음을 꾸짖고 있다. 그리고 '우이가 부끄럽다'는 남송 문천상의 고사를 빌려 신하로서의 부끄러움을 토로하고 있다. 실제로 정온은 병자전쟁 때에는 이조참판으로서 대명의리를 내세워 최명길 등 주화파들을 적극 반대하다가 강화도가 함락되고 항복이 결정되자 오랑캐에게 항복하는 수치를 참을 수 없다고 하며 칼로 자결했으나 목숨은 끊어지지 않았다. 이로부터 미루어 보아 시인은 '언행일치'를 실현했다고 볼 수 있다. 시에서는 또 고관대작들이

19) 鄭蘊, 『桐溪集』, 卷一

20) 우이(牛耳) : 고대에 제후들이 회맹할 때에 소의 귀를 베어 그 회맹을 주도하는 자가 다른 제후들에게 나누어주면서 맹약을 지킬 것을 약속하였다. 송나라 문천상(文天祥)의 「2월 6일 해상의 대전에 남쪽을 향해 통곡하다(二月六日海上大戰向南慟哭)」라는 시에, "몸이 대신이 되었으니 의리상 죽어야 할 것을, 성 아래 군사의 맹약은 우이가 부끄럽다."라고 하였다.

21) 육식자(肉食者) : 일반적으로 지위가 높고 녹을 많이 받는 관리를 지칭하는 말로 쓰인다. 『춘추좌씨전(春秋左氏傳)』 장공(莊公) 10년 조에, "육식자는 안목이 좁고 사고가 낮아서 원대한 계획을 세우지 못한다." 하였다.

수없이 많음에도 불구하고 위기로부터 국가를 구할 신하가 없음을 애통해한다.

④ 강홍립 등을 인견하였다는 말을 듣고(聞引見姜弘立等)[22]

적에게 항복했으니 죽여야 마땅하거늘	降賊宜明戮
대궐로 불러 접견을 하시다니	楓宸接引卑
달콤한 말을 어찌 믿을 수 있으리요	甘言詎堪信
대의를 이미 먼저 저버렸는데	大義已先遺
하상에는 중국 군사가 늙어 가고	河上王師老
서울에는 오랑캐가 말을 달리네	畿中虜騎馳
조정이 요행으로 무사하다니	朝廷倖無事
기쁨이 양미간에 넘쳐흐른다	喜色溢雙眉

이 시는 강홍립에 대한 비난으로 시작된다. 사르후전쟁에서 후금에 투항한 죄를 물어 마땅히 참해야 할 역적을 지금 지엄한 대궐에 불러들여 임금이 접견하는 것은 부당한 처사라 말하고 있다. 역신의 감언이설에 넘어가 대의를 저버리고 화친을 시도했다고 하면서 명의 군사와 후금의 군사를 대조적으로 등장시키며 요행으로 목숨을 건진 것에 기뻐하는 사람들을 경멸의 눈길로 바라본다.

⑤ 삼월 삼짇날 좌상 오윤겸 등이 오랑캐 사신과 함께 피를 마시고 동맹을 맺다(三月三日。左相吳允謙等。與胡差歃血同盟。)」[23]

검은 소에다 흰 말을 잡으니	黑牛兼白馬

---

22) 鄭蘊, 『桐溪集』, 卷一.

23) 鄭蘊, 『桐溪集』, 卷一.

비린내 나는 피 쟁반에 가득 腥血滿盤殷
상국은 속이 뒤틀리지도 않고 相國無脾病
모신은 기쁜 안색 짓는구나 謀臣有喜顔
오랑캐들이 예식에 대해 말하고 侏離談禮式
짐승들이 사람들 속에 섞였으니 犬羊雜衣冠
동해에 빠지는 일 어렵지 않지만 東海非難蹈
조정을 바라보는 눈이 시리구나 朝門望眼寒

이 시는 유해와 강홍립 등이 맹약을 체결하는 일로 다시 돌아와, 우상 오윤겸 등이 검은 소와 흰 말의 피를 받아 후금 사신과 피를 마시고 맹약을 맺는 것을 보고 남긴 시이다. 내용은 강화에 대한 울분의 토로이다. 검은 소에 흰 말을 잡아 비린내 나는 피가 쟁반에 가득함은 오랑캐의 미련한 풍속이라 생각하고 상국과 모신이 이를 달가이 받아들인다며 비난하고 있다. 강화로 비롯된 회맹을 굴욕적으로 생각하고 후금군을 개와 양에 비유하며 주화파들과 함께 있는 모습을 보노라면 스스로 목숨을 끊기보다 더 어렵다고 한탄한다.

요컨대 ①은 시인의 세상살이에 대한 한탄, 잦은 침입으로 인한 울분, 우국충정과 주화파들에 대한 꾸짖음이고 ②는 정묘전쟁이 발발하자 조정이 급기야 강화도로 피난하고 장졸들이 구국에 나서지 않고 그 누구도 목숨을 건 싸움의 의지를 보이지 않는 것에 대한 낙심이며 ③은 임금이 욕을 당해도 신하 된 자가 이를 씻으려 하기는커녕 오히려 졸렬하게 강화를 추동하고 있는 주화파들에 대한 증오이며 위기로부터 국가를 구할 수 없는 것에 대한 애통이다. ④는 강홍립에 대한 비난으로 그의 감언이설에 넘어가 조정은 대의를 저버리고 화친을 시도했다고 하면서 화의에 기뻐하는 사람들을 경멸하고 있으며 ⑤는 형제의 동맹을 맺는 자리에 검은 소와 흰 말의 피를 받는 등 후금의 미련한 풍속을 따르는 주화파들에 대한 비난이다. 즉 ①, ②, ③은 적의 침공을 무찔러야 할 장수와 조정의 신료들이 국토를 유린하고 백성들을 무자비하게 침탈하는 적들의 만행을 수수방관하고 있는 것에 대한 비판이며 ④, ⑤는 요리조리 몸을 사리며 눈치만 보고 강화만 추진하다가 급기야 소와 말의 피를 마시는 미련한 풍속을 따르는 등 예의에 어긋나는 행위를 하는 조정의 행태에 대한 시인의 나무람과 절망이다.

2) 망각된 패장들에 대한 예찬

거대한 역사적 상황의 흐름 속에서 개인은 미약한 존재이고 고립된 존재이다. 정묘년, 후금군이 조선 국경을 침범한 순간부터 조선의 패전은 결정된 사안이라 보아도 과언이 아니다. 이런 상황에서 한 개인의 도전은 계란으로 바위 치기에 불과하지만, '의'를 위해 목숨을 초개같이 버리는 이들도 출현했던 것이다. 아래에 비록 정묘전쟁에서 전사했지만, 그 죽음의 장렬함에 비해 이름이 크게 알려지지 않은 잊혀진 패장들에 대해 알아보자. 그들은 각각 능한산성을 지키다 후금군에 의해 성이 함락되자 스스로 자폭하여 죽은 남이홍과 의주 판관 최몽량, 영유 현령 송도남인데 아래에 그들을 예찬한 한시를 살펴보기로 하자.

① 남이홍의 죽음을 애도하다(悼南以興)[24)]

걸걸한 장군이 기운도 웅장한데　　　　愒愒將軍負氣雄

24) 鄭蘊, 『桐溪集』, 卷一.

변방에서 군사 훈련 몇 해나 했나 幾年關塞習兵戎
안현에서 맹세코 기우는 사직을 부지하자 했고 誓心鞍峴扶傾社[25]
안성에서는 의기를 떨쳐 오랑캐의 예봉을 꺾었네 奮義安城挫虜鋒[26]
후원이 끊겨서 비록 즉묵의 승첩은 없었지만 援絕雖無即墨捷[27]
죽음으로 끝내 수양의 기풍을 수립하였다네 死榮終樹睢陽風
응당 알리라 당일에 투신했던 불길이 應知當日投身火
도리어 서천에 드리운 무지개를 꺾을 줄을 轉作西天截雨虹

시에서는 정묘전쟁 때 순절한 남이흥(南以興) 장군에 대한 애도인데, 남장군은 영웅호걸의 성격과 웅장한 기운의 소유자로, 더욱이 변방에서 수년간 군사들을 조련해 왔으므로 실력을 갖춘 인물로 보고 있다. 1624년 이괄이 안현에서 난을 일으키자 기울어져 가는 조정을 위험 속에서 구해냈기에 사직을 구한 공이 있으며, 후금군이 안주성으로 쳐들어왔을

25) 안현(鞍峴)에서……했고 : 안현은 지금의 이화여자대학교 뒷산을 말하며 길마봉이라고도 한다. 남이흥은 1624년(인조 2년)에 장만(張晩), 정충신(鄭忠臣) 등과 함께 이곳에 진을 치고, 반란을 일으켜 서울에 들어온 이괄(李适)의 일당과 접전을 벌여 그들을 진압함으로써 위험할 뻔했던 종묘사직을 부지하였다. 그리하여 진무 일등공신(振武一等功臣)에 봉해졌다. 「續雜錄」, 『大東野乘』, 卷三十一.

26) 안성(安城)에서는……꺾었네 : 1627년(인조 5년)에 후금(後金)이 강홍립(姜弘立)의 꾐에 빠져 8만여 기의 군사를 거느리고 우리나라로 쳐들어와서 의주(義州)를 함락하고 계속 침략하였다. 이때 평안 병사 남이흥은 안주 목사(安州牧使) 김준(金浚) 등과 함께 안주성(安州城)에서 이들을 맞아 전투를 벌이다가 불가항력의 싸움임을 알고 화약을 터뜨려 장렬하게 최후를 맞았다. 「逸史記聞」, 『大東野乘』, 卷五十八.

27) 즉묵의 승첩[卽墨捷] : 전국 시대 때 악의(樂毅)가 연(燕)나라 소왕(昭王)의 상장군(上將軍)이 되어 오국(五國)의 군대를 거느리고 출정하니, 제(齊)나라는 대부분의 성(城)이 함락되고 거(莒)와 즉묵만이 남아 있었다. 이때 즉묵성을 지키던 전단(田單)이 계략을 세워 사태를 반전시키고 그 여세를 몰아 제나라 북쪽 하상(河上)까지 밀고 가서 잃었던 70여 성을 단숨에 다시 찾았던 쾌거를 말한다. 「田單列傳」, 『史記』, 卷八十二.

때 비록 얼마 버티지는 못했으나 안주 목사 김준 등과 함께 분전했으며 중과부적으로 질풍노도처럼 달려드는 후금의 맞수가 되지 못했기에 패하고 말았다. 그러자 스스로 화약을 터뜨려 장렬한 최후를 맞았는데 시인은 이를 후금군의 예봉을 꺾은 것으로 보고 있으며 수양의 기풍이 있다고 찬사하고 있다. 그러면서 그날 남 장군의 혼신을 태웠던 불길이 서천에 드리운 무지개를 무색하게 할 정도로 아름다운 것이라고 보고 있다. 즉 남이흥의 순국 정신을 통해 절개를 지킨 무인으로 칭송하며 그의 우국충정에 대해 찬미한 것이다.

② 판관 최몽량을 애도하다(哀崔判官)[28]

이웃집 불을 빌려 글을 읽는 가난한 서생에게	伊吾匡壁一書生
누가 성문을 닫고 오랑캐에 항거하게 하였는가	誰使嬰城抗虜兵
분개하여 다만 신하에겐 죽음이 있음을 알 뿐	飮血但知臣有死
깃발 휘날리면서 어찌 북소리 울리지 않으리	颭旗其奈鼓無聲
성 공격에 온갖 방법으로 무자비하게 날뛰어도	梯衝百道豺狼縱
천지에 삼강과 의로운 죽음에 대하여 밝혔도다	天地三綱義烈明
사관이 천추의 역사서에 남겼나니	太史千秋籍簇在
장순 허원과 영예로운 이름 나란히 할 만하도다	睢陽巡遠[29]竝榮名

28) 趙絅, 『龍洲遺稿』, 卷三.(조경의 아래 두 수의 한시 번역문은 민족문화추진회 번역본을 인용했음을 밝힌다.)

29) 순원(巡遠)은 안녹산의 난 때 수양성(睢陽城)을 지키다 죽은 장순(張巡)과 허원(許遠)을 말한다. 장순은 수양 태수 허원과 함께 성을 지키며 적장 윤자기와 싸워 몇 번이나 물리쳤으나, 수개월을 고수하다가 중과부적으로 식량마저 떨어진 상태에서 그의 명성을 시기한 임회 절도사 하란진명(臨淮節度使賀蘭進明)이 일부러 구원병을 보내지 않아 성이 함락되면서 죽음을 당한 사실을 그들과 상대적으로 대비시켜 풍자하고 있다.

이는 정묘전쟁에서 후금군에 항전하다 순절한 의주 판관 최몽량(崔夢亮, 1579~1627)에 대한 애도의 시이다. 여기서는 최몽량의 가난한 서생 시절부터 회억하여 성문을 닫고 후금군에 저항했던 의로운 행적을 적고 있다. 최몽량은 정묘전쟁이 일어나자 종현(鍾峴)에서 전쟁을 지휘하였는데 강홍립이 후금군의 선도를 하고 있는 것을 보고 꾸짖다가 포로가 되었다. 그러나 끝끝내 굴복하지 않고 죽음을 택했는데 그의 동생과 아들들도 함께 그 뒤를 따랐다. 시인은 바로 최몽량의 이러한 행위를 일컬어 "신하에겐 죽음이 있음을 알 뿐"이라고 했으며 "천지에 삼강과 의로운 죽음에 대해 밝혔도다."라고 하였던 것이다. 손에 칼을 든 장수가 아니라 붓을 든 서생이지만 나라에 대한 충성에 있어서는 결코 무장 못지않은 용맹함이 있었다.

그리하여 사관이 영예로운 이름을 천추에 남겨주었으니 그것은 장순과 허원에 비길 만한 충절이라는 의미를 부여했다.

③ 영유 현령 송도남이 꿈에 나타나다(夢宋永柔萬里)[30]

혼이 찾아오니 초사로 부른 것이 아니거늘 魂來不用楚辭招
혼이 떠나간들 어찌 한수에서 멀어짐을 알겠는가 魂去何知漢水遙
꿈에서 본 훤칠한 용모는 지난날과 같건만 眉宇崢嶸如昔日
이제 서로 유명을 달리하여 헤어지고 말았도다 幽明乖隔覺今朝
안주 산성에서 죽었어도 충성은 드러나기 어려웠고 安州城上忠難見
능한 산성을 막지 못한 죄상은 절로 넘쳐나기만 했지 凌漢山中罪自饒

30) 趙絅, 『龍洲遺稿』, 卷三.

나는 백수에 병든 몸으로 먼 하늘가에서 놀랐거니　吾病天涯驚白首
말 하려 해도 직분이 아니어서 임금께 통하지 못한다네
欲言非職阻丹霄

이 시는 영유 현령 송도남(宋圖南, 1576~1627)[31]이 꿈에 나타났기에 그의 의로운 죽음을 추모하는 시이다. 송도남은 후금군에 맞서 싸우다 능한산성(凌漢山城)에서 죽음을 맞는다. "혼이 찾아오니 초사로 부른 것이 아니거늘(魂來不用楚辭招)"은 두보(杜甫)의 시 「귀몽(歸夢)」의 시구를 인용하여 고향에 오고 싶어도 올 수 없는 송도남의 간절한 귀향의 꿈을 안타까워하고 있다. "혼이 떠나간들 어찌 한수에서 멀어짐을 알겠는가(魂去何知漢水遙)"도 역시 죽기는 하였지만 그 혼은 조국인 조선에서 한시도 떠날 수 없는 애절함을 말하고 있다. 꿈에서는 예전의 훤칠한 용모 그대로 나타났고, 다른 세상에서 살고 있어 만날 수 없는 현실에 가슴

31) 인조반정 뒤에 강원도 도사를 거쳐 의주 판관에 임명되었을 때 병으로 부임할 수 없게 되었는데, 이때 이조에서는 변방 고을에 부임함을 꺼린다고 하여 탄핵하기도 했다. 이로 인해 영유 현령으로 부임하게 되었다. 1627년(인조 5년) 정묘호란이 일어나 후금군이 침공하여 의주를 함락하고 안주(安州)에 이르자 평안 병사 남이흥은 안주 목사(牧使)로서 방어사(防禦使)의 직임을 겸했던 김준(金浚) 등과 성두에 서서 사력을 다해 항전했으나 중과부적으로 성첩을 지키다가 전사하게 된다. 앞서 그가 군대를 이끌고 안주에 이르렀을 때 남이흥이 "그대는 문관이니 헛되이 죽지 말고 속히 몸을 피하라."고 했으나, 병난에 처하여 사력을 다해 싸우는 일이 어찌 무부들만의 일이겠느냐고 하면서 의기를 보였다. 이에 남이흥이 동의하여 그에게 적진에 보내는 격문을 작성하게 했더니, 의리를 저버리고 강토를 유린하는 적들의 만행을 꾸짖음이 충상벽력과 같았다.(丁卯春, 說虜酋引兵陷義州, 長驅至安州, 時公在永柔, 聞變將赴, 援舊例文士宰邑者有兵難, 輒替遣副將而不自往, 吏以故事白, 公不聽, 自引兵入安州, 兵使南以興亦勸之曰: 公文吏也, 速還毋徒死. 公奮曰: 臨難死綏, 獨武夫事耶. 南公義而壯之, 署從事, 使草檄諭虜, 公援筆立就. 一尹鳳朝, 『圃巖集』, 卷二十二 참조.)

아파하고 있다. 비록 안주성에서 목숨을 바쳐 능한산성을 보위하려 했지만 이를 알아주는 이 아무도 없고 오히려 죄상이 넘쳐났다고 하였으니 그의 장렬한 죽음을 알리고자 해도 시인 자신의 직분이 아니어서 임금에게 진상을 알릴 수 없음을 통탄하고 있다.

요컨대 ①은 남이흥 장군에 대한 애도인데, 주로 이괄의 난을 평정한 사직을 구한 공덕, 능한산성에서 안주목사 김준 등과 함께 분전하다 실패하여 순국한 우국충정에 대한 찬미이고 ②는 의주 판관 최몽량에 대한 애도로 포로가 되었으나 끝끝내 굴복하지 않고 죽음을 택한 의거와 나라에 대한 충성, 그리고 용맹함에 대한 칭송이며 ③은 꿈에 나타난 영유현령 송도남의 의로운 죽음에 대한 추모로 고향에 오고 싶어도 올 수 없는 송도남의 간절한 귀향의 꿈을 안타까워하고 있다. 아울러 목숨을 바쳐 싸워도 공을 인정받지 못한 부당함에 대한 통탄이기도 하다. 즉 ①, ②, ③의 주인공은 모두 큰 전공을 세우거나 후금군의 침공을 크게 막아내지 못했어도 의로운 죽음을 택한 정묘전쟁 희생자들에 대한 송가이다.

3. 병자전쟁 제재 한시—안빈낙도하던 은사들의 포효

안빈낙도는 공자가 제자들에게 강조했던 정신 중의 하나로, 가난한 생활 가운데서도 편안한 마음으로 도를 즐기는 것이다. 안회는 공자의 제자들 속에서도 안빈낙도를 제일 잘 실천했던 사람으로 알려져 있다. 17세기 조-청전쟁 제재 한문학에서 안빈낙도를 실천했던 은사들의 시작품은 보기 드문데, 아래에 전쟁을 경험하고 지은 그들의 시편에서 우국지정과 향수의 감정이 어떻게 표현되고 있으며, 또 당면한 국가의 위기를 타개하고자 어떤 의지를 보이고 있는가를 알아보기로 하자.

병자년 난리 후에 집으로 돌아와 피난 중에 있었던 일들을 추술하여 조여벽에게 부쳐주다 40운(丙子亂後還家追述避亂中事寄贈趙汝璧 四十韻)[32]

① 자연 속에 가돈하여 몇 해나 지났던가	嘉遯林泉歲幾周
작은 시냇가에다 초가집을 지었었지	茅齋寄在小溪頭
형문에서 홀로 즐거이 사니 세상사 고요하고	衡門獨樂塵機靜
화사에서 유람하니 한가한 흥취가 많아라	花社從遊逸興稠
중울의 문 앞에는 잡초 속에 길을 열었고	仲蔚門前開草逕
도잠의 거리 밖에는 방초 우거진 물가일세	陶潛巷外挹芳洲
땅이 외져 반곡은 휘감아 돌고 굽었으며	地偏盤谷繚而曲
마을이 후미져 도원은 단절되어 더욱 그윽해라	村僻桃源絕更幽
높은 관직에 오르는 것은 내 뜻이 아니요	拖紫紆靑非我志
부귀영화 누리는 것도 뜬구름과 같아라	乘軺建節若雲浮
삼천 길 백발 빗질해 보니 듬성해졌고	三千丈髮[33]梳來少
일만 섬 시름은 늙을수록 하염없구나	萬斛閑愁[34]老更悠
홀로 티끌 세상에 서매 좋은 벗 없지만	獨立塵寰無好伴
속세 밖에 어진 이 있을 줄 어이 알았으랴	寧知物表有賢流

---

32) 李應禧, 「玉潭詩集」.(이 시의 번역문은 민족문화추진회 번역본을 인용했음을 밝힌다.)

33) 삼천 길 백발 : 이백(李白)의 시 「추포가(秋浦歌)」에 "백발이 삼천 길이나 되니, 시름 때문에 길어진 듯하여라. 알지 못하겠네 밝은 거울 속, 어디서 가을 서리를 얻었는고.(白髮三千丈 緣愁似箇長 不知明鏡裏 何處得秋霜)"라고 하였다.

34) 일만 섬 시름 : 인생의 많은 근심을 형용하였다. 유신(庾信)의 「수부(愁賦)」에 "일촌 크기 마음을 가지고, 만곡의 많은 시름을 담는다.(一寸心 乃有萬斛愁)"라고 하였다.

시는 전쟁이 시작되기 전에 작자가 살았던 유적한 은거 생활로부터 시작된다. 작은 시냇가에 지은 초가집은 그야말로 고요한 은사의 거처이며 꽃비가 내리는 길에서 노닐며 중울처럼 살고 도연명처럼 속세를 떠난 경지를 말하고 있다. 외진 곳에 은둔해 사는 시인은 자신이 살고 있는 곳이 후미지지만 무릉도원이 따로 없음을 형용하고 있다. 출사도 부귀영화도 모두 자신의 뜻이 아니지만 삼천 길 백발과 일만 섬 시름은 시인의 우국충정에서 비롯된 허다한 근심을 형용하고 있다. 비록 친구 없이 홀로 지냈지만 세상 밖에는 필시 자신과 통할 어진 자가 있음을 말하고 있다.

② 우뚝 뛰어난 재주는 장경보다 낫고　　奇才卓犖長卿右
펼쳐진 아름다운 문장은 자건의 짝이어라　　麗藻聯翩子建儔
반평생 동안 전원에서 재능을 숨긴 채 살았고　　半世丘園藏羽翼
바둑에만 마음을 쏟으며 즐거이 노닐었네　　專心碁局樂遨游
날마다 서책을 탐독하니 마음에 속됨 없고　　圖書日嗜心無俗
늘 술동이 그득하니 술을 사지 않아도 되었지　　樽杓長盈酒不謀
금란의 우정은 평소에 쌓아 온 지 알겠거니　　托契金蘭知有素
교칠과 같이 서로 사귄 지 그 몇 해이런고　　相從膠漆幾經秋
때로 와력을 가지고 맑은 서안을 더럽히고　　時將瓦礫塵清案
매양 경거를 가지고 늙은 눈을 비비게 하였지　　每把瓊琚刮老眸
좋은 밤엔 다정히 누워서 보내던 그날을 그리워하고
良夜相思同臥榻
꽃 피는 시절엔 함께 누각에 오르던 때를 생각한다오
花辰日憶共登樓
용순은 반드시 은자가 잡기를 기다리고　　龍脣[35]必待幽人挈

35) 용순(龍脣) : 거문고를 가리킨다. 후한(後漢)의 순숙(荀淑)은 자가 계화(季和)인데,

작설차는 늘 좋은 손님과 함께 마신다 雀舌恒從美客酬
세로에 지음으로 오직 그대가 있으니 世路知音君獨在
인간세상 만남과 이별엔 근심이 없어라 人間離合庶無憂

시에서는 벗의 재주를 평가하기를 사마상여보다 위에 있으며 미문의 아름다움은 가히 조식과 견줄 수 있지만 평생토록 전원에서 은둔하여 바둑을 두며 지내던 즐거운 나날을 서술하고 있다. 매일과 같이 서책을 읽으며 마음을 정갈히 하고, 빚은 술은 늘 가득하기에 일부러 사러 가지 않아도 되었으며, 평소에 쌓은 우정은 교칠과 같이 견고함을 찬미하고 있다. 비록 시인 자신의 시는 보잘것없지만 상대방이 보내온 시는 주옥과 같은 시문이라, 밤에는 또 다시 벗을 그리워하고 봄이 다가오면 누각에서 함께 노닐 때를 그리워하며 용순처럼 자신을 잡아줄 벗을 기다리고 있다. 작설차를 함께 마실 지음이 있으니 인간 세상 그 어떤 상황에도 걱정할 것이 없다고 한다.

③ 먼지가 옥새에 이니 삼정이 어두워지고 塵驚玉塞三精暗[36]
말이 금하를 건너니 팔도가 짓밟히었네 馬渡金河[37]八路蹂

용순이란 거문고를 가지고 있다가 어느 비바람이 크게 몰아치던 날 잃어버렸다. 3년 뒤 비바람이 크게 몰아치던 날 흑룡(黑龍)이 날아서 이응(李膺)의 방에 들어왔다. 이응이 자세히 보고는 "순계화(荀季和)의 구물(舊物)이다." 하고 순숙에게 돌려주었다. 그러자 순숙이 다시는 날아가지 못하게 등에 금으로 글씨를 새겨 "유루(劉累)로써 누른다." 하고 비룡(飛龍)이라 이름을 바꾸었다.『說郛』. 유루는 고대에 용을 잘 길들이던 사람이다.

36) 옥새(玉塞)는 한대(漢代)에 감숙성(甘肅省) 돈황(敦煌)에 있던 옥문관새(玉門關塞)의 약칭으로, 변방을 가리키는 말로 쓰인다. 삼정(三精)은 해, 달, 별이다.

37) 금하(金河) : 내몽골 지역에 있는 강으로, 현재의 이름은 대흑하(大黑河)이다. 북방 교통의 중심지였다.

달무리 진 외로운 성에는 새벽 딱따기 소리 울리고 月暈孤城晨擊柝

구름처럼 모인 용맹한 병사들 밤에도 북채 안고 잔다 雲屯猛士夜援枹

백성들 붙잡혀 가니 들판마다 곡하는 소리 燕民繫累千原哭

재물을 쓸어 가느라 촌락마다 다 뒤지누나 秦貨擔歸萬落搜

학가는 서쪽으로 먼 요동 변새를 순시하고 鶴駕西巡遼塞遠

용안은 삭풍이 몰아치는 북쪽을 바라보셨어라 龍顏北望朔風颼

수레와 시종(侍從) 이어져 길에는 먼지 자욱하고 車從絡繹黃塵合

피난하는 행차 어지러워 밝은 해도 시름겹다 冠蓋繽紛白日愁

조정에서는 기미의 계책 쓰느라 세월만 보내고 廟算羈縻淹歲月

정벌의 계획은 고식적이라 창칼은 녹이 스누나 征謀姑息老戈矛

많은 식구 거느리고 남쪽 고을 수령 의지해 提携百口依南宰

갖은 신고 다 겪으며 바닷가에서 피난했네 備歷千辛賴海陬

객지에서 뜻밖의 상봉은 참으로 드문 일이니 逆旅相逢眞有數

진창길에서 이렇게 만나는 일 어찌 쉬우리오 泥途會面亦安偷

남은 술 식은 고깃점에 나그네 회포가 같고 殘盃冷炙同羈抱

필마에 여윈 아이종 데리고 객지를 떠돌았지 匹馬羸僮共旅遊

칡이 모구에 굵으니 세월이 오래 흘렀고 葛誕旄丘時已晚

외가 기협에 생기니 한 해가 지나갔어라 瓜生夔峽[38] 歲將遒

멀리 고향을 바라보며 유린당한 강토를 슬퍼하고 遙瞻故國悲秦岬

모임을 신정에서 마치매 초나라 죄수처럼 울었지

38) 외가 기협(夔峽)에 생기니 : 기협은 중국 사천성(四川省)에 있는 삼협(三峽)의 이칭이다. 당나라 시인 두보가 안사의 난 때 피난하여 이 지역에 살았다. 당시에 지은 해민(解悶) 12수 중 세 번째 시에 "한 번 고향을 떠나 십 년이 지나니 매양 가을 외를 보면 고향을 그리워하네.(一辭故國十經秋 每見秋瓜憶故丘)"라 하였다.

會罷新亭泣楚囚

시에서는 난리가 일어나 천하가 심히 혼란하며 청군이 쳐들어와 조선 강토를 유린하는 참상을 적고 있다. 외로운 성에는 딱따기 소리만 들릴 뿐, 병사들은 항시 전쟁을 대기하고 있으며 백성들이 포로가 되어 끌려가며 통곡하는 소리는 온 들판에 울려 퍼진다. 시인은 또 청군들이 온 마을을 샅샅이 뒤져가며 재물을 약탈해 가는 모습을 보고 있을 수밖에 없는 안타까운 심정을 토로하고 있다. 세자와 대군은 요동 쪽의 전황을 순시하고 주상전하는 찬바람이 몰아치는 남한산성에서 북쪽만 하염없이 바라보니 이는 근왕병을 애타게 기다리는 임금의 애간장 끊어지는 모습이라 하겠다. 피난길에 오른 백성들이 줄줄이 늘어서 길에는 먼지가 뽀얗게 일고 그 모습이 하도 처참하여 눈 뜨고 볼 수 없는 지경임을 서술하고 있다. 청에 소현세자와 봉림대군 및 삼학사 등을 볼모로 보낸 것은 백성들을 살리기 위한 것이고, 원수인 청과 친선 관계를 맺은 일은 오로지 종묘사직을 지키기 위함이라 대변하고 있다. 그런 사이에 청군과의 전쟁 의지는 가뭇없이 사라짐을 한탄한다. 자신이 천신만고 끝에 바다로 피난했는데 그 와중에 진창길에서 아는 이를 만났으니 반가움은 잠시 스쳐 지났을 것이다. 떠도는 나그네의 처량한 자기 신세를 한탄하며 쉼 없이 방랑하였으니 이를 원망하고 있음이다. 고향을 떠나 피난길에 오른 신세를 한탄하며 청군의 말발굽 아래 짓밟힌 강토를 보면서 마치도 초나라의 함락을 지켜본 굴원처럼 통곡하며 눈물을 흘렸던 시인의 비통함을 표출하고 있다.

④ 다행히도 하늘이 내렸던 재앙을 거두시고　　　賴得皇天能悔禍

마침내 성상으로 하여금 이 나라 안정케 하셨네　終教睿算定神州

타향은 아무리 아름답더라도 내 땅이 아니라　他鄉信美非吾土[39]

여장을 꾸려 서로 함께 고향으로 돌아오니　行李相將返故丘

죽은 사람 산 사람 안부 물으매 슬픔은 끝없고　弔死問生哀不盡

홀아비 과부 위로하며 곡소리 그치지 않았어라　悲鰥慰寡哭無休

여염집들은 죄다 불타서 잿더미만 남았고　閭閻蕩爇餘灰燼

텅 빈 마을에는 간간이 해골만 널려 있는데　村巷空虛間髑髏

집안에 두었던 주현은 어디로 갔는지 뵈지 않고　屋裏朱絃[40]亡不見

상자 속의 서책은 흩어져 수습할 수 없었네　篋中黃卷散無收

백성들은 스스로 삼생의 괴로움 탄식하고　齊民自歎三生苦

임금은 깊이 국가 재생의 계책을 도모하셨지　聖主深圖再造猷

자극에서는 한밤중에 측루를 생각하고　紫極中宵思側陋[41]

단루에서는 전석하여 방구를 물었어라　丹樓前席問旁求[42]

---

39) 타향은……아니라 : 중국 삼국시대 건안칠자(建安七子)의 한 사람인 왕찬(王粲)이 형주 자사(荊州刺史) 유표(劉表)의 식객으로 있을 때 성루 위에 올라가 울울한 마음으로 고향을 생각하며 지은 「등루부(登樓賦)」에 "참으로 아름답지만 나의 땅이 아니니, 어찌 잠시인들 머물 수 있으리오.(雖信美而非吾土兮 曾何足以少留)"라고 하였다.

40) 주현(朱絃) : 붉은 현(絃)으로 거문고 줄을 뜻한다. 여기서는 거문고를 가리킨다. 『예기 · 악기(禮記 · 樂記)』에 "청묘의 슬은 붉은 현으로 되어 있고 소리가 느릿하여, 한 사람이 선창하면 세 사람이 화답하여 여음(餘音)이 있다.(淸廟之瑟 朱絃而疏越 壹倡而三嘆 有遺音者矣)"라고 하였다.

41) 자극(紫極)에서는……생각하고 : 임금이 숨은 인재를 등용하기 위해 고심함을 뜻한다. 자극은 황제의 궁궐이다. 천제(天帝)는 자색(紫色)의 궁궐에 거처한다 하여 궁궐을 자미궁(紫微宮), 자궁(紫宮), 자달(紫闥) 등으로 표시하기 때문에 붙여진 이름이다. 측루(側陋)는 요(堯) 임금이 사악(四岳)의 신하에게 인재를 구하기를 당부하면서 "이미 지위에 있는 사람도 드러내 밝히고 미천한 사람도 들어서 쓰도록 하라.(明揚側陋)"라고 한 데서 온 말로, 숨은 인재를 등용하는 것이다. 「書經」, 『堯典』.

42) 단루(丹樓)에서는……물었어라 : 역시 임금이 신하들에게 유능한 인재를 등용하는 문제에 대해 의논하는 것을 뜻한다. 단루는 붉은 칠을 한 누각으로 궁궐

외로운 백성 불쌍히 여겨서 정치에 애를 쓰고　哀傷煢獨勞王政
피폐한 민생 보살피느라 내수에 힘을 다하누나　存恤瘡痍盡內修
혼란이 극도에 이르면 다스림 생각하는 때가 됐나니　亂極思治時已在
성공을 거둠이 패배로 말미암는 이치는 당연한 것　功成因敗理應優
변방에 난리가 안 일어나 조두 소리 그치고　邊聲不起停刁斗[43]
봉화 연기 일어나지 않아 군대 깃발 누웠어라　烽火無烟偃旆斿
군사들은 이때 응당 철마를 쉴 테고　壯士時當休鐵馬[44]
장군이 투구를 벗는 것을 장차 보게 되며　將軍佇見脫兜鍪
시인들은 황하 맑음을 칭송하는 시를 짓고　詞人擬作河淸[45]頌
은사들은 바다로 들어가는 노래를 그치리　隱士休歌入海謳[46]
태평을 즐거워하는 것이 참으로 즐거운 일　相樂太平眞所樂
함께 왕의 교화를 도울 길이 어찌 없으리오　共添王化豈無由

을 가리킨다. 전석(前席)은 자리를 앞당긴다는 뜻으로 임금과 신하가 의기투합함을 뜻한다. 한문제(漢文帝)가 신하 가의(賈誼)와 애기하다가 의기가 투합하여 자기도 모르게 자리를 앞으로 당겨 몸을 가의 가까이로 다가왔다는 고사에서 유래한다. 「賈生列傳」, 『史記』, 卷八 十四. '방구(旁求)'는 『서경 · 태갑 상(書經 · 太甲上)』에 "두루 뛰어난 인재를 구하여 후인을 깨우쳐 인도하셨다.(旁求俊彦啓迪後人)"라고 한 데서 온 말로 널리 인재를 구하는 것을 뜻한다.

43) 조두(刁斗) 소리 : 변방의 경보(警報)를 뜻한다. 옛날 군중에서 야경을 돌 때 쓰던 바라로 낮에는 이로써 밥을 짓고 밤에는 이로써 야경(夜警)의 딱따기로 사용하였다.

44) 철마(鐵馬) : 철갑(鐵甲)을 입힌 전마(戰馬)이다.

45) 황하 맑음 : 어진 성군(聖君)이 다스리는 태평성대를 뜻한다. 삼국시대 위(魏)나라 이강(李康)의 「운명론(運命論)」에 "황하가 맑아지면 성인이 나온다.(黃河淸而聖人生)"라고 하였고, 그 주(註)에 "황하는 천 년 만에 한 번 맑아지는데, 황하가 맑아지면 성인이 그때에 나온다.(黃河千年一淸 淸則聖人生於時也)"라고 하였다.

46) 바다로 들어가는 노래 : 바다에 신선이 사는 삼신산(三神山)이 있다는 전설이 있기 때문에 옛날에 세상을 피하여 은둔하는 사람들이 신선을 찾아 바다로 갔던 것이다. 즉 세상을 피하여 은둔하러 가면서 부르는 노래이다.

남은 생애 지금은 다 같이 일 없이 한가해　　餘生此日同無事
나란히 물가에 앉아서 낚싯대나 드리우세　　並坐苔磯引釣鉤

여기서는 종전된 후의 국토의 모습을 그리면서 임금을 칭송하고 있다. 시인은 이 전쟁을 하늘이 내렸던 재앙으로 보고 나라를 안정시킨 공을 임금에게 돌리고 있다. 이제 피난살이를 끝맺고 다시 고향으로 돌아오는데 서로의 생사 여부를 묻노라니 그 슬픔은 이루 다 말할 수 없다. 홀아비가 된 이도 있고 과부가 된 이도 있고 구슬픈 통곡 소리 그칠 날이 없음을 구슬퍼한다. 집들은 죄다 잿더미가 되었고 텅텅 빈 마을에는 해골이 널려 있고 집 안의 재물들은 온데간데없어지고 말았다며 청군이 휩쓸고 간 마을의 광경과 이런 잿더미에서 다시 삶의 터전을 마련해야 될 백성들은 괴로움을 금치 못하고 있음을 말하고 있다. 그리고 다시금 나라를 일으킬 계책을 도모하느라 숨은 인재를 발굴하여 등용하는 일에 성심을 쏟아붓고 백성을 위해 근정을 펼치며 민생을 돌보고 내수에 힘쓰는 임금의 모습에 대해 칭송하고 있다. 이제는 극도의 혼란이 일어났으니 다스릴 시기가 다가왔으며 패배의 고초는 성공을 거둘 수 있는 밑거름이 되리라며 폐허가 된 국토가 다시금 일어설 수 있을 것이라는 신심을 보이고 있다. 전란이 끝나니 봉화의 연기도 가뭇없이 사라지고 철마도 쉴 것이며 장군도 투구를 벗는 모습을 상상하며 시인들은 어진 성군의 다스림하에 다시금 태평성대를 칭송할 것이라 한다. 시인은 은사들더러 다시금 은둔하는 일을 그만두고 임금을 도와 교화를 돕기를 제창하며 남은 생을 함께 앉아 그 옛날 강태공이 세상을 낚던 것처럼 임금이 불러주기를 기다리자고 제안하고 있다.

①에서 시는 전쟁이 시작되기 전에 작자가 살았던 유적한 은거 생활에

대한 설명이다. 고요한 거처에 은거해 살면서 중울이나 도연명처럼 속세를 떠나 무릉도원 같은 세상에서 살고 있으나 우국충정을 항시 마음에 품고 있는 자신에 대해 소개이다. ②에서는 벗에 대한 찬미로부터 시작하여 함께 교유했던 아름다운 지난날에 대한 회상을 적었다. 지음이 있어 항시 행복하다는 자신의 심경에 대한 고백이다. ③에서는 병자전쟁이 일어난 뒤의 국토가 유린되는 참상과 청에 포로로 끌려가는 수많은 백성들의 원통함을 울부짖고, 깡그리 빼앗아간 재물과 잿더미 된 강토에 대한 한탄을 담고 있다. 또한 남한산성에서 근왕병만을 기다리는 임금에 대한 안타까운 마음과 피난길에 오른 백성들의 처참한 광경에 대한 서술이며 볼모로 끌려간 세자 및 기타 인질들에 대해서는 구국지책으로 여기며 전란이 종식된 뒤의 암담한 심경을 토로하고 있다. ④는 종전된 후의 국토의 모습과 임금에 대한 칭송인데 폐허가 된 민생에 대한 안타까움도 토로했지만 주로는 청군이 휩쓸고 간 마을의 모습을 묘사하는 동시에 근정을 하고 있는 임금이 필시 나라를 다시금 일으켜 세울 것이라는 신심을 표출하고 있다. 또한 은사들에게 임금을 도와 교화를 돕는 일을 함께 하자고 제안한다. 즉 ①, ②는 병자전쟁 이전 무릉도원 같은 은거 생활에 대한 설명이고 ③, ④는 전란이 터진 후의 국토, 민생, 패전, 전후 재건에 관한 시인의 서술이다. 시를 통해 전쟁 전과 전쟁 후의 극명한 대조를 쉽게 보아낼 수 있다.

차운 조완. 호는 삼산이다(次韻 趙完 三山)[47]

① 길가엔 푸른 솔이 우거져 그늘을 드리우고　　挾巷靑松蔭道周

---

47) 趙絅, 『龍洲遺稿』, 卷三.

한가함 달래는 서책만 책상에 놓여 있어라　　消閑黃卷靜床頭
사립문 정갈하여 속세의 인연 드물고　　柴扉蕭洒塵緣少
초가집은 그윽하여 시골 정취 많구나　　茅屋幽深野趣稠
붉은 여뀌 우거진 기슭 가랑비 속에 낚시 드리우고
細雨垂竿紅蓼岸

흰 마름꽃 핀 물가에 저물녘 바람 불 제 젓대를 분다
晩風橫篴白蘋洲

한 마리 소로 농사짓는 언덕에서 방공은 늙고　　一犂壟上龎公老[48]
백 가지 화초 우거진 정원에서 사마는 한가로워라
百卉園中司馬幽[49]

적막한 연하 속에 은거해 서로 만나기 어렵고　　寥落烟霞成契闊
아득한 천지에서 속세에 부침하는 일 떠났어라　蒼茫天地謝沈浮
젊어서부터 술과 바둑 즐기며 세상 명리 멀리했고
少從碁酒名場遠

늙어서는 낚시 땔나무나 하며 한가로운 흥취 유유하네
老作漁樵逸興悠

정갈한 거처는 무엇보다 속세의 속박 없는 게 좋고
淨界最憐無世累

한가로이 살매 도리어 시벗을 만남이 반가워라　端居還喜得詩流
안영처럼 오래 공경함을 나는 늘 흠모하노니　　晏嬰久敬吾常慕[50]

48) 한 마리……늙고 : 방공(龎公)은 후한 말엽 양양(襄陽)의 고사(高士)인 방덕공(龎德公)을 가리킨다. 그는 아내와 함께 농사를 지으며 서로 손님을 대하듯 공경하였다. 벼슬길에 나오라는 형주 자사(荊州刺史) 유표(劉表)의 청을 거절하고 훗날 처자식을 거느리고 녹문산(鹿門山)에 들어가 약초를 캐며 세상에 나오지 않고 일생을 마쳤다. 「小學」, 『善行』.

49) 백 가지……한가로워라 : 사마(司馬)는 송(宋)나라 사마광(司馬光)을 가리킨다. 그는 자신이 사는 집을 독락원(獨樂園)이라 하고 화초를 가꾸면서 유유자적하게 살았다. 「獨樂園記」, 『古文眞寶 · 後集』.

50) 안영(晏嬰)처럼 오래 공경함 : 벗과 오래 사귀면 친압(親狎)하기 쉬운데 늘 공경

관중의 마음 통하는 벗에 그대 비길 만하도다 管仲神交子可儔[51]

산속 집에서 바람과 안개 속에 농담을 주고받았으며 山館風烟開謔浪

들판 정자에서 꽃과 버들 속에 한가로이 맘껏 노닐었네 野亭花柳任優游

서로 운자(韻字)를 부르며 시를 자주 썼나니 相呼玉韻詩頻寫

함께 금귀를 잡고 술을 몇 번이나 마셨던고 共把金龜[52]酒幾謀

백년 평생 세월은 임하에 저물고 百載光陰林下晩

우리 두 늙은이 머리털 거울 속에 세었어라 兩翁蓬鬢鏡中秋

산골 늙은이는 북쪽으로 바라보며 고개 돌리고 山翁北望應回首

물가 늙은이는 남쪽을 보며 눈길만 보낼 테지 潭老南瞻謾騁眸

늙고 병든 몸 늘 침석에 엎드려 있으니 衰病纏身常伏枕

이별의 회포에 몇 번이나 누각에 기댔던고 別離傷抱幾憑樓

짚신에 죽장 차림으로 찾아가지는 않으나 芒鞋竹杖休尋訪

술병 놓고 지은 글 품평하며 술잔 주고받는다 樽酒論文間作酬

하는 자세를 잃지 않는다는 뜻이다. 안영은 춘추시대 때 영공(靈公), 장공(莊公), 경공(景公)을 차례로 섬긴 제(齊)나라의 명상(名相)으로 자는 평중(平仲)이다. 공자가 말하기를 “안평중은 남과 사귀기를 잘하도다. 오래되어도 공경하는구나.(子曰 晏平仲 善與人交 久而敬之)”라고 하였다. 「公冶長」, 『論語』.

51) 관중(管仲)의……벗 : 춘추시대 제(齊)나라의 관중(管仲)과 포숙(鮑叔)은 어려서부터 친구였다. 포숙은 관중의 어짊을 잘 알아주었지만, 관중은 워낙 빈곤하여 포숙을 항상 속이곤 했다. 그러나 포숙은 끝까지 관중을 믿어주어, 뒤에 관중이 “나를 낳아준 분은 부모요, 나를 알아준 이는 포숙아이다.”라고 하였다. 「九命」, 『列子』. 여기서 관포지교(管鮑之交)라는 고사가 생겼다. 즉 옥담을 포숙과 같은 좋은 벗이라 말한 것이다.

52) 금귀(金龜) : 벼슬아치가 차는 거북 모양으로 된 인장이다. 당나라 하지장(賀知章)이 이백(李白)을 만나 서로 뜻이 맞으니 금귀를 잡혀서 술을 마셨다 한다. 이백이 고인이 된 벗 하지장을 생각하며 지은 시 「술잔을 앞에 두고 하감을 추억하다(對酒憶賀監)」에 “금귀로 술을 바꾸어 먹던 곳에서, 벗을 생각하며 눈물로 수건을 적시네.(金龜換酒處 却憶淚沾巾)”라고 하였다.

시인은 푸른 솔 우거진 그늘, 서책만 놓인 책상, 속세와 인연 드문 초가집으로 옥담의 거주환경을 묘사하고 있다. 또한 옥담을 방덕(龐德)·사마광(司馬光)에 비기며 은거의 생활을 찬미하고 있다. 공경함이 안영(晏嬰)과 같고 벗의 마음을 알기로는 포숙(鮑叔)과 같다는 것이다. 그리고 정자에서 한가로이 노닐면서 시를 주고받던 추억을 회상하며 이백과 하지장의 옛 일을 회억한다. 지금은 서로 떨어져 사는, 늙고 병든 자신의 처지를 말하며 이별의 아쉬움을 달래며 수차례 누각에 몸을 기댔다고 한다. 그러면서 직접 찾아가지는 않겠으나 글을 품평하며 마치도 함께 술을 주고받는 것처럼 생각하리라고 전한다.

② 한 번 조정에서 계책을 잘못 세운 뒤로는	一自廟堂謬算策
구중궁궐 임금께서 국사에 근심 많았네	九重宵旰軫虞憂
전란의 먼지 천지 가득한데 금고 소리 울리고	塵昏宇宙金鼙動
불길 훑는 산하를 적군의 철마가 짓밟고 갔지	火獵山河鐵馬蹂
그 누가 조생이 형수 건너던 노 두드릴꼬	誰擊祖生荊水楫[53]
전장(田將)은 적성의 북채를 아직 잡지 않았네	未援田將狄城枹[54]
곳곳마다 백성들은 마구 살육을 당하고	人民處處紛誅戮

53) 조생(祖生)이 형수 건너던 노[楫] : 적을 소탕하리라는 결심을 뜻한다. 조생은 동진(東晉)의 조적(祖逖)을 가리킨다. 조적이 예주 태수(豫州太守)로 있으면서 석륵(石勒)의 난을 평정하기 위하여 양자강을 건너다가 노를 치면서 맹세하기를 "조적이 중원을 평정하지 못하고 다시 강을 건널 때는 이 강에 몸을 던지리라."라고 하였다. 그리하여 마침내 양자강 이남의 지역을 확보하였다. 「祖逖傳」, 『晉書』, 卷六十二.

54) 전장(田將)은……않았네 : 잃은 강토를 회복할 장수가 없음을 뜻한다. 전장은 전씨(田氏) 장수, 즉 진(秦)나라 말엽 적성령(狄城令)으로 있던 전담(田儋)을 가리킨다. 그는 전국시대 제나라의 종실(宗室)로 진나라가 혼란할 때 적성령으로 있다가 다시 제나라를 세웠다. 「田儋列傳」, 『史記』, 卷九十四.

집집마다 재물을 죄다 수탈해 갔으니　　玉帛家家恣括搜
사해가 혼란해 임금은 시름이 가득하고　　四海奔波顔慽慽
벼슬아치들은 허겁지겁 피난을 갔어라　　千官顚倒鬢颼颼
닭이 울어도 용루의 침소에 문안하지 않으니　　鷄鳴休問龍樓寢[55]
변방에는 응당 학가의 시름을 보태리　　燕塞應添鶴駕[56]愁
노신들은 흐르는 눈물 주체할 수 있으랴　　晉老可堪垂涕淚
군사들은 더 이상 창칼을 쓰지 않는구나　　魏師無復試戈矛
군신들이 멀리 음산 저편에 가 있으니　　君臣地隔陰山外[57]
소식이 하늘 저편 외진 한해 쪽에 있어라　　消息天分瀚海陬
임금이 욕을 당하면 신하는 죽어야 하는 의리 알거니
主辱固知臣死義
국가가 수치를 당했거늘 도리어 내 살길을 도모하리오
國羞還苟我生偸
타향이라 새해를 맞는 감회가 곱절로 더하고　　他鄕倍感逢新歲
나그네 길에 예전 노닐던 곳 만나면 몹시 놀란다　　逆旅偏驚値舊遊
덧없이 떠도는 신세 강호에 오래 머무노니　　身世飄零湖外滯
세월은 빨리 흘러 나그네 곁을 지나가누나　　年光倏忽客邊遒

---

55) 닭이……않으니 : 용루(龍樓)는 한나라 때 태자가 거처하던 궁(宮)의 문 이름이다. 난리 중이라 경황이 없어 문안을 하지 않는 것이다.

56) 학가(鶴駕) : 왕세자(王世子)의 행차를 가리키는 말이다. 『열선전 · 왕자교(列仙傳 · 王子喬)』에 "왕자교는 바로 주(周)나라 영왕(靈王)의 태자 진(晉)인데, 일찍이 흰 학을 타고 가 후씨산(緱氏山)에 머물렀다."고 하였다. 이로 인해서 후대에는 왕세자의 거가(車駕)를 학가라고 부르게 되었다. 소현세자와 봉림대군이 볼모로 잡혀간 것을 이렇게 표현한 것이다.

57) 군신들이……있으니 : 음산(陰山)은 흉노족의 땅에 있던 산으로, 사철 눈과 얼음으로 덮여 있다 한다. 현재 내몽골자치구 남쪽으로부터 동북쪽으로 내흥안령(內興安嶺)까지 뻗어 있는 음산산맥(陰山山脈)이다. 한해(瀚海)는 사막(沙漠), 또는 북해(北海)를 이르는 말로 북방을 가리킨다. 소현세자와 신하들이 볼모로 청나라에 끌려간 것을 가리킨다.

백성들 도탄에 빠지니 간장은 끊어질 듯하고	生靈塗炭腸堪斷
국사에 대해 말이 없으니 혀는 감옥에 갇힌 듯	國事無言舌似囚
회포는 그야말로 향수에 젖은 것과 같은데	懷抱正同思故土
객지 생활 다행히 함께 당주에 있었어라	槖囊幸共賴唐州[58]
꿈속에서 아스라이 멀리 선롱을 찾아가	迢迢客夢尋先壟
시름에 잠긴 나그네 혼 옛 동산 맴돌았네	黯黯羇魂繞某丘

여기서는 조정의 잘못된 계책으로 임금의 근심이 많아지고 전란으로 온 강토가 불바다가 되고 청군의 철마에 짓밟힌 상황을 말하고 있다. 적을 소탕하리라는 결심을 한 장수는 그 누가 있으며 잃은 강토 회복할 장수는 또 어디 있는지를 한탄한다. 백성들은 도처에서 살해당하고 재물은 모두 청군이 수탈해 간 까닭에 임금의 시름은 가득한데 관리라는 자들이 제 살길을 찾아 뿔뿔이 피난을 갔기에 임금에게 문안하는 자가 없음이라. 세자가 볼모로 끌려감에 통곡하는 노신들의 모습을 떠올렸다. 전쟁이 끝났으니 다시금 창칼을 드는 이 없고 세자와 중신들이 저 멀리 청에 끌려감을 애탄한다. 임금이 욕을 당하면 신하로서 죽음을 택하는 것이 마땅하나 자기 살길을 찾아간 자신을 부끄럽게 생각하며 자신이 떠돌고 있는 유랑길에 대해 서술한다. 도탄에 빠진 백성을 보면 가슴 아프지만 국사에 참여할 수 없으니 할 말이 없는 자신의 신세를 토로하며 고향에 대한 생각, 옥담에 대한 그리움을 전하고 있다.

③ 옛 집터에 돌아오매 슬픔을 견디지 못해	迹返故墟悲不耐
황량한 주춧돌 보며 눈물만 줄줄 흘렸지	眼隨荒砌淚無休

58) 당주(唐州) : 진주(晉州)를 달리 부르는 말이다.

동쪽 이웃집 버려진 우물엔 이끼만 자욱하고　東隣廢井封苔蘚
북쪽 거리엔 시체가 가득 해골만 널려 있어라　北巷塡屍亂髑髏
벽에 남은 책들을 잿더미 속에서 거두고　壁上餘書灰裏拾
풀 속에 뒹구는 깨진 기왓장을 빗속에 주워 모은다　草間壞瓦雨中收
종묘사직 회복하도록 신명이 도와주시니　重恢宗社神明佑
이 나라 새로 일으킨 건 성상의 계책일세　再造寰區聖主猷
종들은 흩어지고 없으니 반가이 모일 수 있으랴　僮僕散亡焉得歎
자손들을 보전했으니 더 이상 무엇을 바라랴　子孫全保復何求
산 사람 위문하고 죽은 사람 조문하매 성은이 넉넉하고　問生弔死燕恩浹
과부 보살피고 홀아비 돌보아 훌륭한 정치 폈어라　恤寡哀鰥漢政修
유해가 된 군사 측은히 여겨 보상금을 넉넉히 주고　師惻遺骸酬帛歛
전쟁 겪은 땅 불쌍히 여겨 조세 많이 감면해주었지　地矜經戰免租優
훗날 우리 동국이 장차 소생할 것이니　他年東國將蘇息
지금 관서 지방에 군사 깃발이 거두어졌네　今日西關卷旆旍
수자리 서는 군졸들은 창칼 갈무리한 채 구름을 갈고　戍卒耕雲藏劍戟[59)]
건장한 남아들은 투구 벗고서 한가로이 휴식하리라

59) 구름을 갈고 : 송(宋)나라 관사복(管師復)이 숭산(崇山)에 은거하였다. 어떤 사람이 그에게 "무슨 즐거움이 있느냐?"라고 묻자 "언덕에 덮인 흰 구름은 갈아도 다함이 없고 못에 가득한 밝은 달은 낚아도 흔적이 없네.(滿塢白雲耕不盡 一潭明月釣無痕)"라고 한 데서 유래한 말이다. 원래는 은자(隱者)의 고답적인 생활을 형용한 것인데, 여기서는 변방에 전투가 없어 군사들이 한가로이 농사나 짓고 있음을 형용하였다.

健兒休養解兜鍪

강산은 아득한데 변방에는 경보를 알려 오는 사람 없고
江山漠漠邊無使

들판의 보리는 푸릇푸릇 거리에는 아이들 동요 소리
野麥靑靑巷有謳

나라 걱정에 이 내 작은 충정이 속절없이 격할 뿐
憂國寸誠空自激

적을 무찌를 삼략을 얻을 길이 실로 없구나 殲戎三略[60]實無由

강호에 사는 이 늙은이 끝내 어디에 쓰리오 江湖老叟終何用

세상 밖에서 남은 생애 낚시질로 보내리라 物外餘生寄釣鉤

여기서는 전란이 종식되어 집으로 돌아오는 길에 느낀 바를 적고 있다. 옛 집터의 주춧돌은 황량한 모습으로 버려져 있고 이웃집 또한 텅 빈 모습이다. 거리엔 시체가 가득 해골만 널려 있고 모든 것들이 잿더미로 변해 있다. 그러나 종묘사직이 다시 회복됐으니 이것은 신명의 도움이요 임금의 계책이라 하였다. 종들은 흩어졌지만 자손들이 살아 있어 더 바랄 게 없다며 산 사람에 대한 위문과 죽은 사람에 대한 조문은 모두 임금의 은덕이며 과부를 보살피고 홀아비를 돌보는 것 역시 임금이 좋은 정치를 편 덕분이라 한다. 전사한 장졸들에게 넉넉한 보상금을 주고 불쌍한 백성들에게 조세를 감면해주어 조선도 머지않아 소생할 수 있을 것이란 희망을 표출하고 있다. 변방에 전투가 없어 군사들이 한가로이 농사를 짓고 있고 건장한 남정들이 한가로이 휴식하고 있으니 변방은 허술할 수밖에 없음에 대한 한탄이기도 하다. 시인은 비록 나라 걱

60) 삼략(三略) : 황석공(黃石公)이 지었다는 고대의 병서(兵書)이다.

정에 목이 메지만 적을 상대할 마땅한 대책이 없으므로 자신은 쓸모없는 인간이라 낙심하며 여생을 낚시질로 보내겠다고 전한다.

①은 주로 옥담에 대한 칭송과 자신과 옥담의 우정에 대한 찬미이고 과거에 함께 노닐던 시절에 대한 추억이다. ②는 병자전쟁의 발발과 불바다가 되어 버린 강토에 대한 개탄이다. 나라를 구할 장수가 없음에 대한 애석함이고 백성들이 처참하게 살해당한 것에 대한 분노이다. 임금이 욕을 당해도 제 살길을 도모한 중신들과 볼모로 끌려간 세자에 대한 애석한 마음을 토로하고 있다. ③은 종전되어 집으로 돌아가는 길에 보고 느낀 바를 적은 것인데 황량하기 짝이 없다. 죽은 사람이 수없이 많아 과부와 홀아비가 많지만 임금이 이들을 긍휼히 여겼고 잘 보살폈다며 임금의 덕과 어진 정치를 찬양하고 있다. 즉 ①은 옥담과의 담소를 적은 것이고 ②, ③에서는 각각 전쟁 과정과 종전 후의 국토와 민생의 피폐상에 대해 적고 있다. 아울러 임금에 대한 칭송을 아끼지 않고 표출하고 있다.

차운 오상. 계유년 진사시에 두양과 동방 급제하였다(次韻 吳尙 癸酉進士斗揚同榜)[61]

① 안연의 표주박 한 즐거움에 도가 이미 넉넉해	一樂顔瓢道旣周
세간은 명리 따위에는 고개 돌리지 않으시네	世間名利不回頭
초가집 처마에 해는 긴데 금서가 고요하고	茅簷日永琴書靜
집 앞 거리엔 사람 드물고 초목만 우거졌어라	門巷人稀草木稠
마음은 청풍에다 제월과 같이 맑고	心似淸風兼霽月[62]

61) 趙絅, 『龍洲遺稿』, 卷三.

62) 청풍에다 제월(霽月) : 성어(成語)로 광풍제월(光風霽月)이라 하여 비가 온 뒤의 맑은 바람이 불고 달이 뜬 깨끗한 풍광을 뜻한다. 송나라 황정견(黃庭堅)이 주돈이

정신은 용포와 인주에 한가로이 노니네　　　神遊龍圃與麟洲[63]
산수에 평소부터 살아온 터라 그 속에서 늙어 가나니
　　　溪山有素身將老
물고기와 새에 기심을 잊으매 흥취 더욱 그윽하여라
　　　魚鳥忘機興轉幽[64]
구름 가에 옥을 심으매 아침 해가 저물고　　　種玉[65]雲邊朝日晩
숲 속에서 차 달이니 저녁연기 피어오른다　　　煮茶林下夕烟浮
자취를 감추려니 매양 세상이 좁은 게 한스럽고 藏蹤每恨塵寰窄
옛날을 생각하며 속절없이 성인의 길이 멂을 슬퍼한다
　　　思古空悲聖路悠
젊은 날 뛰어난 재주로 좋은 정치 이루길 기약했는데

(周敦頤)의 맑은 인품을 형용한 데서 온 말이다.

63) 용포(龍圃)와 인주(麟洲) : 모두 전설에 나오는 신선이 사는 곳이다. 용포는 환룡포(豢龍圃)의 준말로 『습유기(拾遺記)』에 나오는 지명인데 하늘에서 향기로운 이슬이 내려 못을 이룬 것이라 한다. 인주는 봉린주(鳳麟洲)의 준말로 『해내십주기(海內十洲記)』에 나오는 지명인데 서해(西海)에 있다고 한다.

64) 물고기와……잊으매 : 옛날에 어떤 사람이 날마다 바닷가에 나가 갈매기와 놀았는데 갈매기들이 그를 의심하지 않고 함께 놀았다. 하루는 그의 아버지가 그에게 갈매기 한 마리를 잡아 오라고 하여 바닷가에 나갔더니 갈매기가 그에게 오지 않았다. 그에게 기심(機心)이 생겼기 때문에 갈매기가 멀리한 것이다. 「黃帝」, 『列子』. 소식(蘇軾)의 시 「강교(江郊)」에 "낚시만 생각하고 고기는 잊고서, 이 낚싯대와 줄만 즐기노라. 한가로이 유유자적하며 사물의 변화를 완상하네.(意釣忘魚 樂此竿綫 優哉悠哉 玩物之變)"라고 하였다.

65) 옥을 심으매 : 한나라 때의 효자인 양백옹(楊伯雍)은 낙양(洛陽) 사람으로 무종산(無終山), 즉 옥전(玉田)에 살면서 3년 동안 목마른 행인들에게 물을 길어다 마시게 해 주었다. 어느 날 어떤 사람이 돌 한 되를 주면서 땅에 심게 하였다. 몇 년 뒤에 서 씨(徐氏) 집에 딸이 있어서 백옹이 장가들고자 하였는데, 그 집에서 백옥 한 쌍을 폐백으로 바치라고 하였다. 이에 백옹이 돌을 심었던 밭에 가서 다섯 쌍의 백옥 구슬을 캐서 바치니 서공이 딸을 주었다. 그로부터 몇 년 뒤에 구름 속에서 용이 내려와 이들 부부를 맞이해 하늘로 올라갔으므로 그 후손들이 밭 가운데 비석을 세워 그 일을 기록하였다. 『搜神記』.

少日才華期致澤

만년에는 시 읊고 술 마시며 풍류나 즐기시네　暮年詩酒屬風流
반계에서 어찌 주왕이 사냥 나오길 바라리오　磻溪詎望周王獵
율리에서는 진사의 짝이 되기에 충분하여라　栗里堪爲晉士儔
마치 공자 문하에서 가르침을 받는 것처럼 공부하니
如在孔門承訓誨

곧 문학이 상유를 능가하는 것을 보게 되리라　卽看文學邁商游
뛰어난 문학의 재능 집안 대대로 이었으며　升堂翰墨傳家美
술상을 차려 놓고서 손님들을 불러들이네　斗酒盃盤見客謀
한 쌍의 나막신으로 매양 눈 덮인 남악 지나가고
雙屐每穿南嶽雪

하나의 낚싯대 때로 가을 옥담에 던지누나　一竿時擲玉潭秋
일곱 개 보배 구슬에는 상서로운 구름이 따르고
七枚寶璧隨祥雲

한 쌍의 금빛 연꽃은 사람들 눈 비비고 본다　雙朶金蓮拭衆眸
대숲에다 집을 지었는데 색동옷 나란하고　家作竹林聯彩服
하늘을 도는 북두성이 동쪽 누각에 모였어라　天回北斗聚東樓
조숙한 덕이 천성에서 나온 것임을 내 아노니　吾知夙德由天性
신명이 고문을 돌보아 복록으로 보답하리라　神眷高門以福酬
무릎을 안고서 속절없이 제갈량처럼 노래하고　抱膝空勞諸葛嘯
시국에 상심하여 늘 범중엄처럼 몹시 근심하네　傷時恒切仲淹憂

여기서는 옥담(玉潭)을 공자의 제자 안회에 비유하며 그의 안빈낙도의 정신을 찬미하고 있다. 옥담이 세간의 명리를 쫓지 않고 고요하게 책을 보고 거문고를 뜯으며 초목이 우거진 거처에서 바깥세상과 담을 쌓고 살고 있음을 형용하고 있다. 옥담의 맑은 인품은 마치도 광풍제월과 같고 정신은 용포와 인주 같음을 찬양하고 산수에서 살면서 늙어가며 자연 속에서 무심히 살아가는 모습을 형용하고 있다. 교사한 마음이 없는 터라 물고기와 새들과도 친근하게 지내며 오랫동안 덕을 쌓았음을 암시한다. 아무리 몸을 감추려 해도 세상이 좁아서 어려움이 있고 성인의 길이 아득히 먼 것에 대한 슬픔의 토로이다. 시인은 옥담이 젊어서 큰 뜻을 품었으나 이룩하지 못하고 오늘날처럼 시와 술을 벗 삼아 풍류를 즐김을 아쉬워하고 있다. 그리고 강태공처럼 임금의 지우(知遇)를 입어 세상에 뜻을 펴지 못한 까닭에 옥담이 고향에 은거하여 한가로이 살아가는 모습을 도연명에 비유하고 있다. 또한 공자의 문하에서 공부하는 듯하니, 자하(子夏)와 자유(子游)를 능가하게 될 것이라 극찬을 아끼지 않는다. 옥담의 대대로 이어진 재능은 손님들을 찾아오게 하고 또 그의 일곱 아들과 두 딸은 준수하고 아름답기 그지없고 자식들은 부모를 잘 봉양하여 그야말로 노래자(老萊子)를 방불케 한다며 옥담 아들의 효를 찬양한다. 이제 덕망과 재주를 갖춘 선비들이 모이게 될 터이니 천성에서 나온 덕은 필시 복록을 받을 것이라 믿고 있다. 제갈공명이 초려에 있던 시절과 범중엄이 천하를 근심하던 것에 옥담을 비유하기에 이른다.

② 병자년 난리 때의 고난을 돌이켜 생각해보면 追思丙子艱虞事
금구가 오랑캐에게 짓밟힌 사실 어이 차마 말하랴 忍說金甌[66]羯狗蹂
한 모퉁이 외로운 성이 적의 공격 받을 제 一隅孤城[67]方受箭

---

66) 금구(金甌) : 금으로 만든 사발로 흠이 없고 견고하다 하여 강토(疆土)에 비유된다. 양무제(梁武帝)가 일찍 일어나 무덕각(武德閣)에 이르러 혼잣말로 "나의 국토는 금구와 같아 하나의 상처도 흠도 없다."라고 하였다는 데서 유래하였다. 「朱异傳」, 『南史』, 卷六十二.

67) 한……성(城) : 인조(仁祖)가 농성하다가 청나라에 항복한 남한산성(南漢山城)을

오경에도 차가운 성가퀴에는 북소리 그치지 않았지
五更寒堞不停枹

곰과 범 같은 장졸들 부르짖는 소리에 산이 찢어질 듯
熊咆虎吼山將裂

멧돼지 고래처럼 돌격해 오니 바다도 시름에 여윌 듯
豕突鯨奔海亦瘦

밝던 해도 빛을 잃어 하늘은 흐릿한데 白日無光天漠漠
슬픈 바람 피비린내 풍겨 오고 비는 부슬부슬 悲風吹血雨颸颸
산천은 죄다 병사 주둔하는 곳이 되어버리니 林泉盡入屯兵地
원숭이와 학은 속절없이 임금 연모하는 정 많아라
猿鶴空多戀主愁

한 달 동안이나 피난하며 쇄미한 신세 슬퍼하니 跋涉三旬悲瑣尾[68]
전란의 먼지 자욱한 천 리에 창칼이 뒤덮었어라 烟塵千里蔽干矛
고향은 아득히 멀어 산은 첩첩 천 겹인데 鄉關杳杳山千疊
외로운 섬 망망한 바다 한 귀퉁이에 있었네 孤島茫茫海一陬
그곳에서 일백 식구 무사한 게 참으로 다행 百口無殤眞所幸
호공이 가졌던 비결을 홀로 훔칠 수 있었던 게지 壺公有訣[69]獨能偷
고향 두곡은 잡초만 무성해 황폐해졌으니 蓬深杜谷成塵迹

가리킨다.

68) 쇄미(瑣眉)한 신세 : 전란으로 유리(遊離)하는 신세를 뜻한다.『시경 · 패풍 · 모구(詩經·邶風·旄丘)』에 "자잘하고 자잘한 이 유리하는 사람이로다.(瑣兮尾兮 遊離之子)"라고 한 데서 온 말이다.

69) 호공(壺公)이 가졌던 비결 : 후한(後漢) 때 호공(壺公)이라는 선인(仙人)이 시장에서 매일 약을 팔다가 석양이 되면 점포 머리(肆頭)에 달아놓은 병 속으로 뛰어 들어가곤 하였다. 그것을 본 비장방(費長房)이 한 번은 그를 따라 병 속으로 들어가 보니, 하나의 별천지(別天地)가 있더라는 고사에서 온 말이다.「費長房列傳」,『後漢書』, 卷七十二下. 여기서는 옥담이 두곡이란 곳에서 은거한 것을 비유하였다.

학이 요양에 돌아오매 옛일에 감회가 일어라 鶴返遼陽感舊遊[70]
하늘의 뜻 은연중 사람의 일에 호응하고 天意暗隨人事應
순박한 풍속은 날로 세월 따라 사라져가네 淳風日逐歲華遒
진나라 관문에서 그 누가 닭 울음 흉내를 낼까 秦關孰效鷄鳴術[71]
연옥에는 한나라 사람들이 많이 갇혔어라 燕獄[72]猶多漢節囚
꿈속에서도 슬픔이 일어 세도를 보노니 夢裏興哀看世道
도성에 계신 임금님 소식 알 수 없어라 日邊消息阻皇州
천추에 이어 온 예악 문물 어디로 사라졌나 千秋禮樂歸何地
당대의 영걸들 중년 나이에 땅 속에 묻혔네 一代勳英半世丘
남쪽은 두렵고 북쪽은 걱정돼 갈 곳이 없나니 畏南憂北無處適

---

70) 학이……일어라 : 옥담이 피난 갔다가 고향에 돌아왔음을 뜻한다. 요양(遼陽)은 요동(遼東)이다. 한나라 때 요동에 정령위(丁令威)라는 사람이 살았는데 영허산(靈虛山)에 가서 도술을 배운 뒤에 학(鶴)으로 변신하여 요동에 돌아와 성문(城門)의 화표주(華表柱)에 앉아 있었다. 이윽고 어떤 소년이 활로 자기를 쏘려고 하자, 학이 높이 날아올라 말하기를 "두루미로 변한 정령위가 집 떠난 지 천 년 만에 돌아왔네. 성곽은 예전 그대로인데 사람은 그렇지가 않구나. 어이하여 신선이 되는 법 배우지 않아서 죽어 묻힌 무덤이 여기저기 쌓였는고." 하고 한탄하면서 하늘 높이 사라졌다고 한다. 『搜神後記』.

71) 진(秦)나라……낼까 : 포로로 잡혀간 소현세자 등을 구출할 사람이 없음을 탄식한 것이다. 전국시대 제나라 맹상군(孟嘗君)이 진나라에 억류되었다가 속임수를 써서 도망쳐 함곡관(函谷關)에 당도했다. 그러나 함곡관은 닭이 울기 전에는 관문(關門)을 열어주지 않게 되어 있었다. 한편 맹상군이 도망쳤다는 사실을 알아차린 진나라 소왕(昭王)은 사람을 시켜서 급히 맹상군을 쫓게 하였다. 닭이 울 시간은 멀었고 추격대는 바짝 뒤쫓아 오고 있는 터라, 상황이 몹시 다급하였다. 이때 맹상군의 일행 중에서 흉내를 잘 내는 사람이 닭 울음소리를 내자 인근의 닭들이 일제히 울어댐으로써, 마침내 관문을 열어주어 그곳을 무사히 빠져나갈 수 있었다. 「孟嘗君列傳」, 『史記』, 卷七十五.

72) 연옥(燕獄) : 조선의 충신들이 청나라 감옥에 많이 갇혔음을 뜻한다. 남송(南宋) 때 충신 문천상(文天祥)이 원(元)나라가 침입해 오자 가산(家産)을 털어 군사를 일으켜 근왕(勤王)하여 신국공(信國公)에 봉해졌고, 그 후 원나라 장군 장홍범(張弘範)에게 패하여 3년 동안 연옥(燕獄)에 수감되었으나 끝내 굴복하지 않고 죽음을 당하였다. 「文天祥列傳」, 『宋史』, 卷四一八.

군사 검점하고 군량 실어 나르는 일 언제나 그칠꼬
點軍輸粟幾時休

오직 변방의 노인처럼 그저 운명에 맡기고 唯從塞老安時命[73]

다시금 장공이 해골을 베고 누운 것 배우노라 更學莊翁枕髑髏[74]

이 부분에서는 병자전쟁을 회고하며 청군의 말발굽에 짓밟힌 사연을 곱씹는다. 임금이 있는 남한산성이 청군의 공격을 받아 늦은 밤까지 북소리는 이어지고 장졸들의 함성소리는 하늘을 찌르나 청군의 거센 공격으로 어쩔 수 없이 밀리게 되는 조선군의 처지를 한탄하며 국난의 엄중함을 형용하고 있다. 온 산천은 청병으로 뒤덮이고 피비린내가 진동하

73) 변방의 노인 : 새옹지마(塞翁之馬)라는 고사를 인용하였다. 『회남자 · 인간훈(淮南子 · 人間訓)』에 "변방에 사는 노인의 말이 도망쳐서 오랑캐 땅으로 들어가자 사람들이 모두 위로하였는데, 그 노인은 태연하게 '이것이 도리어 복이 될지 어떻게 알겠는가.' 하였다. 몇 달 뒤에 그 말이 오랑캐의 준마 여러 마리를 데리고 돌아오자 사람들이 모두 축하하였는데, 노인은 '이것이 화가 될는지 누가 알겠는가.' 하였다. 그의 아들이 말 타기를 좋아하여 그 말들을 타다가 다리가 부러지니, 사람들이 와서 위로하였다. 그러자 노인은 '이것이 복이 될지 누가 알겠는가.' 하였다. 1년 뒤에 오랑캐들이 대거 침입하자 장정들이 모두 나가 싸워 변방 근처에 사는 사람들 가운데 열에 아홉은 죽었다. 그런데 그의 아들만은 다리가 부러졌기 때문에 전쟁에 나가지 않아 부자가 모두 온전하게 살 수 있었다."라고 하였다.

74) 다시금……배우노라 : 무상한 인생에 집착하지 않음을 뜻한다. 장공은 장자(莊子)를 가리킨다. 장자가 초(楚)나라로 가다가 해골을 만나서 말채찍으로 그 해골을 때리면서 묻기를 "자네는 삶을 탐하다가 도리를 잃어서 이렇게 되었는가, 아니면 나라를 망친 일 때문에 처형을 당하여 이렇게 되었는가, 아니면 나쁜 일을 하여 부모와 처자를 욕되게 한 것을 부끄럽게 여겨서 이렇게 되었는가?" 하고, 그 해골을 베고 누워 잤다. 밤중에 해골이 장자의 꿈에 나타나서 말하기를 "자네의 말은 변사(辯士)와 같네. 그러나 자네가 말한 여러 가지는 살아 있는 사람의 허물일 뿐이요, 나처럼 죽은 사람은 그런 걱정이 없다네."라고 했다고 한다. —「至樂」, 『莊子』.

는데 아무것도 할 수 없는 자신에 대한 무가내함과 임금에 대한 연모의 심경을 토로하고 유리걸식이나 다름없었던 한 달 동안의 피난 생활을 슬퍼한다. 피난길은 고향과 멀리 떨어져 돌아가려니 멀고도 먼데 다행히도 식구들이 무사하여 한시름 놓는다. 옥담이 은거했던 두곡은 황폐해졌으나 이제 옥담이 피난 갔다가 고향에 돌아왔으니 만사가 모두 예전과 같지 않음을 한탄한다. 하늘의 뜻이 암담하거늘 사람이 따를 수밖에 없고 순박한 풍속이 사라짐에 안타까워한다. 또한 맹상군의 고사를 빌려 포로로 잡혀간 소현세자 등을 구출할 사람이 없음을 탄식하고 있다. 조선의 충신들이 청나라 감옥에 많이 갇혔기에 꿈속에서도 슬픔이 가셔지지 않으며 도성에 임금 소식 알 수 없음에 안절부절못하는 모습이다. 조선의 많은 문물들이 잃어지고 많은 영걸들이 천수를 누리지 못한 채 중년의 나이에 죽고 말았으니 이에 대한 슬픔도 감출 길이 없음을 말하고 있다. 갈 곳을 잃었으니 새옹지마의 고사를 빌려 운명에 몸을 맡겨 해골을 베고 누웠던 장공을 답습하리라 다짐하고 있다.

③ 천 섬의 한가한 시름을 잔의 술로 씻을 수 있고　千斛閑愁盃可滌
만 숲의 경치는 붓으로 거두어들일 수 있어라　萬林雲物筆能收
도사와 함께 도 닦는 비결을 얘기하고 싶을 뿐　思携羽客談眞籙
금문에서 큰 문장을 지어 올리길 원치 않는다　不願金門[75]獻壯猷
다행히도 내가 공의 마을 근처에 사는 터라　幸我卜居仁里近
의기투합하는 사귐을 일찍이 이정에서 찾았지　神交早向鯉庭求
아양곡 속에서 마음을 서로 허여했고　峩洋曲裏心相許

75) 금문(金門) : 한나라 미앙궁(未央宮)의 대문인 금마문(金馬門)이다. 국가의 조칙(詔勅)을 작성하는 문학의 선비들이 이 문으로 출입하였다.

난옥이 모인 속에서 학문이 이미 닦였어라　蘭玉叢中學已修
일산 기울이매 매양 친밀한 정에 기쁘고　傾蓋[76]每欣情意密
침상 아래 절하고 넉넉한 예우를 받았었지　拜床[77]仍荷禮容優
종횡하는 문장은 창칼을 가득 벌여놓은 듯　縱橫筆陣森戈戟
문단에 우뚝하여 깃발을 높이 세웠으니　峭崒詞壇建旆斿
만 마리 말이 발굽 모으매 마구(馬具)가 삼엄하고　萬馬攢蹄嚴韅靷
일천 군인 무기 잡으니 갑주(甲冑)가 정연하여라　千軍執銳整兜鍪
훗날 악부에서 새 시편들 고를 때　他年樂府調新律
응당 이소와 함께 초나라 노래에 들리라　應共離騷入楚謳
주신 시편에 답하지 못해 도리어 부끄러운데　辱贈未酬還自愧
새로 지은 시편을 보고 싶은들 무슨 수로 보리오　新篇欲覩更何由
남쪽 교외 달 밝은 밤에 자주 머리를 들고　南郊月夜頻擡首
창밖에 성근 발을 드리우지 않고 달빛을 본다오　窓外疎簾不下鉤

여기서는 술로 시름을 덜고 붓으로 산수를 그리며 옥담과 함께 도를 닦는 일이 으뜸가는 행복이지 조정에 출사하는 것을 원하지 않는다고 말하고 있다. 옥담의 근처에 살고 있는 까닭에 옥담의 아들과 벗이 될 수 있었음을 일컫는다. 서로 지음이 되어 마음을 나누게 되었는데 옥담

76) 일산(日傘) 기울이매 : 길을 가다가 서로 만나 수레의 휘장을 기울이고 그 아래에서 이야기를 나눈다는 말로, 잠깐 동안 이야기해보고서도 마음이 통함을 뜻한다. 『공자가어 · 치사(孔子家語 · 致思)』에 "공자가 담(郯)에 가다가 길에서 정본(程本)을 만나고는 경개(傾蓋)하고 종일토록 이야기하며 몹시 친밀해졌다."라고 한 데서 온 말이다.

77) 침상 아래 절하고 : 존경하는 어른을 배알함을 뜻한다. 후한(後漢) 때 제갈량이 방덕공을 찾아가면 반드시 방덕공이 앉은 침상 아래서 공경히 절하였고, 방덕공은 제지하지 않고 태연히 절을 받았다는 고사에서 생긴 말이다. 『資治通鑑』.

의 자제들이 모인 속에서 자신도 학문을 닦게 되고 넉넉한 예우까지 받게 된 감사의 마음을 전하고 있다. 그리고 옥담의 시를 비유하기를 준엄하기가 창칼을 가득 벌여놓은 듯하고 단연 으뜸가는 문장이기에 마치도 만 마리 말이 말굽을 모은 듯 엄밀하고 천군이 갑주를 잡았음에도 정연하기 그지없다며 극찬에 극찬을 가한다. 급기야 굴원의 이소와 견줄 수 있는 시가로 비유하면서 자신이 화답한 시가 부끄럽다고 한다. 또한 옥담이 보내준 시편에 대해 화답하는 시편을 아직 보내지 못하다가 이제 시편을 보내지만 답하는 시편을 볼 길이 없으니, 멀리서 달빛을 보며 옥담을 그리워하는 마음을 전한다.

①에서는 옥담의 안빈낙도 정신에 대한 찬미가 주를 이룬다. 그리고 임금의 지우를 입지 못해 은거 생활을 하고 있음이라 말하며 우국충정으로 가득 찬 옥담의 근심과 자하와 자유를 능가할 정도의 재능, 노래자와 같은 옥담의 아들들의 효에 대해 찬미하고 있다. ②에서는 병자전쟁을 회고하며 청군의 말발굽에 짓밟힌 사연을 곱씹는다. 청군의 거센 공격으로 굴복하게 된 것에 한탄하며 연군의 정을 드러낸다. 피난길의 고초와 돌아온 뒤의 변화, 그리고 소현세자 등을 구출할 사람이 없음을 탄식한다. ③에서는 옥담에게서 그 집 아들들과 함께 어울려 수학하고 옥담의 아들과 벗이 될 수 있었음에 대한 감사의 마음을 담고 있다. 그리고 옥담의 시문에 대한 극도로 되는 찬미를 첨부하며 그리운 마음을 전한다. 즉 ①, ③은 주로 옥담에 대한 찬미와 존경의 마음에 대한 칭송이고 ②에서는 병자전쟁의 참상에 대한 회고를 적었다.

4. 소결

이상으로 조선과 후금(청)의 전쟁 체험이 어떻게 한시로 표현되었는가를 살펴본 결과, 사대부들이 보여준 전쟁 체험에 대한 다양한 방식을 주목할 수 있었다.

우선, 사르후전쟁에서 김응하의 충절 의식은 후금군에 적극적으로 대항하며 '대명의리'를 끝까지 지킨 모습에서 나타난다. 난세가 영웅을 만든다고, 일생 동안 빛을 보지 못하고 살아왔던 김응하가 조선의 특수한 정치 환경 속에서 만고에 길이 남은 영웅으로 부상되었는데 상기 김응하 만시들은 그가 전쟁의 신으로 불리게 된 결과에 어느 정도의 힘을 보태준 셈이라 할 수 있다.

다음, 정묘전쟁 침략 당사자인 후금에 대한 적대 의식이 시편에서 격렬하게 나타나고 있다. 특히 화의를 도모하고 있는 주화파들에 대한 적대적 감정의 표현은 시적 형상화를 갖추지 못할 정도로 격하고 직설적이었다. 강렬한 척화의 의지를 보였던 정온은 임금을 호종했던 인물로 묘사하고, 정묘전쟁에 대응했던 조정의 전반적 상황에 대해서는 일말의 언급도 없이 다만 주화파 신료들과 후금에 대한 비난과 욕설만을 퍼부었다. 한편, 그렇게도 반대하던 화의를 제지할 능력도, 그를 개변시킬 상황도 따라주지 않는 역부족인 상태에서, 자신을 포함한 많은 조정 대신들의 무력한 모습도 객관적으로 표현되고 있다. 실제로 후금(청)이 침공 시 후금(청)군에 대항할 전략을 세웠지만 이는 채택되지 않았고 화의가 이루어지는 모습을 지켜봐야만 했던 시인의 분노가 잘 묻어나 있다. 그리고 전쟁에서 희생한 남이흥 · 최몽량 · 송도남의 영웅적인 사적에 대한 구가도 잘 표현되어 있는데, 이는 순국한 우국충정에 대한 찬미이고 나라에 대한 충성, 그리고 용맹함에 대한 칭송이며, 의로운 죽음에 대한 추모이고 목숨을 바쳐 싸워도 공을 인정받지 못한 부당함에 대한 통탄이기도 하다.

마지막으로, 병자전쟁 제재 한시에서 자신이 직접 겪었던 전시 상황과 그를 직접 목도한 사실, 그리고 그 속에서 느낀 개인적 정서를 표출하고 있다. 많은 인구들이 피난을 하면서 인구 유동이 커지고, 전쟁 중에 피난으로 부득이하게 고향을 떠날 수밖에 없었으므로 고향에 대한 그리움은 시에서 빼놓을 수 없는 부분이었다. 한편 전란이 종식된 후 망자들과 피폐해진 고향의 모습은 전쟁 전과는 사뭇 다른 상태로 나타난다. 후금군의 칼날에 잡초처럼 쓰러진 사람들 속에서 관찰자이기도 하지만 피해를 입은 당사자로서의 전쟁 체험이 핍진하게 그려져 있다. 또한 임금에 대한 충성이 절절하게 나타나며 다시금 출사하려는 의욕도 어느 정도 체현하고 있다.

요컨대 세 전쟁을 제재로 한 한시는 서로 각각 다른 처지에서 그들이 체험한 전쟁을 다양한 형식으로 표현하고 있다. 각 계층의 특성과 자신들만의 특징적인 시 세계로 전란에 대해 묘사하였다. 작품에는 중국의 전고를 많이 차용하였으며, 그 비중은 자못 크게 나타난다. 다만, 이들의 시편에서 그 어느 누구도 참화의 근본적 원인과, 다스리는 자로서의 사회적 책무를 언급하지 않았으며, 자신 한 사람의 체험만 주로 다루었을 뿐이다.

결론

결론

상기 세 차례의 전쟁을 살펴보면 사르후전쟁에서 강홍립을 비롯한 조선군은 투항을 하게 되고 정묘전쟁에서는 '형제의 맹약'을, 병자전쟁에서는 인조가 청태종에게 '세 번 절하고 아홉 번 머리를 조아리'며 '군신의 맹약'을 맺는다. 병자전쟁은 통일신라 이후 한반도의 역대 임금 중 직접 적에게 무릎을 꿇고 항복한 유일한 사례이다. 이렇게 후금(청)과의 관계를 놓고 조선에서는 치열한 대결이 펼쳐졌는데 이른바 주화파와 척화파의 논쟁이다. 이런 상황 속에서 조선에는 많은 문학작품들이 창출되었다. 그들이 만들어낸 작품들은 그 시기 작가들이 살았던 전쟁의 년대를 거슬러 올라가 그 시대를 환원할 수 있다.

이 책의 내용은 주로 다음과 같은 4개 부분으로 귀납할수 있다.

첫째, 17세기 조-청전쟁 제재 한문학이 출현하게 된 사회 · 역사 · 문화적 맥락에 대한 연구이다. 이는 임진전쟁 중 명군의 참전 및 조선에서의 '재조지은' 관념의 형성, 만명(晩明)의 쇠락과 후금의 굴기에 대한 조선의 인식과 그 대처 상황, 사르후전쟁과 전쟁 후 삼국의 역학 관계에 대한 분석이며 명과 조선, 청의 새로운 주인의 탄생과 정묘전쟁의 관계, 그리고 명과 청의 지속적인 대결과 병자전쟁에 대한 분석이다.

둘째, 실기문학에 기록된 조-청전쟁의 실상에 대한 연구이다. 이는 사르후전쟁 제재 실기문학과 정묘전쟁 제재 실기문학, 그리고 병자전쟁 제재 실기문학에 대한 분석이다. 사르후전쟁 제재 실기문학 부분은 원정과 전쟁의 참패로 비롯된 투항과 포로가 되어 역적으로 몰린 강홍립(姜弘立)을 비롯한 후금에 투항한 자들의 실상에 대한 기록이며 정묘전쟁 제재 실기문학은 후금의 침공에 속수무책으로 당하며 강화도로 피난한 인조를 비롯한 조정 대신들이 후금과 형제의 맹약을 맺는 실상에 대한 기록이다. 그리고 병자전쟁 제재 실기문학은 남한산성 제재 실기문학과 강화도 제재 실기문학으로 나뉘는데, 주로 남한산성에 갇힌 47일 동안, 속수무책으로 청에 굴복하여 조선 임금 인조가 직접 청 황제에게 삼배구고두의 굴욕적인 예를 행하고 부자의 관계를 맺은 사건의 시말에 대한 분석이다. 그리고 허술한 방비로 청군을 무혈입성하게 한 수성 책임을 맡은 관리들의 죄상과 청군의 말발굽에 짓밟혀 피로 물든 강화도의 실상에 대한 재현이다.

이런 실기문학은 뚜렷한 주장을 내세우기보다는 실제로 보고 들었거나 겪었던 일들을 충실하게 기술하는 것을 사명으로 삼았다. 발설하기는 무척 어렵지만 그대로 덮어두지 못할 내막을 증언으로 남긴 것이다.

첫 번째 사례로 사르후전쟁에서 포로로 잡혔다가 풀려나서 돌아온 이민환(李民寏)의 「책중일록(冊中日錄)」을 들 수 있다. 이 실기는 사르후전쟁에서 강홍립이 이끈 조선 원군이 포로가 된 경과는 물론이고 자신이 포로로 잡혀 있던 동안 건주에서 보고 들은 건주 지역의 지리 · 풍토와 여진인의 상무적 성격 등에 대해 비교적 진실하게 기술하였다. 두 번째 사례로 신달도(申達道)의 「강도일록(江都日錄)」인데 1627년 1월 17일부터 전주로 피난 갔던 왕세자가 3월 23일 돌아오기까지 진행된 전란의 상황과 자신의 활동을 기록하면서 청나라 사신 유해(劉海)와 강화를 논의하는 이정구 · 장유 · 이경직 등의 활동 모습을 상세히 기록하였다. 세 번째 사례로 석지형(石之珩)의 「남한해위록(南漢解圍錄)」인데 남한산성에서 47일 동안 포위되어 있었던 경과를 기술하면서 남한산성에서 온갖 고초를 겪고 마침내 항복을 하지 않을 수 없었던 사정을 사건의 순서에 따라 날짜별로 진실하게 기록하였다. 네 번째 사례로 정양(鄭瀁)의 「강도피화기사(江都被禍記事)」인데 병자전쟁 당시 강화도가 청군에 의해 함락되면서 자신과 가족, 그리고 강화도 피난민들이 직접 겪었던 처참한 전쟁 피해 상황을 기록하고 있다.

셋째, 전기문학에 재현된 조-청전쟁의 양상에 대한 연구이다. 여기서는 몇몇 사건이나 일화를 선택하여 한 사람의 일생을 상징화한다. 서술자의 가치판단에 의해 예화나 사건이 선택되어 서술되었다.

첫 번째 사례로 사르후전쟁 제재 전기문학을 들 수 있는데, 만고의 영웅으로 추앙받은 김응하(金應河)의 일대기를 기록한 「김장군전(金將軍傳)」이 그 경우이다. 작품은 사르후전쟁에서 명의 지원군으로 참전한 김응하가 마지막까지 후금군과 결사 항전을 벌여 장렬한 죽음으로 '대명의리'를 지킨 영웅의 모습을 극대화하였다. 두 번째 사례로 병자전쟁 제재 전기문학인데, 이는 우암 송시열(尤庵 宋時烈)의 작품으로, 척화신의 대표로 청에 끌려갔다가 항복을 거절했던 홍익한(洪翼漢) · 윤집(尹集) · 오달제(吳達濟)의 일대기인 「삼학사전(三學士傳)」과 강화도 함락 당시 청군의 욕을 피해 일가 13명이 집단 자살을 했던 민성의 일대기인 「민용암성전(閔龍巖埣傳)」을 들 수 있다.

넷째, 17세기 조-청전쟁 제재 한시문학이다. 한시문학에 표현된 조-청전쟁의 상흔을 놓고 보면 주로 전사한 영웅에 대한 송가나 전쟁 참화에 대한 한탄, 후금(청)과의 화의에 대한 분노, 그리고 임금에 대한 연민과 충성으로 나타난다.

첫 번째 사례로 사르후전쟁 제재의 한시인데, 여기서는 김응하 장군을 애도하는 시편이 독보적으로 많으며 정온 · 조경 등 유명 인사들의 작품을 포함하여 총 9수에 이르는 시편이 있다. 두 번째 사례로 정묘전쟁 제재 한시를 들 수 있는데, 강경한 척화파의 일인이었던 정온이 정묘년에 지은 시 5수와 전쟁에서 희생한 남이흥 · 최몽량 · 송도남 등 망각된 영웅들에 대한 송가 작품이 있다. 세 번째 사례로 병자전쟁 제재 한시를 들 수 있는데, 왕실의 종친이자 은사였던 이응희의 「병자년 난리 후에 집으로 돌아와 피난 중에 있었던 일들을 추술하여 조여벽에게 부쳐 주다 40운(丙子亂後還家追述避亂中事寄贈趙汝璧 四十韻)」이다. 이 시는 병자전쟁 참상에 대한 서술이지만 임금에 대한 찬송도 많은 비중을 차지하고 있다.

이 책은 상기의 문학작품들을 통하여 그 당시의 상황을 면밀히 분석해본 결과, 이는 궁극적으로 왕과 사대부가 통치했던 조선이 정통 이념으로 확립한 유교 사상에서 비롯된 것이었다. 비록 그 당시에서는 본인도, 가족도 모두 견디기 어려운 수모를 당했을지라도 이를 묵묵히 받아들이고 오로지 국체를 보존하여 조선을 구하는 일에 열성을 다한 강홍립과 최명길 같은 자들이 있었기에 조선의 운명이 달라졌던 것이다.

요컨대 17세기 조-청전쟁 제재 한문학에서 체현된 '친명배금'의 외교정책과 '대명의리'의 사상 경향은 그 당시의 조선조 주류 의식 형태였던 유가 사상의 가치 관념과 갈라놓을 수 없다. 조선조 시기는 조정의 사대부, 수많은 선비들, 그리고 강호에 은거한 재야 인사에 이르기까지 모두 가 '의리를 중히 여기고 이익을 가볍게 여기는' 유가 사상의 관념을 깊이 신봉하고 있었다. 때문에 광해군, 그리고 그가 영을 내린 강홍립과 같은 관료들은 모두가 명과 후금(청)의 생사를 건 싸움에서 자신의 국가와 민족의 이익을 염두에 두고 시세를 보아 실리를 목적으로 하는 중립 외교를 취했지만 당파의 이익을 지고무상의 자리에 놓은 서인 집단을 핵심으로 하는 조정 대신들은 유가 사상 관념 위에 건립한 '대명의리'를 방패로 '인조반정'을 일으켜 당쟁에서 승리하였고 대다수 선비들, 그리고 재야 인사들의 지지를 받았다.

이렇게 서인 정권은 조선 역사 발전의 흐름을 바꾸어 놓았으며 조선조 사회가 변법을 실시하여 새롭게 나아가는, 자존 · 자립 · 부국 · 강병의 역사적인 기회를 놓치게 하였던 것이다.

17세기 조-청전쟁 제재 한문학은 현실 비판 의식이 결핍이라고 볼 수 있다. 이는 그들에게 준 고통의 근원에 대해 일말의 언급이 없었던 것에서 충분히 보아낼 수 있다. 모든 작품에 전쟁이 일어나게 된 심층적 원인에 대해 분석한 사례가 없이 단지 이를 '하늘이 내린 천재지변' , '역적 강홍립이 끌어들인 재난', '최명길 등 주화파가 망쳐버린 전쟁' 정도로만 보고 있다. 또한 국토를 불바다에 빠뜨렸어도 '친명배금' 정책으로 명에 의리를 지켰다고 하여 인조에 대해서는 긍정적인 어진 임금으로 각색하는 등 한계성을 보여주고 있다.

이 책의 연구대상을 전쟁 체험자들의 한문 작품으로 한정했기에 그 후에 나타난 많은 우수한 작품들이 제외되었다. 본 연구를 더욱 폭 넓고 깊이 있게 연구하려면 조-청전쟁을 소재로 한 한문학과 국문학을 모두 섭렵해야 할 것이며 창작 시기를 19세기까지로 연장해야 할 것이다. 이처럼 방대한 자료를 바탕으로 연구하자면 반드시 기나긴 연구기간을 가져야 할 것이다. 필자는 이를 반드시 보완해야 할 부분으로 남기고자 한다. 아울러 훗날의 연구를 통해 조-청전쟁 제재 문학의 사회 · 역사 · 문화적 맥락에 대해 보다 심층적이고 근원적인 논술을 보완하고자 한다.

참고문헌

1. 자료편(한국)

국문본『산성일기 병자』.

김상헌,『남한기략(南漢紀略)』.

———,『청음전집(淸陰全集)』.

김창협,『강도충렬록(江島忠烈錄)』.

권　칙,『강로전(姜虜傳)』.

나만갑,『병자록(丙子錄)』.

석지형,『남한해위록(南漢解圍錄)』.

소현세자시강원,『심양장계(沈陽狀啓)』.

——————,『심양일기(沈陽日記)』.

송시열,『삼학사전(三學士傳)』.

———,『민용암성전(閔龍巖垶傳)』.

어한명,『강도일기(江島日記)』.

이민환,『건주문견록(建州聞見錄)』.

———,『책중일록(柵中日錄)』.

이긍익,『연려실기술(練藜室記述)』.

작자미상, 『강도몽유록(江都夢遊錄)』.

작자미상, 『유록전(柳綠傳)』.

『조선왕조실록』

조위한, 『최척전(崔陟傳)』.

최명길, 『병자봉사(丙子奉事)』.

———, 『지천집(遲川集)』.

홍세태, 『김영철전(金英哲傳)』.

———, 『김장군전(金將軍傳)』.

2. 자료편(중국)

『淸實錄』.

『明實錄』.

『淸史』.

『明史』.

『淸史稿』.

『皇淸開國方略』.

『明史紀事本末補遺』.

『明夷待訪錄』.

『八旗滿洲氏族通譜』, 影印本.

3. 단행본(한국)

강성학, 『새우와 고래싸움』, 박영사, 2007.

박일용, 『조선시대의 애정소설, 사실과 낭만의 소설사적 전개양상』, 집문당, 2000.

소재영, 『임병양란과 문학의식』, 한국연구원, 1980.

손진태, 『한국민족설화의 연구』, 을유문화사, 1991.

한명기, 『정묘 · 병자호란과 동아시아』, 푸른역사, 2009.

황패강, 『임진전쟁과 실기문학』, 일지사, 1992.

4. 단행본(중국)

姜龙范·刘子敏,『明代中朝关系史』, 牡丹江: 黑龙江朝鲜民族出版社, 1999.

金宽雄,『话说历史之河图们江』, 延吉: 延边人民出版社, 2011.

李亚平,『帝国政界往事: 前清秘史: 入主中原之路』, 北京: 北京大学出版社, 2008.

李玉萍,『互文性: 文学理论研究的新视野』, 北京: 商务印书馆, 2014

马新国,『西方文论史』, 北京: 高等教育出版社, 2002.

王进,『新历史主义文化诗学: 格林布拉特批评理论研究』, 广州: 暨南大学出版社, 2012.

徐东日,『朝鲜朝使臣眼中的中国形象』, 北京: 中华书局, 2010.

阎崇年,『明亡清兴60年』, 北京: 中华书局, 2008.

张京媛,『新历史主义与文学批评』, 北京: 北京大学出版社, 1997.

朱立元,『当代西方文艺理论』, 上海: 华东师范大学出版社, 2002.

5. 논문(한국)

박용옥, 「병자난 조선피로인 속환고」, 『사총』, 고대사학회, 1964.

———, 「정묘란 조선피로인 쇄 · 속환고」, 『사학연구』, 한국사학회, 1964.

박희병, 「17세기 동아시아의 戰亂과 民衆의 삶 – 『金英哲傳』의 분석」, 『韓國 近代文學史의 爭點』, 창작과비평사, 1990.

徐大錫, 「몽유록의 장르적 성격과 문학사적 의의」, 『韓國學論集』, 계명대학교 한국학연구소, 1975.

소재영, 「『기우록』 논고 – 피로문학의 가능성 시론」, 『성봉김성배박사회갑기념논문집』, 형설출판사, 1977.

———, 「임병양란과 소설의 발달」, 『고소설연구』, 일지사, 1993.

소재영 · 황패강, 「임병양란의 충격과 문학적 대응」, 『韓國文學研究入門』, 지식산업사, 1982.

이장희, 「병자호란, 한국사」, 『국사편찬위원회』, 1995.
정환국, 「丙子胡亂時 江華관련 실기류 및 夢遊錄에 대한 고찰」, 『한국한문학연구』, 한국한문학회, 1999, 23.

6. 논문(중국)

白新良, 「萨尔浒之战与朝鲜出兵」, 『清史研究』, 北京: 中国人民大学, 1997.8.
晁中辰, 「由"兄弟之国"到"君臣之义": 清入关前与朝鲜关系的演变」, 『明清论丛』, 北京: 故宫博物院, 2012.6.
崔雄权·褚大庆, 「韩国古典汉文小说 <姜虏传>的文本结构及其文化意蕴」, 『外国文学研究』, 武汉: 华中师范大学, 2011.2.
高志超, 「试论萨尔浒战后朝鲜与后金的关系:以姜弘立为中心」, 『东北史地』, 长春: 吉林省社会科学院, 2009.3.
石少颖, 「和约背后的制衡:对"丁卯之役"及金鲜谈判的再探讨」, 『历史教学(下半月刊)』, 天津: 历史教学社, 2012.7.
孙惠欣, 「论朝鲜朝梦游录小说中的女性形象及其近代因素」, 『外国文学研究』, 武汉: 华中师范大学, 2008.10.
隋子辉, 「试论清朝与朝鲜宗藩关系的建立: 以『清实录』, 『朝鲜李朝实录』为视角」, 『首都师范大学学报』, 北京: 首都师范大学, 2009.2.
唐烈, 「后金(清)"不完全"征服朝鲜原因初探」, 『学理论』, 哈尔滨: 哈尔滨市社会科学院, 2014.9.
王臻, 「试论明与后金战争中的朝鲜将领姜弘立」, 『朝鲜·韩国历史研究』, 延吉: 中国朝鲜史研究会, 2013.3.
王臻, 「由中外史料考察明金战争中朝鲜将领之投降」, 『兰台世界』, 沈阳: 辽宁省档案局·辽宁省档案学会, 2012.4.
王臻, 「萨尔浒战役前后之后金与明朝、朝鲜关系探析」, 『辽宁大学学报』, 沈阳: 辽宁大学, 2006.9.

王臻, 「"丁卯之役"的交涉及战后金鲜的矛盾冲突探析」, 『韩国研究论丛』, 上海: 复旦大学
韩国研究中心, 2008.9
王臻, 「后金朝鲜议和与李廷龟的外交活动」, 『辽东学院学报』, 丹东: 辽东学院, 2013.2.

7. 학위논문

김일환, 「병자호란 체험의 '再話' 양상과 의미 연구」, 동국대학교 박사학위 논문, 2010.
김연지, 「한반도를 둘러싼 국제전에 대한 지정학적 연구」, 고려대학교 박사학위 논문, 2014.
김영숙, 「朝天錄을 통해 본 明淸交替期 遼東情勢와 朝明關係」, 인하대학교 박사학위 논문, 2011.
이영삼, 「역주 『남한해위록(南漢解圍錄)』」, 전남대학교 석사학위 논문, 2013.
황만기 「淸陰 金尙憲 詩文學에 나타난 義理精神」, 성균관대학교 박사학위 논문, 2010.

찾아보기

가

나

다

마

바

사

아

자

차

타

하

김미란 金美蘭

문학박사. 중국 연변대학교 외국어학원 조선언어문학과 부교수. 중국 길림성 연길시에서 태어나 연변대학교 조선언어문학과를 졸업하고 같은 대학교 통합박사 과정에 추천되어 문학박사 학위를 취득한 뒤 조선언어문학과 교수요원으로 유임되었다. 현재 국가급 프로젝트 하나와 성급 프로젝트 하나에 선정되어 연구를 진행하는 중이며, 중국 핵심 학술지에 5편, 한국 학진 등재지에 7편을 포함하여 30여 편의 논문과 평론을 발표하였다. 연변대학교 세계일류학과 걸출 청년인재(2022), 길림성 교육청 우수청년과학연구 혁신인재(2023), 중국 길림성 고급인재(D급, 2023) 등으로 선정되었다.

17세기 조선조 한문학에 수용된 조-청전쟁의 체험

인쇄 · 2023년 11월 25일 | 발행 · 2023년 12월 5일

지은이 · 김미란
펴낸이 · 한봉숙
펴낸곳 · 도서출판 푸른사상사

주간 · 맹문재 | 편집 · 지순이 | 교정 · 김수란, 노현정
등록 · 1999년 7월 8일 제2-2876호
주소 · 경기도 파주시 회동길 337-16(서패동 470-6)
대표전화 · 031) 955-9111~2 | 팩시밀리 · 031) 955-9114
이메일 · prun21c@hanmail.net
홈페이지 · http://www.prun21c.com

ISBN 979-11-308-2118-4 93800
값 30,000원

此书为国家社会科学基金西部项目“明末清初朝鲜汉籍的朝金(清)战争叙事研究”(21XZW041)阶段性成果, 延边大学外国语言文学一流学科建设出版资助项目。